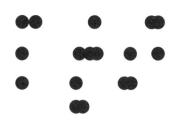

有情風萬里卷潮來

經典·東坡詞

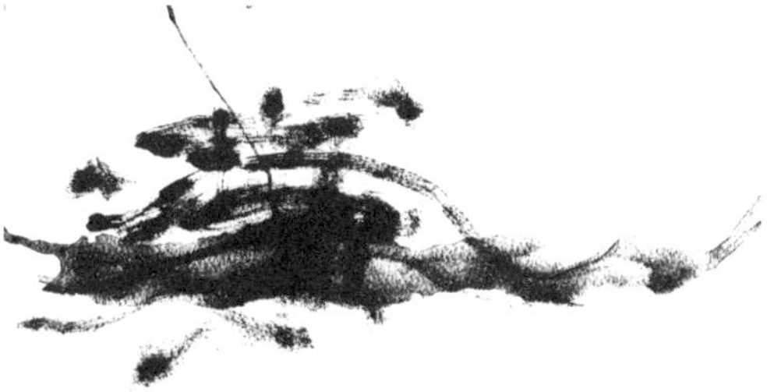

劉少雄／編著

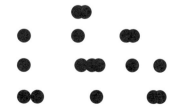

「人與經典」再現人文精粹，傳承經典價值
王德威／總召集　柯慶明／總策劃

「人與經典」總序

王德威

「人與經典」是麥田出版公司創業二十週年所推出的一項人文出版計畫。這項計畫介紹廣義的中國經典作品，以期喚起新一世代讀者接觸人文世界的興趣。取材的方向主要來自文學、歷史、思想方面，介紹的方法則是以淺近的敘述、解析為主，並輔以精華篇章導讀。類似的出版形式過去也許已有先例，但「人與經典」強調以下三項特色：

- 我們不只介紹經典，更強調「人」作為思考、建構，以及閱讀、反思經典的關鍵因素。因為有了「人」的介入，才能激發經典豐富多元的活力。
- 我們不僅介紹約定俗成的經典，同時也試圖將經典的版圖擴大到近現代的重要作品。以此，我們強調經典承先啟後、日新又新的意義。
- 我們更將「人」與「經典」交會的現場定位在當代臺灣。我們的撰稿人不論國內國外，都與臺灣淵源深厚，也都對臺灣的人文未來有共同的信念。

經典意味著文明精粹的呈現，具有強烈傳承價值，甚至不乏「原道」、「宗經」的神聖暗示。現代社會以告別傳統為出發點，但是經典的影響依然不絕如縷。此無他，在時間的長河裡我們畢竟不能，也沒有必要，忽視智慧的積累，切割古今的關聯。

但是經典豈真是一成不變、「萬古流芳」的鐵板一塊？我們記得陶淵明、杜甫的詩才並不能見重於當時，他們的盛名都來自身後多年——或多個世紀。元代的雜劇和明清的小說曾經被視為誨淫誨盜，成為經典只是近代的事。晚明顧炎武、黃宗羲的政治論述到了晚清才真正受到重視，而像連橫、賴和的地位則與臺灣在地的歷史經驗息息相關。至於像《詩經》的詮釋從聖德教化到純任自然，更說明就算是著毋庸議的經典，它的意義也是與時俱變的。

談論、學習經典因此不只是人云亦云而已。我們反而應該強調經典之所以能夠可長可久，正因為其豐富的文本及語境每每成為辯論、詮釋、批評的焦點，引起一代又一代的對話與反思。只有懷抱這樣對形式與情境的自覺，我們才能體認所謂經典，包括了人文典律的轉換，文化場域的變遷，政治信念、道德信條、審美技巧的取捨，還有更重要的，認識論上對知識和權力，真理和虛構的持續思考辯難。

以批判「東方學」（Orientalism）知名的批評家愛德華・薩依德（Edward Said, 1935-2003）一生不為任何主義或意識形態背書，他唯一不斷思考的「主義」是人文主義。對薩依德而言，人文之為「主義」恰恰在於它的不能完成性和不斷嘗試性。以這樣的姿態來看待文明傳承，薩依德指出經典的可貴不在於放諸四海而皆準的標竿價值，而在於經典入世的，以人為本、日新又新的巨大能量。

薩依德的對話對象是基督教和伊斯蘭教文明，各有其神聖不可侵犯的宗教基礎。相形之下，中國的人文精神，不論儒道根源，反而顯得順理成章得多。我們的經典早早就發出對「人之所以為人」的大哉問。屈原徘徊江邊的浩歎，王羲之蘭亭歡聚中的警醒，李清照亂離之際的感傷，張岱國破家亡後的追悔，魯迅禮教吃人的控訴，千百年來的聲音迴盪我們四周，不斷顯示人面對不同境遇——生與死、信仰與背離、承擔與隱逸、大我與小我、愛慾與超越……的選擇和無從選擇。

另一方面，學者早已指出「文」的傳統語源極其豐富，可以指文飾符號、文章學問、文化氣質，或是文明傳承。「『文』學」一詞在漢代已經出現，歷經演變，對知識論、世界觀、倫理學、修辭學和審美品味等各個層次都有所觸及，比起來，現代「純文學」的定義反而顯得謹小慎微了。

從《詩經》、《楚辭》到《左傳》、《史記》，從〈桃花源記〉到〈病梅館記〉，從李白到曹雪芹，將近三千年的傳統雖然只能點到為止，已經在在顯示古典歷久彌新的道理。《詩經》質樸的世界彷彿天長地久，《世說新語》裡的人物到了今天也算夠「酷」，《紅樓夢》的款款深情仍然讓我們悠然神往；而荀子的〈勸學〉、顧炎武的〈廉恥〉、鄭用錫的〈勸和論〉與我們目前的社會、政治豈不有驚人關聯性？

「郁郁乎文哉」：人文最終的目的不僅是審美想像或是啟蒙革命，也可以是「興、觀、群、怨」，或「心齋」、「坐忘」，或「多識草木鳥獸蟲魚之名」，以至「觀乎人文，以化成天下」。人與文是我們生活或生命的一部分。傳統理想的文人應該是文質彬彬，然後君子。轉換成今天的語境，或許該說文學能培養我們如何在社會裡作個通情達理、進退有節的知識人。

「人與經典」系列從構思、選題、到邀稿，主要得力柯慶明教授的大力支持。柯教授是臺灣人文學界的指標性人物，不僅治學嚴謹，對臺灣人文教育的關注尤其令人敬佩。此一系列由柯教授擔任總策劃，是麥田出版公司最大的榮幸。參與寫作的專家學者，都是臺灣學界的一流人選。他們不僅為所選擇書寫的經典作出最新詮釋；他們本身的學養已經是臺灣多年來人文教育成果的最佳見證。

王德威，美國哈佛大學Edward C. Henderson 講座教授。

「人與經典」總導讀

柯慶明

一鄉之善士，斯友一鄉之善士。一國之善士，斯友一國之善士。天下之善士，斯友天下之善士。以友天下之善士為未足，又尚論古之人。頌其詩，讀其書，不知其人可乎？是以論其世也，是尚友也。

上述孟子謂萬章（萬章是孟子喜愛的高足弟子）的一段話，或許最能詮釋孔子所謂：「無友不如己者」之義，因為這裡的「如」或「不如」，就孔子而言是從「主忠信」一點立論，而就孟子而言，則從其秉性或作為是否足稱「善士」，而更作「一鄉」、「一國」、「天下」之區別，以見其心量與貢獻之大小，充分反映的就是一種「同明相照，同氣相求」的渴望。這種不謀其利而僅只出於「善善同其清」的道義相感，或許就是所謂「交友」最根本的意義：靈魂尋求他們相感相應的伴侶，「知己」因而是個無限溫馨而珍貴的詞語。

但是「善士」們，不論是「一鄉」、「一國」或「天下」之層級，在這高度繁複流動的現代世界裡，大家未必皆有機緣相識相交而相友，於是「尚論古之人」的「尚友」就更加重要了。因為透過「頌其詩，讀其書」：我們就可以發現精神相契相合的同伴；當我們更進一步「論其世」，不僅「聽（閱）其言」，而進一步跨越時空、歷史的距離，「觀其行」時，我們就因「知其人」，而可以有「尚友」的事實與效應了。

我們因為這些「古之人」的存在，而不再覺得孤單。雖然我們或許只能像陶淵明一樣，深感「黃（帝）唐（堯）莫逮」，未能及時生存於那光輝偉大的時代，而「慨獨在余」，而深具時代錯位的生不逢時之感；但卻也因此而無礙於他以「無懷氏之民」或「葛天氏之民」為一己的認同；在他以五柳先生為其寓託中，找到自己有異於俗流的生存方式與實現生命價值的途徑。

雖然未必皆得像陶淵明或文天祥那麼戲劇性；「風簷展書讀」之際，時時發現足資崇仰共鳴的「典型在宿昔」，甚至生發「敢有歌吟動地哀」的悲憫同情，卻是許多人共有的經驗：這使我們不僅生存在同代的人們之間，更同時生活在歷代的聖賢豪傑、才子佳人，以至雖出以寓託而不改其精神真實的種種人物與人格之間，終究他們所形成的正是一種，足以寄託與安頓我們生命的，特殊的「精神社會」：或許這也正是人文文化的真義。

當這些精神人格所寄寓的著作，能夠達到卓超光輝，足以照耀群倫：個別而言，恍如屹立於海濤洶湧彼岸的燈塔；整體而言，猶若閃爍於無窮暗夜的漫天星斗，燦爛不盡……這正是我們不僅「尚友」古人，更是面對「經典」的經驗寫照。

在各大文明中，許多才士偉人心血凝聚，亦各有鉅著，因而成其「經典」；終至相沿承襲，而自成其文化「傳統」，足以輝映古今，這自然皆是人類所當珍惜取法的瑰寶。至於中華文化的經典，一方面我們尊崇它們的作者，如劉勰《文心雕龍．徵聖》所宣稱的：「作者曰聖，述者曰明；陶鑄性情，功在上哲」；但是對於此類「上哲」的形成與「經典」的產生，歷來的賢哲們，更多有一種「殷憂啟聖」的深切認知。這種體認最清晰的表述，就賢哲人格的陶鑄而言，首見於《孟子．告子》：

> 舜發於畎畝之中，傅說舉於版築之間，膠鬲舉於魚鹽之中，管夷吾舉於士，孫叔敖舉於海，百里奚舉於市：故天將降大任於斯人也，必先苦其心志，勞其筋骨，餓其體膚，空乏其身，行拂亂其所為，所以動心忍性，曾益其所不能。人恆過，然後能改。困於心，衡於慮，而後作。徵於色，發於聲，而後喻。入則無法家拂士，出則無敵國外患者，國恆亡。然後知生於憂患而死於安樂也。

這一段話，不僅指出眾多賢哲的早歲困頓的歲月，其實正是為他們日後的大有作為，提供了經驗知識的準備，更重要的是陶鑄力堪大任的人格特質。一方面是人類的精神能力必須接受挫折和困頓的開發：「所以動心忍性，曾益其所不能」；另一方面則是處世謀事要恰如其分，肇造成功，永遠需要以「試誤」的歷程來達臻完善：「人恆過，然後能改」；創意的產生來自困難的挑戰，也來自堅持解決的意志與內在反覆檢討圖謀的深思熟慮：「困於心，衡於慮，而後作」；而任何執行的成功，更是需要深入體察人心的動向，回應眾人的企盼與要求：「徵於色，發於聲，而後喻。」簡而言之，智慧自歷練來，志意因自勝強，執業由克己行，成功在眾志全……孟子所勾勒的其實是與人格養成不可分割的，一種另類的「個人的知識」（Personal Knowledge）。因此當他們將此類「個人的知識」，轉成話語，形諸著述，反映的仍然寓涵了他們「生於憂患」的經驗，以及超拔於憂患之上的精神的強健與超越、通達的智慧。

對於中國「經典」的這種特質，最早作出了觀察與描述的，或許是司馬遷，他在〈報任少卿書〉說：

古者，富貴而名摩滅，不可勝記，唯倜儻非常之人稱焉。蓋文王拘而演《周易》；仲尼厄而作《春秋》；屈原放逐，乃賦《離騷》；左丘失明，厥有《國語》；孫子臏腳，《兵法》脩列；不韋遷蜀，世傳《呂覽》；韓非囚秦，〈說難〉、〈孤憤〉；《詩》三百篇，大抵聖賢發憤之所為作也。此人皆意有鬱結，不得通其道，故述往事，思來者。乃如左丘無目，孫子斷足，終不可用，退而論書策，以舒其憤，思垂空文以自見。

司馬遷在《史記．太史公自序》中亦作了類似的表述，只是文前強調了：「夫《詩》、《書》隱約者，欲遂其志之思也。」就上文的論列而言，首先這些「經典」的作者都是「倜儻非常之人」，足以承擔或拘囚、或遷逐、或遭厄、或殘廢等等的重大憂患，但皆仍不放棄他們的「欲遂其志之思」，而皆能「發憤」，以「退而論書策」、「思垂空文以自見」來從事著述。

其中的關鍵，固不僅在「不得通其道」之事與願違的存在困境中，「意有鬱結」而於「恨私心有所不盡，鄙陋沒世，而文采不表於後世也」的存在焦慮下，欲「以舒其憤」之際，選擇了「思垂空文以自見」的自我實現的方式；而更重要的，是他們皆能夠跳出一己之成敗毀譽，採「退而論書策」，以訴諸集體經驗，反省傳統智慧的方式，來「述往事，思來者」。就在這種跳脫個人得失，以繼往開來為念之際，他們皆以其深刻而獨特的存在體驗，對傳統的經驗與累積的智慧，作了創造性轉化的嶄新詮釋。於是個別的具體事例，不僅只是陳年舊事的記錄，它們卻更進一步的彰顯了某些普遍的理則，成為足以指引未來世代的智慧之表徵，這正是一種「入道見志」的表現；這也正是「個人的知識」與「傳統的智慧」的結合與交相輝映。

因而「經典」雖然創作於古代，所述的卻不止是僅存陳跡的古人古事，若未能掌握其中「思來者」的寫作真義，則好學的讀者即使「載籍極博」，亦不過是一場場持續的「買櫝還珠」之遊戲而已。因而這種透過個人體驗所作的創造性轉化與詮釋，不僅是一切「經典」所以產生與創造的真義；更是「經典」所以能夠生生不息的與時俱新之契機；我們亦唯有以個人體驗對其作創造性的轉化與詮釋，才能真正掌握這些「經典」中，「大抵聖賢發憤之所為作」的艱苦用心，而領會其高卓精神與廣大視野，激盪而成我們一己志意之昇華與心靈境界之開拓。這不僅是真正的「尚友」之義，亦是我們透過研讀「經典」，而能導致文化傳統與人文精神，得以永續的層層提升與光大發揚的關鍵。

基於上述理念，王德威院士和我，決定為麥田出版策劃一套以中華文化為範疇的「人與經典」叢書，一方面選擇經、史、子的文化「經典」；一方面挑選中國文學具代表性的辭、賦、詩、詞、戲曲、小說，以及臺灣文史的名家名作，邀請當代閱歷有得的專家，既精選精注其原文；亦就這些偉大作者的其人其事，作深入淺出的闡發，以期讀者個別閱讀則為「尚友」賢哲；綜覽則為體認文化「傳統」：既足以豐富生命的內涵；亦能貞定精神上繼開的位列，因而得以有方向、有意義的追求自我的實現。

於國立臺灣大學澄思樓三〇八室

柯慶明，臺灣大學名譽教授。

序言／

為什麼是東坡，為什麼是詞

劉少雄

我初識東坡，是從他的一闋詞開始的。那時剛升上中一，開學不久，教國文的龍老師突然辭職了，新來的程老師第一次上課，剛好在中秋節前幾天。她講了些留學臺灣的故事，然後在黑板上寫下一闋詞，簡單講解了內容，說是和中秋有關的，我默默抄了下來。回家途中，讀了幾遍，第二天就會背了。我生平誦讀的第一闋詞，就是蘇東坡的〈水調歌頭〉。我記得當時對詞意本身沒有很了解，但在朗讀中卻有著莫名的感動，彷彿內心深處有些情緒被挑動了起來……

在那十來歲的青澀歲月裡，我陸陸續續的又讀了些詞：蘇東坡、辛稼軒、李後主、李清照、柳永、秦少游、周邦彥……隨興的選讀背誦，似懂非懂的感受，讀的不算多，也沒什麼條理，卻總覺得其中有著似曾相識的心情。

然後，我來到了臺大，走進中國的文學世界，用心的閱讀詩詞古文，在歷史和思想的典籍中沉思，也在古今中外的作品裡探索，慢慢的，我發現深入的閱讀使我面對作者，面對作品，也透過他們面對了自己，進而喚起了自我的生命意識，重新認識自己，並在其中成長。

這樣的過程，交織著許多作者、作品和不同時期的自我，而中間不時出現，最終影響我最多的，是那最初牽動我少年情懷的東坡及其詞。

林語堂《蘇東坡傳．原序》說：

蘇東坡的人品，具有一個多才多藝的天才的深濃、廣博、詼諧，有高度的智力，有天真爛漫的赤子之心……他一直捲在政治漩渦之中，但是他卻光風霽月，高高超越於苟苟營營的政治勾當之上……他能狂妄怪癖，也能莊重嚴肅，能輕鬆玩笑，也能鄭重莊嚴，從他的筆端，我們能聽到人類情感之弦的振動，有喜悅、有愉快、有夢幻的覺醒，有順從的忍受……肉體雖然會死，他的精神在下一輩子，則可成為天空的星、地上的河，可以閃亮照明、可以滋潤營養，因而維持眾生萬物。

的確，蘇東坡是中國文學世界裡最耀眼的星光，歷來最受歡迎的作家。讀者普遍讚歎他的才華，愛聽他的逸聞趣事，欣賞他的生活態度，同情他的際遇。許多人反覆閱讀他的作品，吟哦記誦他的詩詞文句，覺得因此可以讓自己多一點面對挫折的勇氣，甚或能夠安下心、定下神來，感受到生命中閃爍的愛與希望。

不過，並非人人都愛蘇東坡。在宋代像何正臣、舒亶、李定之流，故意曲解東坡文字，羅織罪狀，欲置他於死地，應該是最討厭甚至否定東坡文學之一群。當然，這裡頭牽涉到的是政治因素、功名利益——忌恨恐懼往往令人遠離文學藝術，看著耀眼的光采也盡成難以忍受的芒刺。此外，從宋代開始，許多道學家就不喜歡蘇軾，嫌他學問駁雜不純，如縱橫者流。《朱子語類》中記錄朱熹批評東坡之語甚多，說他「氣節有餘」，卻是「放肆」，「天資高明」，「善議論」，然意多「疏闊」，並勸有才性的人，千萬不要學坡公……這些論點至今仍普遍存在於學界。從某些角度來看，會感覺其中不免夾雜門戶之見，但或許也更關涉到彼此人生理念不同、生命調性有異。只能說，天才型的創作者與嚴謹思考的學術人物本來就是兩種很不一樣的人文類型，難以相容。與其費盡力氣分辨此中是非高下，倒不如互相尊重，各隨所好就是了。

我們討論東坡，首先需回到歷史場域，看看他的處境和作為。以前杜甫曾說：「名豈文章著。」傳統士人雖有「文章經國之大業，不朽之盛事」的認知，但仍多以事功為重。東坡自少即抱負澄清天下之志，入世情懷甚深，後來雖遇貶謫，但屢仆屢起。時人愛賞自己的文章，東坡應該會高興，而作為一位自覺意識特強的作家，他對自己的作品自是「得失寸心知」。有人批評東坡有名心，但試問從孔子以來，中國讀書人誰不在乎自己的名聲？正因為在意美名，他們孜孜矻矻，「夙興夜寐」，希望做點有益於天下的事，得到世人的敬重，「毋忝所生」，也無愧於天地。司馬遷在〈伯夷列傳〉，引孔子的話：「君子疾沒世而名不稱焉。」正反映了他身體雖受凌辱摧殘，此心依舊未死，猶相信生命的價值可於時間見證，世間自有公評。因此他能將心比心，對古人的際遇，有著同情的了解，編撰《史記》，替前賢立傳，留給後人解讀，並相信必有知音者。所謂名心，何嘗不也是一種提振、策勵生命的重要力量？讓人相信只要忠於自己，憑藉砥礪德行，戮力從公，發憤著書，可立德、立功、立言，成就不朽的人生。不過，如果汲汲求名，卻無真材實料，或是沽名釣譽，就不可取了。東坡並不是如坊間傳說那樣整天嬉笑怒罵，舞文弄墨，好像沒做過一點正經事的風流才子。閱讀東坡一生，除了文學成就，也不要忘了看他在朝在野在地方上的種種建樹，以及他如何深受同僚敬重、百姓愛戴，這些都可以清楚的呈現他積極任事、認真生活的態度。可惜批評他的人，卻往往有意無意的忽略這些。

說東坡思想駁雜，缺乏高度與深度，乃學界常見的論點。世間的學理，不是大部分都要回應人生的問題嗎？如果各種思想都可在一個人的心靈裡，依違離合，不發生嚴重衝突，反而能融會貫通，能讓人在進退出處間有所依循，安於所處，樂在其中，那不是很美善的事嗎？東坡的思想，融合了儒家、佛學和老莊。他吸收各家思想的精粹，與實際生活結合，化為深刻自然的生命智慧，不尚空談。他曾用龍肉與豬肉表明他的態度：「公終日說龍肉，不如僕之食豬肉，實美而真飽也。」東坡的學問多切人事，他充滿入世的情懷，總希望能將學思所得落實於現實人生。我就喜歡他那種合乎人情的思想，平易實踐生命的態度。但我們也知曉，東坡絕非完人，他有優點，也有性格上的缺陷。論學問之淵博，天分之高，東坡於唐宋文人中實罕有其匹，可是他豪邁之氣不能自掩，光芒四射，難免銳利傷人而不自知，因此常以文字詼諧開罪於人，屢遭貶謫，並不完全是因為政爭的緣故。但是，人之可貴，就在有不完美處，讓人有機會可加改善，得以學習成長，而那些勇於面對人性脆弱的人，才有可能於成敗順逆之際、取捨抉擇之間顯現其堅韌、良善、光輝的一面，開創更有意義的人生。東坡之受人景仰，不僅僅是因為他有令人難以企及的機智與才情，更在於他和我們一樣會犯錯，有缺點，但卻比一般人更能承擔苦難，並以樂觀的精神，豁達的胸襟，面對人生困境，表現出更強韌的生命力。

我們尚友古人，因為古人有值得學習的地方。穿越時空，大家喜與東坡神交，簡單的說，乃因他不是仰之彌高的那種典型，不至於讓人「高不可攀」。東坡曾說，他可上交天子，下交乞兒。他喜歡老實一點、純樸一點的人，而有真性情、真才學的，他尤其喜歡交往，至於剛愎自用、自以為是或假道學的人，則難免遭受他冷眼對待或言辭嘲諷。這種不夠圓融的個性，過於天真、直率的表現，在政治上是會吃虧的。但我們為什麼要容忍鄉愿呢？對習慣忍讓的讀者來說，暗地裡欣賞東坡的直言不諱，覺得痛快，讓積鬱的情緒得以疏導發洩，心裡會舒服一些。至於對本來就不那麼循規蹈矩的人而言，讀到東坡的犀利言辭，自然拍案叫好，認為深得我心。要跟像韓愈、辛棄疾一類的文人交往，得忍受得了他們的頭巾氣、牢騷氣。和李白、東坡在一起，自然輕鬆得多，有趣得多。李白豪情萬丈，無拘無束，看著他痛飲狂歌，是一種過癮，令人由衷的喜愛；跟著他尋歡作樂，自己也興奮不已，一切苦惱霎時間都頓然消失。李白酬贈的詩篇特多，他對待朋友十分真誠。譬如說，「長風萬里送秋雁」，如果你是那歸去的雁兒，詩人願化作萬里長風來相送，你能不感動？如一陣秋風，李白自個兒來自個兒去，他愛交友但不喜歡太黏膩的關係，就是如浮雲一般的瀟灑，聚合隨緣，在一起時彼此取樂，分散後也不必為誰掛心。比較起來，東坡溫煦如雨後山頭相迎的斜陽晚照，特別給人溫暖而容易親近的感覺。李白之情有點像酒，濃郁而強烈，令人醺然陶醉，而東坡之情則如茶，和潤清淡中自有甘醇，可細細品味。東坡用情較深較廣，但多情多感之人，苦惱的事也多。東坡之所以說「多情應笑我，早生華髮」，那是他真實的體驗。明知情感會帶來身心創痛，但要他忘情、逃情，他卻做不到。正因願意承擔，勇敢面對，「入乎其內」，才能淬鍊出更堅強的韌力，更開闊的心胸，遂能「出乎其外」，創造更高遠曠達的生命意境。東坡文學見證了他傷情、體情、悟情、適情的經歷，於詩詞文賦中各有體現，而在長於言情的詞體中，尤能看見東坡多情生命裡脆弱又堅韌的一面。其詞所抒發的真情實感，藉由激昂的文辭、幽咽的語調，抑揚跌宕，最易觸動人心，與讀者接近，並帶來啟發，引起共鳴。

林語堂說：「我們只能知道自己真正了解的人，我們只能完全了解我們真正喜愛的人。我認為我完全知道蘇東坡，因為我了解他，我了解他，是因為我喜愛他。」他寫《蘇東坡傳》，多少帶有自我認同的意味。林語堂所嚮往的是藝術的生活，他認同東坡的，是東坡的自由精神和生活趣味。東坡的文學世界確實豐富多姿，由他的文學所折射出來的生命光彩也燦然可觀，詩文辭賦各有風貌，更不用說文學之外的表現了。我也喜歡東坡，而多年來感受最深、了解最深刻的是他文學的一小部分：「詞」。不過，詞雖小道，亦有可觀者焉。詞之為體，原是配合歌唱的文辭，東坡雖藉以抒發一己的情意，改變了詞的抒情面貌，但他亦未完全破懷體製，反而充分運用詞體的抒情特性，以某種特殊的文辭語態表達某種深切幽微的情思。經由詞體，我們可貼近東坡內心世界最幽暗的部分，知曉他在時空流轉中的憂恐與不安，碰觸他生命底層最真實的一面。而且，我深信東坡填詞自有獨特的意義，他在詞中流露的情感既真且切，更能呈現他人性中脆弱又堅強的實貌；因此，可以這樣說，詞乃了解東坡跌宕情意最具體又最深刻的一種文體。

詞是中國古典文學中獨特的抒情文體。我們為何要讀詞，讀古人的詞？詞是怎樣一種文體？詞裡抒寫的「情」，難道只是些傷春悲秋、相思怨別的內容？讀這些幽怨纏綿的作品，讀多了不是令人更不快樂？這些古代作品有何現代意義？負面的情緒化為傷感的文學，能否提供正向的能量？我在臺大開設一系列詞的課程，就是想適切回答這些問題，並希望帶領大家進入宋詞的情感世界，學習面對情感的方式與態度。詞，長於言情，而在宋代詞人中最能表達深摯又多種情意，且最具啟發意義的作家，就是蘇東坡。東坡多情，也長於思辨，在詞的世界裡，他所抒寫的情，所呈現的意境，有多樣的姿態，在出入之間，展現出各種跌宕的情懷，充滿著興發感動的力量。我們讀東坡詞，往往更能讀到一種勇於面對生命的態度，一種自由意志和創新精神的展現。講授「詞」和「東坡」，我想強調兩點：一、宋詞的精神富有現代的意義——宋詞，尤其是文人詞，呈現了一種陰柔中的堅韌個性，一方面不排斥物質文明，講究格律形式，另一方面則堅守著「知其不可為而為之」的精神和內在性靈的潔癖感，要求作品情真意切、內容婉雅有致。教人不要輕視情感的作用、溫柔的力量。二、東坡的表現為自由精神做了很好的詮釋——東坡「以詩為詞」，既拓寬了詞情，同時也解放了文體，這樣勇於創造的精神，帶給我們許多啟發。任何一種體製，不至於僵化，就必須在破立之間、依違之際翻轉出活力，才能顯現意義。而所謂自由，唯有在限制中去體驗，才會有更充實的內涵。

我一直頗認同恩斯特．卡西勒（Ernst Cassirer）在〈藝術的教育價值〉一文中的看法：

藝術的想像與思考向我們展示的，不會是僵化的物質的東西或無言的感性屬性，而是一個由運動的、活躍的形式構成的世界——是協調的光與影、節奏、旋律、線條與輪廓、圖案與圖樣。……所有這一切，都不是用那種被動的方式所能得到的，為了認識，為了觀察、感受這些形式，我們就必須建造、製造這些形式。這個動態的方向使那個靜態的物質方面有了新的色調，新的意義。我們所有的被動狀態於是都變成了主動的活力——我所看到的這些形式不但是我們的狀態，而且也是我們的行動。我認為，正是審美經驗的這一特性才使藝術在人類文化中占有了特殊的位置，並使藝術成為構成文科教育體系的一個不可分離的組成部分。藝術是一條通向自由的道路，是人類心智解放的過程；而人類的心智解放則是一切教育的真正的終極目標。藝術必須完成自己的任務，這項任務是其他任何功能所不能取代的。

詩詞詮釋是以情感喚起情感的過程，也是一種觀察、發現而創造意義的活動。作者以情入詩，讀者緣情興感，共同體證人情的美好。中國詩人喜歡透過寫景詠物以言情，其情意內容與結構形式融為一體，隨著字句的音律節奏，敘事寫物的鋪衍，形成有機的組合，流動可感的姿態。而我們閱讀詩詞不是被動的接受，而是透過文本的指涉，憑藉個人的學思感情和生活體驗，互為主動的去組織各種感官意象，拓展一個新世界，創造新的意義來。學習詩詞，透過文辭符號、音律節奏，體會詩詞可感可觀之美，可喚起我們的感官意識，開拓我們的生命意境。

現在，我把多年來教學的心得，整理出書，希望與讀者分享閱讀東坡詞的喜樂。對我來說，在課堂上講解詩詞，和用文字來詮釋，是很不一樣的方式。中國文字兼具形象、聲韻、意義的特色，中國的詩詞自也融合了聲色之美、言外之意。對著學生，沿著文本講解詩詞，講者就好像展現一種藝術，要將文字符號如同音符一般，演繹出來，但這和音樂演奏也不盡相同，就是講者須將單音變成複音，甚至編成多音共鳴的組曲，要將「作家——情意世界——文本」多層面的組織結構，透過音聲、肢體語言，想像模擬詩中的情境，一併呈現給聽眾觀賞，因此講者不僅是演奏家，他也同時扮演指揮、編導的角色，而且亦要能入能出，須做分析評論，換言之，抒情說理，要靈活穿插互用。過去的詩詞教學，特別著重內容、意境的詮釋，很少教我們如何透過語言文字，體知詩中的情景，享受感官世界之美；分析語法、修辭，得到的是客觀的知識，無法讓我們興發感動，激起主動參與的熱誠，真切體會詩詞的辭情和美感。回歸文本，以情感喚起情感，回到感官世界去體認，是詮釋詩詞的基本準則。我喜歡採用獨自講授的方式，不假輔助器材，希望學生在專注聆聽中，學會馳騁想像、融情入境，並習得自我探問的方式。這樣的一種「寧靜」的學習，在著重多元教學、講究績效的校園裡，亦自有其相對的價值，存在之必要。我不時會運用各種視聽感官的譬喻手法，描述詩詞中的時空情景，讓同學彷彿能從鏡頭一幕一幕的看到詩詞的情境，身歷作家所見所感。讓學生上課有「享受」詩詞的感覺，不是很美好的事嗎？現在要把這種「臨場感」轉變為文本閱覽的方式，詩詞音聲之美，當下煥發的感受氛圍，自然無法具體搬演到紙本上，但回歸文本的初衷不變，基本的文學信念也一致，而沉澱下的情緒，多了些時間反省、構思，對東坡詞的字句分析會更細緻，言內言外之意的詮釋會更詳切。出入於兩種詮釋方式，彼此支援，相互激發，對我來說，更加深了對東坡其人其詞的認識，豐富了人間情意的體認。

大提琴家卡薩爾斯說：「音樂家也是人，他面對生命的態度要比他的音樂更重要。」東坡與詞，是一體的。東坡因事興感，以詞抒情，要了解東坡詞，不知其人可乎？坊間出版了不少東坡傳記，而本書之所以重新編撰東坡生平，主要是為解答東坡詞心之萌動及發展，究竟源於怎樣的人物個性、生長環境？我們比較關心的是，東坡對事件的感受與反應，在事件中的時空意識，如何影響他對存在問題的思考，換言之，乃藉此更深刻的了解東坡在人情互動的世界裡，他是怎樣的一個「人」、做出怎樣的生命抉擇。先知道東坡這個人，我們才能讀懂他的詞，同情並了解他「多情」的一生。配合著生平，東坡詞的詮釋乃依其發展歷程來賞讀。而賞讀東坡詞，重點則在依據文本，細讀字句，感發其情。我盡量挑選各種題材、最具代表性的作品，希望為東坡詞的情意世界勾勒出一個相對清晰的輪廓。

為什麼是詞，為什麼是東坡？我們為什麼會被感動？因為，人間有情。正由於人同此心，因此，東坡詞會一直傳唱下去──「但願人長久，千里共嬋娟。」──如同天上的明月，你我，古今，雖隔千里，猶可共賞。讀書之樂，就在於能讀出作者的生命，也讀進自己的生命裡。閱讀東坡詞，隨他走一段風雨路途，看他如何發現生命的光彩，並隨他歸返心靈的家鄉，重新領受人間情意之溫馨，從而反照自身，不是很有意義而又快樂的事嗎？

下篇 指出向上一路——東坡的詞

上篇——雲散月明——東坡的一生

楔子

參橫斗轉欲三更，苦雨終風也解晴。
雲散月明誰點綴，天容海色本澄清。
空餘魯叟乘桴意，粗識軒轅奏樂聲。
九死南荒吾不恨，茲游奇絕冠平生。

〈六月二十日夜渡海〉

宋哲宗元符三年（一一〇〇）六月二十日夜，船自海南瓊州港緩緩開出，夜色裡，港口稀疏的燈火漸行漸遠漸渺茫。海浪輕輕拍打著船身，一起一落，彷如鼻息；輕柔的海風徐徐吹來，帶著鹹味卻也吹散了悶濕的暑熱——這是個寧靜的夜晚，或許將會有一段平穩的航程——面對一望無際的大海，站在船首的老人暗自祈願……

三年前，他自雷州渡海而來，也是六月，經歷的卻是一場與風濤搏鬥的艱苦行程。人在舟中隨浪起浪落，時而如從高山直落深谷，忽焉又自深谷拋上高峰——人生首次航行海上，尚未見識水闊天遠，卻經歷了眩懷喪魄。

但是，他終究平安抵達了。

搖搖晃晃的登了岸，昏昏沉沉的踏上這片陌生的土地——六十多歲的人生，四十餘年的仕宦生涯，他曾踏上多少陌生的土地？只是這一回，航過海上風濤，年老的身體疲憊不堪……至今他都還記得當時初來乍到的茫然與悽惶：無邊無際的天與海隔絕了大陸與海島，也隔絕了他與夢想與家人與朋友。這樣的隔絕什麼時候結束？離開孤島回家的日子什麼時候到來？天涯行腳彷彿已走到了盡頭，而歸路卻不知何處。

從瓊州港往昌化軍貶所的路上，他坐著肩輿（轎子），穿行於海島的西北山區，身心的疲倦與規律的晃動使他不知不覺的打起了瞌睡。半醒半迷糊間，忽地一陣清風夾帶著山中急雨迎面吹來，暑熱散去，倦意減半，山路間，他轉首北望，但見茫茫大海無邊無際……在這家鄉萬里之外的山巔谷間，他再一次面對了天地的無限遼闊：群山環繞，仰首則有更高的山峰，低頭但見深深的幽谷，遠方，山之外是碧波萬頃……

如果他是莊子書中的大鵬鳥，隨風直上雲霄九萬里，俯瞰這山這海這遼闊的景象，感受是否會不同於此際困在島上山間的自己？

昂翔於九霄雲外，廣漠天地盡入眼中，綿延青山、萬頃碧波恐怕也都成了一處小小的風景，而海南孤島更只是這小小風景中的一小點！那麼，自己思之念之的中原故土呢？那片自己行行重行行的大土地，不也如同廣漠天地間的一處孤島？人生在世，誰不是終身都在孤島上？甚且，人與鳥獸蟲魚在大鵬眼中恐怕也不過是孤島上的一粒塵埃呀！飛過平地海洋，飛過崇山峻嶺，飛向無涯無際的高空，當視野改變，認知與感受也有了不同——孤島之於大海，中原之於天地，都不過是大穀倉裡的一粒小米！轉念之間，他悟到：在這米粒上活動的人類是何其渺小，屬於我們的禍福窮達更是微乎如塵，瞬間即逝啊！

「幽懷忽破散，永嘯來天風，千山動鱗甲，萬谷酣笙鐘。」——途窮的慨歎才是生命中可怕的困境，遠方一望無際的海面又怎能困住自由飛翔的心靈？彷彿上天回應了他的心靈體悟，也可能是心靈的體悟打開了他疲累的眼睛與耳朵。眼前不再只是波濤浩淼，他感受著清風吹來，也看見了千山草木隨風波動，彷彿鱗甲；也聽見了風過萬谷，林間山壑清濁緩急的聲籟，有如熱鬧悅耳的笙鐘響起——他想像著這是天上群仙歡宴未終的樂音，突來的急雨則是群仙派遣的使者，洗淨他的心，也催促了他的詩興與詩筆——海南三年就從這海上山間的旅程開始，年老體衰的他再一次迎向人生的困阨：簡陋的居住環境、極度匱乏的物質生活、濕熱的海島天氣、遠離親愛的家人（只有小兒子蘇過陪侍在側）與師友的寂寞歲月、九死之餘而禍福吉凶依舊難卜的未來……他不知道衰頹的身體能否承受艱困的生活，但他知道堅強的意志力、隨緣而居隨遇而安的心境、自我解嘲的幽默感以及對人的溫情、對事物的興味，將使自己的心變成遼闊的天地，包容歡樂與苦難；也將使自己的靈魂展翅如鵬鳥，昂翔天際，不為現實的禍福窮達所拘束。

今晚，瓊州海峽風平浪靜，夜空如洗，老人的心平和坦然卻也不無幾分欣喜。重新航行於海上，這一回航向朝北，即將抵達的土地有兒孫等候——長孫楚老已經成年，三年不見，處事應對一定更加成熟了；普兒、淮德兩個小孫子大概也都長大許多了吧——如同過去，每當讀到兒子、侄子的好作品，他總是滿心歡喜，而步入晚年之後，家族裡新生的稚嫩生命往往也讓他的內心溫暖歡娛。年輕的生命洋溢著想當然耳的信心與理想，稚嫩的生命則呈現了單純淨透的本質與天地間不息的生機——啊！我也曾是如此年輕稚嫩呀！老人微微一笑，想起了年少初入仕途的自己，純真、任性、滿懷理想與入世的熱情；四十年光陰倏忽而過，自己的宦途生涯竟是幾番轉折：新科進士、一州之長、階下囚、帝王師、玉堂尊貴、海角野老，這高低起伏竟比海上波濤更加猛烈也更難逆料！然而大浪總會平息，再強再猛的風雨也終會放晴，人生的苦難磨練著他自尊自重的儒者精神，也不斷的挑戰著他的理想與信念。如今，老邁的他回顧一生，坦然無愧，怡然自得，平和曠達的心境如同眼前的天容海色——風雨過後的夜空分外的高遠明淨，無一絲雲絮的天幕深藍近墨，而不再被雲層遮蔽的明月更將這原本清澄的天與海映照得琉璃透亮——「雲散月明誰點綴，天容海色本澄清」——詩句在老人的腦海中醞釀，自許的傲骨令他心境平和。他知道數十年來的榮辱得失並未斲傷年少的理想，也無法改變真摯的情感，更不可能動搖他「自反而縮」的勇氣！老人已白的鬚髮在風中輕輕飄動，瘦癯的臉上，炯炯有神的是他那自幼清亮的雙眼。雙眼已看過多少人間風景？雙腳已走過多少山川平原？「九死南荒吾不恨，茲游奇絕冠平生」——年幼時和母親一起讀《後漢書》的時光，青少年時代在父親嚴格督促下，與弟弟同讀史冊經典、寫作論述的歲月，這些年總在心中想起、夢中浮現。充滿熱情的青春年少是否早已模糊的意識到，理想的追求往往需要付出代價？而代價是什麼呢？旅途奔波、孤獨寂寞、面臨死亡的威脅？在這夏夜的海上，老人的內心清亮一如雙眼，他清晰記得自幼所學所思，也為自己不曾背離理想與良知而無憂無懼。求仁得仁，夫復何求？反倒是這貶謫南荒的因緣，竟使他有機會搭船過海，一覽海上風光；寓居海島，體驗迥異於中土的民情風土。生命的得失如何來算？而憂患喜樂不過就在一念之間。當日四川眉山小城裡，讀書、玩耍的男孩幾曾想過：生命的長江將推湧著他蜿蜒曲折於廣漠大地之上，行經半天下，甚而流入海上波濤，卻又隨浪潮回歸中土。每一行經處總有人情與風光，總有自己心靈的抑揚轉折，生命在其中逐漸成熟，身體則在其中慢慢老去——永恆不朽的是什麼呢？

清澄的月光，清澄的天空，清澄的海色，獨立船首的老人身影在浩瀚無垠的天地間，看似渺小，卻又無比清晰……

年少歲月（一〇三六—一〇五六）

宋仁宗景祐三年十二月十九日（陽曆為一〇三七年一月八日；但普通仍作一〇三六年生）卯時，四川眉州眉山縣城南紗縠行的一處私宅，傳出男嬰嘹亮的哭聲，二十八歲的蘇洵和太太既歡喜又有些忐忑地迎接他們期待許久的兒子。結婚多年，他們先後有過兩個女兒、一個兒子，卻都撫養不久即告夭折。去年又得一女，正由奶媽細心照顧著。而眼前這哭得理直氣壯的小傢伙倒是精力充沛。「看來老天終於要給我一個好兒子了！」蘇洵走出房門，站在院子裡仰首望天。天已大亮，十二月的清晨朔風冷冽，適才那活潑的小生命翻攪了他的內心世界：「我不再是年輕的小伙子了！今後我要成為怎樣的人呢？日後孩子會如何看待我這個父親呢？」他一向桀驁不馴、聰明自負卻也因此荒廢了青春歲月。這幾年，逐漸成熟的心智、身邊默默承擔家務和外人異樣眼光卻無一句怨言的太太，終於使他結束遊蕩的生活，回到書房。而第一次應考鄉試舉人落第，更重挫了他的傲氣。他深自檢討，盡焚舊稿，閉戶苦讀，立誓讀書不夠深入、學問不夠成熟，則不寫任何文章！他是自傲的，可是他要讓這份自傲建立在才識與涵養之上——二十七歲的蘇洵翻開了生命的新頁，想不到第二年在這新的篇章上，塗抹第一筆亮麗色彩的是他等待多年的兒子！一切都將不一樣了，不論是他或這個家或這新生的孩子——晨風裡，蘇洵的心逐漸平靜堅定，他轉身走回書房……

臥室裡男孩的哭聲已歇，梳洗乾淨的小身體裹在溫暖的襁褓中，母親程夫人疲累而溫柔的看著他。先後失去三個孩子的傷痛藏在內心深處，但個性堅強的她仍然相信，眼前這孩子一定可以平安長大。她望著孩子清亮的雙眼：「多像夜空的星子啊，說不定他會是個不凡的人物哪！」如星的雙眼輕輕闔上，小男孩進入了甜甜的夢鄉……

這一天，該喜悅的其實不只是蘇家。日後每一代的中國人都將愛上這個孩子，都將反覆誦讀他的詩文詞賦，不斷訴說他的機智、幽默、自信與曠達，並自他波瀾起伏的一生裡體悟生活的趣味、生命的意義，進而使自己能有更大的勇氣追求理想、相信美好——蘇東坡，中國文化長空裡最為明亮的恆星，就在這一年將盡的冬日清晨誕生，沒有天地異象，沒有不凡的舉止，迎接他的是父母滿懷的喜悅、期待與愛。

兩年多之後，宋仁宗寶元二年（一〇三九）二月二十日，蘇家再添男丁，東坡當了哥哥，母親則從此未再生育，這個小家庭最終擁有一女二子。然而蘇洵看似單薄的子嗣卻將成為眉山蘇氏家族的驕傲。

眉山距離四川的經濟文化中心成都五十公里，氣候溫和，風光明麗，是個純樸、寧靜的小城。蘇家在此已三百餘年，雖無功名，卻也是鄉紳人家；雖不富裕，但節儉度日，倒也衣食無虞，東坡因而有一個快樂單純的童年。他自幼健康活潑，頭腦明快，讀書遊戲都非常投入。雖然家中男孩只有他和弟弟，但兩人相差不到三歲，一前一後，跑跑跳跳，年齡越長越是親近。再加上伯父家的堂兄弟、外婆家的表兄弟和街坊鄰居的孩子，大夥兒經常成群結伴，往醴泉寺爬樹採果子，登石頭山撿拾松果，春夏秋冬各有不同的玩興與趣味，而一群男孩也彷彿有用不完的體力、藏不住的好奇心，日日在這盛產荷花、處處槐柳的小城穿梭奔跑——多年後，已入中年、遠離家鄉的東坡仍在詩篇裡清晰的回憶起這無憂無慮的童年時光。

聰明的小腦袋、無窮的好奇心也讓小東坡對書本的世界興致盎然。他大約七歲開始讀書，八歲入小學，就讀於天慶觀北極院，老師是道士張易簡。近百名學生中，他記憶好、反應快、喜歡思考又勇於表達自己的想法，和另一位同學最得老師的誇獎。老師有位好友矮道士李伯祥，他一看到小東坡，就歎賞道：「這位郎君是貴人啊！」小男孩記住了這話，覺得有趣也納悶他怎麼看出來的。至於「貴人」一詞，反不如隨後他聽到的另一個詞：「人傑」，更令他滿懷想像。這個八歲的孩子在學校裡對什麼都好奇。有人從京師來訪，帶了名士石介所寫的〈慶曆聖德詩〉抄本，這是一首歌頌當今朝廷人才濟美、對朝局新象充滿期待的長詩。老師和來客邊讀邊論，小東坡也湊了過去，偷偷的看著，默默的誦習，忍不住就問：「詩裡所頌揚的十一個人，都是些什麼樣的人啊？」老師看著眼前這小傢伙，笑著說：

「你只是個小孩子，告訴你，你也不懂！」東坡不服氣，立刻抗議：「如果這些人是天上仙人，那他們的事我可能無法理解；但如果他們都是和我們一樣的人，為什麼我會不懂呢？」老師訝異這入學未及一年的學生竟說出了這樣的話！於是他開始詳細的為孩子解說詩中十一位受人尊重的名士，並且特別告訴他：「韓琦、范仲淹、富弼、歐陽修四位先生更是當今天下的人傑！」聰敏的孩子第一次聽聞時賢——原來除了書本上有偉大的人物之外，與自己同時代也有令人景仰的人物啊！小小心靈對「人傑」充滿了想像與崇拜，而他當然無法料到，日後除了來不及見到范仲淹之外，另外三人都將與他的人生交錯，並產生重要的影響。

東坡十歲時，父親再次離家宦遊。已入中年的蘇洵苦讀多年，自覺於文章義理皆有所得，此番宦遊，主要目的就是赴京參加國家為網羅遺賢而舉辦的特種考試，可惜依舊落榜。考場失利，蘇洵逗留京師年餘，其後漫遊名山，家中事務與兒女教育就都交付給了太太。

或許是因東坡在張道士那兒的學習已可告一段落，父親離家後，他也改在家中自學，並由母親教導陪讀。東坡的母親程夫人出身富裕人家，知書達禮，特別重視兩個兒子的人格教育。她常挑選古往今來人事成敗的關鍵問題考問兒子，兒子反應敏銳，往往回答得清楚扼要，而母子倆有時還會一問一答的談論起古人的是非對錯、人生抉擇。一日，程夫人教兒子讀《後漢書．范滂傳》——范滂是東漢名士，學問氣節深受時人尊重，他為官正直，查辦貪官污吏，鐵面無私。但當時宦官弄權，政風敗壞，許多正人君子都遭迫害，甚至被殺，范滂也難逃一死。上刑場前他與母親訣別，請求母親割不可忍之恩，不要悲傷。范母告訴兒子：「能與忠義之士齊名，死亦何恨？美名與長壽富貴怎能兩全呢？」范滂領受了母親最後的教誨，再次拜辭，而范母說出了傷心千古的一段話：「吾欲使汝為惡，則惡不可為；使汝為善，則我不為惡！」——堅持道德理想的沉重、愛與義的痛苦抉擇，在當時已令聞者皆痛哭流涕，而今日，相隔八百餘年，在靜靜的書房裡，東坡和母親也為之動容。程夫人長長的嘆了口氣，十歲的兒子轉頭看著她：「如果我效法范滂，成為像他那樣的人，媽媽，您會同意嗎？」程夫人先是訝然，隨而雙唇一抿，俯身向前，望著那雙明亮的眼睛：「你能做范滂，難道我不能做范滂的母親嗎？」她的語氣堅定，她的眼中流露的是對孩子的讚許與疼惜。「謝謝媽媽！」東坡燦爛的笑著，范滂的故事深深的吸引了他：澄清天下的大志向、打擊罪惡時的正氣凜然、求仁得仁時面對死亡的無所畏懼，還有，他對母親的孝順、母親對他的支持——東坡想到了這些年讀過的經史子集、老師講述的當代人傑、媽媽讀《後漢書》的神情……年少的熱情澎湃，年少的心靈起伏波動，早熟的心智隱隱然感受著某種理想、某種力量、甚至是某種可以昂首面對天地的快樂哪！

程夫人看著兒子純真的笑容，內心百感交集。這些日子裡她教他讀經史，母子間一問一答，已讓她深刻的感受到這個孩子悟性高、思考敏銳，今天她更看到了這孩子面對未來、面對生命的熱情——不知險惡、挫敗，單純相信美好道德的熱情——她喜歡這樣的兒子，如同她一直默默的欣賞丈夫的一身傲骨。只是啊，等待兒子的是怎樣的命運呢？他是否能像大鵬展翅飛向廣闊的藍天？

其實，程夫人對幼年東坡的影響並不只在同讀史書的過程。她是位臨事果敢堅毅，對待生命則仁慈善良的人。蘇家庭院種有許多花草樹木，引來不少鳥雀棲息、築巢，東坡兄弟和一群小朋友自然對這些小生命充滿了好奇心。程夫人任由他們在院子裡嬉鬧玩耍觀看，但也嚴格規定：絕對不可捉弄、傷害鳥雀，也不能拿取鳥蛋。於是來此築巢的鳥兒增多了，而且知道人們不會傷害牠們，有些甚至把巢築在低矮的樹枝上。因此孩子們常常就圍在鳥窩旁觀察幼鳥，找食物餵食牠們，看牠們張嘴接食，呀呀亂叫，孩子們也快樂的拍手大笑！寬厚、仁慈、推己及人的疼惜天地間的生命，並在其中共享喜樂——這是程夫人給東坡兄弟倆的生命教育與人格教養。

東坡十二歲時，祖父逝世，父親自江南奔喪來歸，從此，兩兄弟正式就學於父親。第二年，蘇洵為兩個兒子取了學名：哥哥名軾，字子瞻，一字和仲；弟弟名轍，字子由，一字同叔。他還特別為此寫了〈名二子說〉勉勵他們：

> 輪、輻、蓋、軫，皆有職乎車，而軾獨若無所為者。雖然，去軾，則吾未見其為完車也。軾乎，吾懼汝之不外飾也。天下之車莫不由轍，而言車之功者，轍不與焉。雖然，車

仆馬斃而患不及轍。是轍者，善處乎禍福之間也。轍乎，吾知免矣。

「軾」是車廂前端供扶手的橫木，就一輛車之行駛而言，它似乎可有可無，但少了它，車子的結構就不完整了。宦遊歸來，面對進入青少年期的大兒子，蘇洵發現他的聰敏更勝往日，逐漸展露的才華也令人無法漠視，但是他的坦率任真卻讓作父親的既喜且憂。因此藉由命名，他殷切的提醒兒子：要學習內斂鋒芒，「若無所為」，以免惹禍上身。同時他也發現才九歲的幼子性情較為平和樸質，因此鼓勵他保持這樣的沉穩個性，將來有用於世而不必居其名，那麼，相信他應能免於禍患。

「不外飾」的軾與「善處乎禍福之間」的轍是中國歷史上最著名也最感人的兄弟，他們一同成長、學習、應考、做官，也一同面對仕途的坎坷、理想的落空和生命的悲喜。他們終其一生是彼此的知音，有一樣的信念、相同的夢想，在悲哀中互相安慰，於患難時互相幫忙，時常記掛對方、夢見彼此，更常書信往來、互贈詩文。在子由（轍）的心目中，哥哥才華洋溢、學識淵博，是帶給世界光與熱的人，也是他一生的兄長與老師。而在哥哥眼中，這個弟弟從小平和沉穩，處事不疾不徐，學識文章都能內斂才華，不給人壓力，正是他不及之處。因此，子由不僅是他從小要照顧的小弟弟，也是隨時可以提醒他、幫助他的益友。

父親的命名流露了他對兩個兒子的了解，父親的評斷也正好是兩兄弟一生命運的準確註腳。但在政治的磨難與生命的曲折中，這對性情相異的兄弟都展現了父母堅毅、剛正、寬厚而不計較得失的特質，他們相輔相成、休戚與共，始終不曾背棄年少的理想，也一起成就了可敬的士大夫風骨——對蘇洵和程夫人而言，這應是他們最大的喜悅與驕傲。

自考場失意歸來的蘇洵並不曾失去信心，他相信自己的才學識力遠在許多人之上，需要等待的只是時機，而現在他最重要的工作則是為兒子打下深厚扎實的學問基礎。蘇洵是位嚴格的老師，東坡與弟弟則是聰明上進、勤奮好學的學生。兩兄弟隨父親讀書之外，也曾在眉山學者劉巨門下讀書約三、四年。從十二歲到二十歲，東坡在家鄉幸福的成長，在溫暖寬厚的親情、扎實嚴格的教育之中，這個對世界充滿好奇的少年長大了。他打開了眼睛、耳朵、心靈，閱讀、聽聞、觀察並思考；他亦勤於作業，文章涵括經論、史論、經義、經解、策論等。他的文章具有敏銳的洞察能力，馭以旺盛的氣勢，縱筆所至，議論風發，而立論的精神，則皆歸於實用，不唱高調。綜合論之，其風格似孟子，論事則如陸贄。蘇洵很以兒子為傲，他覺得這孩子已如蓄勢待發的名駒，是該讓他走出家鄉，放足馳騁，有用於世了！

第一位真心賞識這匹千里馬的伯樂是張方平。張方平為朝廷重臣，在東坡十九歲時出知益州，駐在成都。他先與蘇洵相識，讚賞之餘，極力向朝廷保薦。而東坡年滿二十即奉父命往謁方平，求教問學。張方平一見東坡，驚為天上麒麟，待以國士，從此奠定終生師友之誼，情逾父子。當時蘇洵已有攜二子赴京考試的打算，因此先後為兩兄弟完成婚事，一則讓他們成家以定心性，一則父子離家之後，讓程夫人能有媳婦為伴，家事亦能有人分擔。現在又加上張方平的肯定勸進，並為蘇洵寫了推薦信給歐陽修，還資助部分旅費，於是，三蘇父子決定赴京應試，東坡的人生新旅程就此展開。

初入仕途（一〇五六—一〇六八）

嘉祐元年（一〇五六）三月，二十一歲的東坡、十八歲的子由（按：本書年齡皆依循中國傳統，出生即為一歲，每過一舊曆年加一歲。）隨著父親，經由艱險的古棧道離開四川，長途跋涉，終於在五月間抵達京師。父子三人寄住在寺廟裡，等待秋天的舉人考試。這是科舉考試的第一關，東坡兄弟都輕鬆過了關，取得第二年應考禮部進士科的資格。次年正月，兩人同應禮部會試，主考官是當時的文壇宗師，禮部侍郎兼翰林侍讀學士歐陽修，考試內容含詩、賦、論各一篇和時務策五道。東坡在場中騁其健筆，發為痛快淋漓的論議，其中〈刑賞忠厚之至論〉一篇更是令歐陽修既驚且喜，本想將他置於榜首，但因試官所看到的是糊名彌封且重新抄寫的卷子，歐陽修懷疑這是門生曾鞏的作品，為免考試的公正性受到質疑，他決定只將此考生列為第二名——他怎麼也沒想到這些文采與見識竟出自一個年輕的眉山小子之手！隨後再試春秋對義，東坡就順利的取得第一。未滿二十的子由也不遑多讓，同樣榜上有名。兄弟倆繼續攜手前進，下一個挑戰是金殿御試。春暖花開的三月，仁宗皇帝親御崇政殿，通過禮部試的考生在金殿兩廡的考場應試。幾天後放榜，東坡以第二名賜進士及第，子由也以優異的成績上榜，賜同進士及第。從前一年的秋天到今年暮春三月，決定東坡兄弟官宦生涯的第一場考試終於完美落幕。

在這場初試啼聲即大放異彩的科舉考試裡，東坡不獨展現了他的才識，也表現了他熟讀典籍、靈活思考、大膽假設的自信。〈刑賞忠厚之至論〉引用一段皐陶與堯的對話，藉此強化本文論述的觀點，主考官之一的梅堯臣閱卷時既讚歎用典精采，卻也暗自不解：為何自己不曾讀過此典故？日後當他有機會與這位新科進士見面時，他好奇的提出了疑惑，聽到的竟是出乎意料的答案！年輕的進士自信坦然的回答：「想當然耳！」——史書記載堯寬厚而皐陶執法嚴，那麼面對刑罰有疑慮時，他們兩人想必會一主從寬一主從嚴，因此文章裡假設的對話是很合理的推測啊！當歐陽修聽聞此事，不禁讚歎道：「這年輕人真是善於讀書，善於運用知識，他日為文必能獨步天下！」他還告訴梅堯臣：「讀蘇軾的文章，總令我驚歎、喜悅，我應該退讓一邊，好讓他出人頭地啊！」他甚至在與兒子談論文章，說到蘇軾時，不禁感慨：「再過三十年，不會再有人提到我了！」當然，直到今天我們還是會記得歐陽修的好作品，也佩服他卓越的識力，並被他寬廣的胸襟、提拔後進的熱情所感動；然而，不可否認的，這位他親自提拔賞識的年輕人，日後的成就的確遠遠超越了他，成為中國文化與文學長空裡最為明亮的巨星。

就在這場兄弟同登進士的喜慶中，噩耗自遙遠的家鄉傳來——他們的母親程夫人於這一年四月初八仙逝！

程夫人個性堅強，自有見識，對蘇洵而言，她是永遠的支柱，總是默默的承擔大小家務，既能欣賞他的才華也支持他的想法；而對東坡兄弟來說，她是仁慈寬厚的母親，也是能與他們共讀史書、分享見解的老師。幾年前，她唯一的女兒八娘嫁與娘家兄弟之子，竟不得翁姑夫婿疼愛，抑鬱早死。痛失愛女的蘇洵憤而為文指斥岳家，並宣布兩家從此不相往來。喪女之痛已是沉重的悲哀，又要面臨與娘家至親的決裂，竟是何其不堪的重擊！程夫人靜靜的接受了這一切，但哀痛的心情顯然逐漸侵蝕了她的健康。丈夫帶著兒子赴京趕考，她則帶著兩個年輕媳婦留守家中，不寬裕的家境處處需要費心，勞累的身心最大的期待也許就是兒子金榜題名。怎知才四十多歲的她竟來不及聽到這一對兒子傑出的表現便撒手人寰了！

三蘇父子匆匆趕回家鄉，依循禮法，東坡與弟弟皆須在家守喪二十七個月。

嘉祐四年（一〇五九）七月，母喪除服。十月，東坡兄弟偕同妻子再次隨同父親離鄉赴京。他們此行先走水路，自眉州入江，經三峽而抵荊州，舟行六十日，經歷了三峽之險，也飽覽沿途壯闊的景觀和三國史蹟。這一次不再是功名未卜的趕考書生，二十四歲的東坡已是備受期待的新科進士，見識了外在天地的廣闊，對未來、對政治都有著無比的熱忱與信心——「故鄉飄已遠，往意浩無邊」，這位初為人父的年輕人彷彿展翅待飛的鵬鳥，昂首望向無垠的藍天……

蘇氏一家在荊州過完年後，轉由陸路，於二月到達汴京，租屋定居。第二年，東坡與弟弟為了準備制科考試，兩人移居懷遠驛專心讀書。制科又稱制舉，是由皇帝特詔為選拔非常人才而舉行的特試。應考者須由大臣奏薦，送交五十篇策論，經過嚴格評鑑，才有資格接受皇帝親自策問與拔擢。兩宋三百年歷史只有過二十二次制科，考中者不過四十人，難度之高，可想而知，才高如東坡亦不敢掉以輕心。懷遠驛的生活極為清苦，但兄弟一起讀書寫作討論的樂趣卻如同昔日在老家書房。然而秋日的風雨夜裡，當東坡讀到韋應物的「寧知風雨夜，復此對床眠」時，不禁觸景傷情：現在兩人努力準備考試，可是一旦做了官，各自宦遊四方，恐怕就聚少離多，眉山老家中閒居讀書無憂無慮的歲月終究是一去不回了！兄弟倆不禁討論起前途與理想，遂有了「夜雨對床」的約定：希望日後能及早從仕途退下，或回家鄉，或尋一處田園，兩家相聚，悠然閒居，對床而臥，共聽風雨聲——「夜雨對床」的約定成為東坡與子由共同的美麗夢想，支撐他們勇敢的走過仕途的坎坷，是東坡在生命的黑暗歲月裡，內心永不熄滅的溫暖燭光。

嘉祐六年（一〇六一），制科考試於四人中錄取三人，東坡獲得最高的第三等（兩宋制科得第三等的只有吳育、蘇軾二人），子由與王介並列第四等。東坡再一次綻放出耀眼的光采，而子由也備受矚目，再加上歐陽修對蘇洵的文章才識讚揚有加，至此，三蘇文名震動京師，流傳四方。

東坡的仕宦生涯也就從這一年開始。

朝廷授予他的第一份官職是「大理評事、簽書鳳翔府判官」。鳳翔在陝西，東坡帶著妻子和不滿三歲的兒子赴任。子由出處未定，又因考慮奉命在京修禮書的父親孤身一人，便先奏請留京侍父。二十多年來，兩兄弟總是形影不離，近幾年彼此更是無所不談的知音，如今首度分離，兩人落寞難安的心情可想而知。子由相送直到鄭州，而後返身回京，東坡則繼續遠行。望著弟弟漸行漸遠的身影，東坡敏感的心思了解到：今日之別恐怕是此後宦旅生涯裡永難歇止的離別的開始……「亦知人生要有別，但恐歲月去飄忽」——理性的他當然知道，生離死別，人生難免；感性的他卻很難不進一步想到：別離使人不斷的面對空間的變化，而與此同時的卻還有時間不斷的飄逝！時空變化帶來了人生強烈的不安定感，如何在這不安定的憂懼裡尋得生命的安頓？如何在追求理想的過程中面對「人生有別」、「歲月飄忽」的感傷？二十六歲的東坡即將展開他的政治生涯，也踏上了他一生的追尋之旅：追尋儒家用世任事的理想，也追尋個人心靈的依歸與生命清朗的境界。

東坡在鳳翔府三年。基層官員的政務或忙或閒，有時也不免瑣碎，但他是個做事認真負責的人，加上頭腦好，反應快，在職務上頗能勝任；又因鳳翔與汴京書信往來只需十天，他和弟弟得以每月按時互寄一首詩，談談彼此的心情，因此在鳳翔的第一年，他雖有時寂寞，卻也大體順遂。不過第二年新太守陳公弼來到，兩人相處不佳，帶給了東坡極大的煩惱。陳公弼待人律己甚嚴，嫉惡如仇，是位官譽甚佳的倔強老人，而東坡年輕氣盛，科場得意，自負才華，總愛據理力爭，兩人關係緊繃。一日，太守委請東坡為新建的凌虛臺寫記，東坡交出了一篇好文章，但明眼人都看得出其中有著譏諷之意。沒想到不苟言笑的老太守卻笑了：「我平日嚴厲待他，是看他年紀輕輕就得大名，擔心他驕傲自滿，想挫挫他的銳氣，讓他敬謹處事，沒想到他還真的對我不高興哪！」這位心胸寬大的長者，竟一字不改就請人將文章刻石立碑於凌虛臺旁。十多年後，經歷一場攸關生死的大風暴，謫居黃州，不再年輕的東坡與太守幼子陳季常成為至交，為早已過世的太守寫了一篇長長的傳記，頗自悔悟當年的少不更事，也藉此表達了他的深深敬意。

鳳翔三年任期屆滿，東坡返京，召試學士院，以最高分的「三等」入選，進入史館任職。這是需要文才且具清望的職位，又能留在京師侍奉父親，讓子由可以放心的到大名府出任新職——兄弟倆的官途至此可稱平順。

然而，不幸的是這一年五月，東坡的太太王弗竟然病逝，享年二十七歲，留下不滿七歲的兒子蘇邁。王弗夫人小東坡三歲，兩人結婚時，一個十九，一個十六，都正當青春年少。但王弗沉靜穩重，東坡坦直活潑，看似相反的個性卻正好相輔相成，兩人的感情極為深厚。東坡官於鳳翔時，王弗一方面對少年成名的丈夫滿懷崇拜，一方面也深知他性情率真，待人處事有時不免糊塗，因此，她經常細心的留意丈夫的行事舉止，觀察來訪的客人，事後幫他辨析人情事理，並及時給予他適當的建議與忠告。對年輕初入仕途的東坡而言，這樣的夫人是愛妻，也是可以信賴的諍友，他欣賞她的「敏而靜」，更佩服的讚美她「有識」（有見識）。如今這幸福的婚姻竟意外的戛然而止，怎不令東坡痛慟！無怪乎十年後，當他面對政事紛擾有心無力時，會夢見這聰敏體貼的妻子，寫下了深情哀婉的詞篇——〈江城子〉（十年生死兩茫茫）。

妻子的喪事還沒料理妥當，隔年四月，父親蘇洵竟也因病辭世。悲痛的兩兄弟護送父親與王夫人的靈柩還鄉，並遵禮在家守喪。喪期既滿，三十三歲的東坡於該年冬天再婚，娶的是王弗夫人的堂妹王閏之。閏之小他十二歲，不似堂姊聰敏，卻溫婉樸實，善於料理家務農事，對待堂姊留下的長子一如自己日後生下的兩子，皆疼愛有加。她將陪伴東坡走過二十六年的歲月，與他共度宦海中的起伏榮辱，讓他面對風雨時，身後永遠有一個寧靜溫馨的家。

神宗熙寧元年（一〇六八）十二月，東坡兄弟攜同家人再度離鄉赴京，祖墳田宅皆委請堂兄弟與鄰居好友代為照管。只是這一次離去將是東坡與家鄉的永別，從此，他東飄西盪，宦遊大半個中國，卻再也回不了家鄉。而他始料未及的是此去京師，等待他的將是一場激烈的政治風暴，自己後三十年的人生將不得不與之緊緊相繫。

新舊黨爭（一〇六九—一〇七九）

宋承繼天下於唐安史、黃巢之亂及五代十國的軍人割據之後，長達六十餘年的分裂和戰爭，至此早已令天下民窮財盡，積弱難振。再加上王朝建立之後，外患頻仍，始終處在遼夏等外族的威脅之中，政府不得不沿邊設置重兵，耗損大量的國家財政於國防經費上；若幸無戰事，仍須年付遼夏無窮需索，形成財政上沉重的負擔。外患之外，宋在內政上亦有冗官、冗兵、冗費的問題，更使國庫入不敷出，日漸空虛。但表面上宋一統天下之後，大江南北確實承平百年，因此朝廷內外逐漸耽於苟安，不樂有為，形成保守的政治風氣。長此以往，大宋帝國的命運堪憂，不少欲有所為的士大夫都已感到迫切的危機，東坡兄弟的策論書疏就多有相關的論述主張。就在這樣的形勢下，二十歲的神宗即位。這位年輕皇帝好學深思，一心一意想要富國強兵，對於當時的保守政風深不以為然，因此一聽王安石變風俗、立法度的新論，便有深得我心、契合非常之感。於是，就在東坡重返京師的熙寧二年（一〇六九）二月，王安石出任參知政事，開始一系列的變法改革。變法之初，朝中重臣對王安石的高遠理想頗有寄予厚望者，也頗欽佩他任勞任怨的政治勇氣與抱負。不料他自視過高，個性偏執，與人議事論政若有不合，往往罵人不讀書，是流俗之見。這種絕對排斥別人、獨行其是的態度，使他無法察覺革新措施裡的缺失與流弊，更使得許多有德之士遠離了他，如竭力提拔他的歐陽修、富弼，與他曾是同輩好友的司馬光，曾和他共事的程顥、蘇轍，都先後引退或請調離京。於是小人趁虛而入，王安石所用非人，不但新政的缺失不能修正，新政的良法美意也往往因官吏爭功或舞弊而反倒成了傷害平民百姓的法令。自少仰慕范滂「有澄清天下之志」的東坡，面對這一場排山倒海的政治變革，當然不可能置身事外。他們兄弟都被派為京官，子由更因書疏的言論受到神宗賞識，親任他為變法決策的最高機構「制置三司條例司」的檢詳官。但過不了幾個月，他就因無法認同所有新法，且堅決反對青苗法，差點獲罪於當朝，於是只得求去，不久便隨出知陳州的張方平去當學官了。比起早早遠離京城暴風圈的弟弟，此時東坡仍不願放棄改變新法、為民請命的理念。如同他自己所言：「我性不忍事，心裡有話，如食中有蠅，非吐不可。」對於新法的青苗、保甲、助役、科舉……等措施，他都有話要說，且論點明確，頗能把握重點，而他出色的文采更增添了語言文字的魅力與說服力。雖然，神宗依舊相信新法將帶來富國強兵的新局面，王安石依舊專任獨斷，聽不進任何異議，但東坡認為「開放言論，共謀國是」是行政的先決條件，「挺身而出，為民請命」則是知識分子的責任。因此當神宗採納他的意見，並親自告訴他：「為朕深思治亂」，他也就知無不言，言無不盡了。他前後兩篇〈上皇帝書〉，長達數千字，極言新法之弊、人民之苦，並痛斥諂諛之人文過飾非，建議皇上應以結人心、厚風俗、存紀綱為首要之道。這些篇章至今讀來，論辯之精采、勇氣之十足、憂天下之情切，皆令人歎服，而神宗對東坡的寬容與欣賞同屬不易。

不過，一連串反對新法的言論、真真假假的嘲弄之語，難免助長了反對派的氣焰，恐怕也要阻礙新政的推行。對此，王安石不免氣惱，也因此堅決的反對神宗授予東坡要職。而圍繞在安石身邊的小人更是開始羅織罪名，希望能除去此眼中釘。紛紛擾擾、風風雨雨中，東坡越來越孤單。弟弟早已遠去陳州，而長者如韓琦、張方平、司馬光、歐陽修等人，或外放或退休；同儕友人如劉攽、曾鞏、文同、劉恕等也因反對新法，或補外、或乞歸、或被斥退；他們一個接一個離京遠去，在一場又一場的餞別宴席上，東坡的身影日趨孤單……終於，也輪到他離開的時候了。

熙寧四年（一〇七一），新政派的謝景溫以不實罪名誣陷他，其後查無實據，卻使東坡驚覺：自己再不離開朝廷是非圈，恐將惹禍上身！於是，他主動申請外調，欣賞其才華的神宗決定給他東南第一大都會的美差——杭州通判。

三十六歲的東坡攜家帶眷，再一次離開京城。回顧十年來的政治生涯，一心以為參加了匡時濟世的大事業，沒想到卻彷彿兒戲一般荒謬！幻滅的悲哀，令他惘然若失。七月，他順路先到陳州，探望在此的長輩張方平與弟弟一家人。兄弟倆久未見面，當然有說不完的話，這一聚就是七十餘日。接著，子由陪同哥哥一家到潁州，同謁恩師歐陽修。歐陽修文章風節，夙負眾望，提攜後進，不餘遺力，卻因變法之爭而遭門生污衊，心灰意冷之餘，遂以體弱多病為由，自請退休。能夠再一次見到這對出色有骨氣的兄弟，歐陽修既歡喜又心慰，而東坡兄弟也用心的陪伴老師二十餘天。這是師生最後的歡聚，未及一年，歐陽修便與世長辭。

潁水之畔，東坡再次與弟弟話別。從政以來，兄弟離別已有三次，而這一次最讓東坡感到淒涼心酸，因為此去要闊別的不只是親愛的弟弟子由，還有過去在廟堂之上據理力爭的熱情和參政的理想。雖然一樣不得意，但子由早早離開風暴中心，毛羽未傷；東坡則自嗟臨事如病熱狂，不能節制進退，現在就像一個喝醉酒的人，摔了一個大筋斗，幸而未傷，倒也嚇醒了迷夢——〈潁州初別子由〉詩二首透露了這位自幼及長讀書考試總是順利出色的天才，在現實政治、理想抱負、手足親情之間，徬徨寂寞的失落心情。

冬日的寒風裡，東坡抵達杭州。這個山水秀麗、歌舞繁華的城市將使剛離開京師權力是非圈的東坡心靈暫得休憩，而這位喜愛湖山美景、人間溫情的詩人也將使杭州成為中國文學裡永恆的美麗城市。

北宋著名的詞人柳永如此描述杭州：

重湖疊巘清嘉，有三秋桂子，十里荷花。羌管弄晴，菱歌泛夜，嬉嬉釣叟蓮娃。千騎擁高牙，乘醉聽簫鼓，吟賞煙霞。（〈望海潮〉）

這是個兼具自然與人文之美的城市。東坡在此的生活除了來往轄內各地為瑣碎吏務奔波之外，亦常有機會於湖光山色之間結交僧人雅士，參加各種聚會；再加上前後兩任太守陳襄、楊繪皆雅好詞樂，經常舉行小宴，而著名詞人張先自仕途退下後，來往於蘇杭一帶，也成為時相與會的好友。美景佳會，自然催生了文人筆下許多佳作，東坡也留下了不少美麗的詩篇，其中為西湖而寫的作品，如「水光瀲灩晴方好，山色空濛雨亦奇，欲把西湖比西子，淡妝濃抹總相宜」等，更成為傳誦千古的西湖絕唱。也是在這樣的山水間、樂聲裡，東坡與詞相遇。醉聽簫鼓，吟賞煙霞，透過一次次的聆聽、唱和，本是詩文一流的東坡迅速的掌握這種新文體，並且由泛泛的寫景酬唱逐漸進展為真摯的遣情入詞。於是，宦途失志、離別感傷之情，以及多年來隱藏心底的時空流轉之悲，如今都有了另一個抒發的出口。杭州，催生了詞人東坡，而東坡將為詞打開更寬廣、高遠的新境界。

然而，杭州並非處處荷香柳蔭，東坡也不是天天遊山玩水、飲宴酬唱。通判是太守的副手，杭州既為東南第一大都會，政務自然繁忙，副手必須分擔的工作也就不少。杭州三年，東坡問囚決獄、主持鄉試、督導堤岸工程、督察鹽事、巡按屬邑、放糧賑災……經常來往常潤道上，有一年除夕甚至只能在常州城外的船上度過。對於有用世之心的東坡而言，能夠實際的為百姓做點事，也應算是理想的實踐。然而這是新政雷厲風行的時期，成為地方官也就代表是新政在地方上的推行者——從反對派變成執行者，東坡面對的是何其難堪荒謬的境地！他只能盡力的多做些有利於民的事，稍微降低新政的災難，但是站在第一線，他無法漠視人民日益嚴重的苦難。他一方面明白「眼看時事力難勝」，卻又自言「貪戀君恩退未能」，百姓的痛苦永遠令他的良知難安，他將滿懷的悲憤、憂心、感慨化成了詩篇文字，寄給弟弟，送給朋友，也任其流傳。誠如子由日後為撰墓誌銘所言：「緣詩人之義，託事以諷，庶幾有補於國」——如果無法實際參與政策的改良，何不藉由自己的好文筆寫出政令的荒謬以及民間處處可見的貧困、飢寒、債務？說不定朝廷裡有人讀到了，進而省察政策之弊，知所改進，那麼自己對國家、百姓還是能做點事呢！這些「非吐不可」的詩文被人爭相傳誦，可是傳到了政爭越來越激烈的朝廷，它們簡直成了新政人物越來越難忍受的芒刺。

東坡在杭三年，任期將滿，由於前一年子由移調山東濟南掌書記，東坡遂向朝廷請調山東附近的職差，也如願奉派為密州太守。熙寧七年（一〇七四），三十九歲的東坡揮別杭州，同行的家眷增加了兩人：一個是抵杭第一年出生的幼子過，一個是王夫人新近買來的小丫鬟，聰明伶俐的十二歲女孩——朝雲。日後，朝雲將成為東坡的侍妾，與他共度患難，是文學史上令人難忘的女子。

密州位於山東半島東南，是風俗樸陋、人文景觀冷清的地方，與杭州相比，實有天淵之別。東坡於冬日到任，立即面臨嚴重的蝗災，驅蝗救災之餘，又須費心緝盜，緩解此地盜賊橫行的問題。繁忙的政務使得原本冀望離濟南近些，可以與弟弟時相探問的東坡希望落空。在這荒涼的山城裡，他既無文酒談讌之歡，又乏兄弟聚首之樂，而百姓的困乏、政策的弊端也更增添了他內心的孤寂與憂痛。這一段時期，他一方面有上書朝廷論災傷、鹽稅等欲有所為的文章，另方面也留下了寓有莊子哲思的〈超然臺記〉；而詞作〈江城子〉寫他對前妻王弗的無限思念混雜著青春夢想的失落，〈水調歌頭〉則是他中秋夜對弟弟最深也最動人的思念，重複著人世悲歡離合、天地無常的主調，最終卻以「但願人長久，千里共嬋娟」為生命的不完美找到了化解之道：相通的心靈，深摯的情意自可穿越時空，只要彼此常相繫念，只要仰首都能看到那一輪相同的明月，生命又怎會只剩下孤獨與冷清呢？熙寧九年（一〇七六）的中秋月在東坡筆下成了中國人永恆的中秋月，溫暖著每一個面對悲歡離合的心靈。

熙寧十年（一〇七七），東坡轉任徐州太守。他先赴濟南與弟弟一家相聚，但是子由赴京尚未歸來。兩家歡聚個把月後，兄弟倆才在澶濮之間相見，距離上回分手道別已隔六年！四月，東坡到達徐州，子由同行，並與他共度中秋之後，才帶著家人轉赴南都新任所。兄弟相聚百餘日更加深了東坡羈旅無常之感——「此生此夜不長好，明月明年何處看？」然而，沉溺於悲哀並非東坡本色，即使是寂寞，他也要懷著希望來面對。另一首〈水調歌頭〉在今年的中秋月色裡完成，上闋是謝安的遺憾與悲哀，下闋卻摹想兄弟同退、相從之樂——溫暖的筆調情趣對比出現實的無奈，卻也輝映著美麗的夢想。

弟弟離去沒幾天，八月二十一日徐州大水，浩浩蕩蕩的洪水如千軍萬馬，隨時都可能沖毀城牆，淹沒全城。當此關頭，東坡沉著果斷，以出色的領導能力偕同軍民，全力抗洪搶險。洪水圍困徐州七十多天，終於退去，百姓欣喜若狂，對於不眠不休、全心全意和他們共度危難的太守，滿懷感激愛戴之情；神宗皇帝也下詔獎諭東坡卓越的表現。而東坡並不滿意暫築的堤防，為了給徐州更堅固的保護，他向朝廷提出修建防洪大堤的計畫。在他持續不懈的爭取下，第二年八月，大堤竣工，並在堤旁東門上建了一座十丈高的樓臺，堊以黃土，命名黃樓，取五行中黃土剋水之意。除了將抗洪始末與皇上詔書刻石誌於黃樓，東坡並親自書寫子由撰寄的〈黃樓賦〉，同樣刻石誌於此。黃樓落成的典禮上，官民同歡。徐州城戰勝了天災，身為太守的東坡實現了減輕人民苦難的政治理念，他的內心踏實、愉快，兀傲不屈的信心又在此期的作品中流露。可是詩人東坡在這一座古城中，面對歷史的遺跡、親友的離合聚散、節令變遷，他的心靈深處依然寂寞、依然揮不去時空之悲，依然難免不朽的困惑：滔滔向前的時間巨流裡，誰能成為永恆的主人呢？自負執著的心靈面對無常的現實，遂成就了〈永遇樂〉的蒼茫勁秀，這是東坡徐州詞作的代表。

杭州、密州、徐州，將近七年的地方官生涯，東坡展現了他勇於任事的個性以及不錯的行政才幹，而這樣的歷練也開拓了他的視野與胸襟。他正邁向更成熟的中年時期，文名正隆，如同歐陽修的預言，已是天下人尊重喜愛的大文學家，隱隱然將成為文壇盟主；他也是人民愛戴的父母官，不僅陪同百姓面對天災人禍，更積極的想要改善他們的生活。元豐二年（一〇七九）三月，朝廷又有新任命，東坡改調湖州知府。在徐州百姓依依不捨的送行下，東坡再次揮別滿懷記憶的城市。他先赴南都探望弟弟，四月抵達湖州。新的城市，新的開始，東坡有些疲累卻不減為百姓多做點事的熱情。只是，一場比徐州大水更為凶猛的災難即將如巨浪襲來，滔滔水勢幾乎令他滅頂……

東坡抵達湖州之後，依例呈遞〈謝上表〉以感謝皇上委任湖州的恩澤，沒想到這篇表文竟成一場大禍的導火線。當時朝廷的政治環境已經不同於熙寧年間。滿懷理想、主導變法的王安石在呂惠卿等人的排擠傾軋下，二度罷相，黯然離京，退居金陵。從此新政的理想煙消雲散，黨同伐異之風隨而興起。為了鞏固既得的權勢，防止司馬光等保守勢力的復甦，新政人物處心積慮，伺機而動，一向才華外露，不自內斂的東坡就成了首要的攻擊目標，而〈湖州謝上表〉裡銳角未銼的言語開啟了禍端：「知其愚不適時，難以追陪新進；察其老不生事，或能牧養小民」——被刺痛的朝廷「新進」決定展開一連串的圍剿行動……

六月二十七日，權監察御史里行何正臣首先發難，上奏東坡〈湖州謝上表〉愚弄朝廷、妄自尊大，並指責東坡多年來譏諷朝政，一遇民間有災變則歸咎新法，幸災樂禍。隨後，另一位監察御史里行舒亶也上箚子指稱東坡的表文惡意譏諷時事，已令忠義之士感到憤慨；他進而呈遞東坡在杭州出版的詩集，並一一摘錄其中字句，附會為諷刺新法、侮辱朝廷，甚至謗訕君上，請求皇上將東坡交付有司，嚴加懲處。神宗觀望猶豫。接著，國子博士李宜之也上呈奏狀，大肆抨擊東坡的〈靈壁張氏園亭記〉，「無尊君之義，虧大忠之節」。最後也是最凶狠的一刀來自御史中丞李定。李定嚴厲指出東坡有四大可廢之罪，且在箚子中詳述此四大罪時，句句緊扣東坡怨望謗訕的對象都是皇上！御史就是諫官，宋代諫官的地位超然，不但能糾舉大臣，也能彈劾執政。而神宗皇帝尚義好名，自然尊重諫官、重視輿論，如今他面對多位臺諫的「控狀」，豈能等閒視之？於是，他下旨：交付御史臺調查處理回報。

七月二十八日，臺吏皇甫遵（僎）帶了兩個臺卒來到湖州，逮捕東坡到案。皇甫遵態度傲慢，「頃刻之間，拉一太守，如驅犬雞」。而東坡雖則先一步得知消息，卻也不及有何安排。倉促之間，他惶恐就捕，在長子蘇邁的陪伴下，出城登舟北上。家人驚慌號泣，郡人前來送行者也都淚如雨下。面對這場巨變，東坡一方面要安撫驚恐的妻子家人，一方面卻也難掩心中的疑懼——「壯懷銷鑠盡，回首尚心驚」——此去茫茫，誰能預卜死生呢？

八月十八日，東坡抵京，入御史臺獄，二十日審問開始，主審官是張璪、李定。要入人於罪，需有證據，要興大獄，需先掌握豐富的資料，何正臣等人在這方面作了相當的準備。他們一方面隨狀繳進坊間印本，一方面又由御史臺行文州郡，搜索蘇家並收取境內東坡所遺詩文；而後逐篇勘問，絕不少漏。勘問的過程酷虐難堪，老臣張方平、范鎮上疏論救都無下文，而子由乞納在身官以贖兄罪，哀哀感人的手足之情也無法減輕這場災禍。東坡孤獨的待在狹窄、陰暗的牢獄中，「隔牆聞歌呼，自恨計之失，留詩不忍寫，苦淚漬紙筆」——為了年少時的「范滂之志」，為了「致君堯舜」的儒家理想，他付出了多大的代價！與弟弟「夜雨對床」的盟約遙遙無期，而牆外平凡的歌唱笑聲更與自己隔絕。獄中的前兩個月是東坡心情最悽惶、沉重的時期，他甚至預先寫下與子由訣別的詩篇，託付始終善待他的獄卒梁成於不測時轉交。詩有兩首，其一是對弟弟的無限歉意與深情——「是處青山可埋骨，他年夜雨獨傷神，與君今世為兄弟，又結來生未了因」——死亡的恐懼或可因無愧而擺落，但至深的親情卻是永遠難以割捨的依傍與牽繫啊！同樣令東坡牽掛的另一份情意是在妻與子身上。訣別詩的第二首有對妻子的繫念，也囑咐了安葬處：「百歲神遊定何處？桐鄉知葬浙江西。」東坡入獄以來，杭、湖一帶的百姓感念這位好父母官，為作解厄道場一個多月，祈禱神靈保佑他平安無事。民間的情意令他感動，也支持著他面對災難無所悔怨的信心。而這樣無悔且自我肯定的心境，在十月二十日為太皇太后所作的輓詞中亦流露無遺。事實上，兩個月的勘問審理結束後，東坡的心情已漸平靜，十一月裡，甚至能靜心寫下〈御史臺榆槐竹柏四首〉，體物深微，託物寓懷，且能說出「誰言霜雪苦，生意殊未足，坐待春風至，飛英覆空屋」，因自省無愧遂能自我寬解的東坡似乎回來了。

東坡的心境改變，案情的發展也有了轉機。十月勘問結束，御史臺上呈勘狀，不但欲致東坡於死地，更主張將收受譏諷文字的張方平、王詵、司馬光、范鎮等人一併問罪。這時夙來賞識東坡才華的神宗猶豫了，而朝中大臣吳充、王安禮、章惇也適時伸出援手，共同的理由是「聖時不殺才士」。再加上太皇太后臨終前殷殷叮嚀：「因為寫詩而獲罪入獄，恐怕是被小人陷害了吧？只能用詩來為一個人定罪，顯然這人也就沒什麼大過，千萬不要冤枉無辜啊！」於是，本來就無意深究此事的神宗決定結案。

元豐二年十二月二十九日，這個轟動全國的「烏臺詩案」（御史臺又稱烏臺）終於落幕，全案歷時四個月又十二天。東坡貶任黃州團練副使，本州安置，不得簽書公事。事前通風報信的駙馬王詵被撤銷一切職務，子由救兄亦受牽連，同被貶官。其他多位牽扯到本案的大小官員也都受到輕重程度不同的處分。

從人民愛戴的地方首長，一夕之間淪為命在旦夕的階下囚，百餘日之後，卻又安然地走出了御史臺獄——人生境遇之不可逆料一至於此，昔日黃樓上與民同樂而有無常之慨的東坡，恐怕也不曾想到。然而，就在死亡的恐懼裡，他不再只是讀《後漢書》的男孩，他真實的走進了范滂的心靈，深刻的了解到執著理想的代價；也在孤獨的自省中，他重新肯定了自己的理想。詩案以前的東坡，純真、任性，以天賦的才華結合入世的熱情、士人自許的精神，大踏步的闖入現實政治中，骨氣傲然卻未經嚴厲考驗，光芒四射更難免銳利傷人。詩案期間的東坡，飽嘗政治的險惡無情，但也感受了來自太皇太后、長輩、弟弟、朋友和州郡人民的關愛之情，這些情誼溫暖了東坡的心，使得他在顛仆困危之中，不曾對人世失望。詩案以後的東坡，將面對廢置窮鄉、無用於世卻又不得言退的困境。黃州漫漫歲月，等待東坡的是重挫後的寂寞憂懼、生活的困乏難安、未來的茫茫不可測……

謫居黃州（一〇八〇—一〇八四）

「此災何必深追咎，竊祿從來豈有因」——結束了百餘日的臺獄之災，年終歲暮，重獲自由的東坡走在充滿年節氛圍的汴京街道上，一切恍如隔世。雖然他的自由仍不完整，法令裁定，他必須由御史臺派人押送往黃州，不得逗留京師，且將被限制居所，不得擅離黃州。然而，虎口餘生，自由的春風迎面吹來，鳥鳴啁啾，東坡的心情也得到了暫時的紓解：「卻對酒杯渾似夢，試拈詩筆已如神」，他一口氣完成了兩首詩。詩寫完讀過，他不禁擲筆而嘆：「怎還不知悔改啊！」

元豐三年（一〇八〇）正月初一，東坡在長子邁的陪從下，隨著御史臺差役，匆匆離京。此刻他無法沉溺於感傷哀痛之中，因為現實世界裡，他還有人生的責任必須承擔。這場災難使得兄弟兩家同時面臨了播遷的動盪。案發之初，東坡一家二十餘口都被送到子由那兒安頓，只是子由兒女多，家庭經濟壓力一向很大，如今又受牽連，貶官筠州，官小薪俸更微薄，東坡自然不能再加重他的負擔。因此他託人約子由在前往黃州路上的陳州相會。兄弟禍後重見，雖有許多感慨，卻也只能聚晤三日，商議家計安排，並勞煩子由到筠州之前，親送兄嫂侄兒到黃州。東坡見到弟弟在清貧困頓中依然面色清潤、兩眼有神，頗感欣慰，而子由亦不忘勸說老哥：力戒口舌，慎重筆墨——互相勸戒寬慰，彼此加油打氣，在政治鬥爭的荒漠裡，這一對兄弟永遠是對方生命裡豐沛清澈的甘泉。

元豐三年二月一日，東坡父子抵達黃州。

黃州在今湖北境內，長江之畔，州治黃岡，即為東坡謫居之所。這裡與中原、京畿相距遙遠，也遠離繁榮富庶的揚州、杭州，是一處偏僻清寂的地方，連州治黃岡都是景象蕭條。東坡初來乍到，只能先借住定惠院。由於他雖名為團練副使，卻只是虛銜，不能簽書公事，因此向知州報到之後，也就無事可做了。此時家人未到，安頓無著落，他孤獨的面對這陌生的荒城。「飢寒未至且安居，憂患已空猶夢怕」——既試圖隨緣自適，卻又餘悸猶存。他閉門睡覺，只想擺脫一切是非；他隨意閒逛，是散心，是無聊，也是無所適從的不安；而「時時策杖至江上，望雲濤渺然」，更深刻的流露了此時茫然的心境。「長江滾滾空自流，白髮紛紛寧少借」，當年「扁舟泝巴峽」，滿懷理想的投入政治的洪流之中，何曾想到這船毀人傷的悲痛？黃州的第一年，當他在春風裡漫步來到定惠院東的土山邊，竟於滿山雜花中不期而遇一株盛開的海棠時，淚水緩緩流下——海棠原是西蜀名卉，因何無端落入這江城瘴地，與雜花共處，無人珍視？〈海棠詩〉是東坡名作，詠歎的不獨是海棠，一字一句抒寫的更是他天涯流落、無人了解的寂寞與悲涼。

然而，東坡並不想縱容自己在無止盡的悲哀之中。黃州第一年，他較為閉塞隔絕的生活固然是貶官所致，卻多少也是他有意無意間的選擇。經歷烏臺詩案之後，面對不知何時終了的逐客生涯，他需要一段安靜的時空，調適疲倦的身心，反省昔日的思想行為，並思考此後安身立命的據點。這一年東坡閉門獨處、訪寺焚香默坐的時間最多，不論是家眷未來或已到，他都經常去城南安國寺沐浴靜坐。基本上，東坡淑世濟民的熱情、自尊自重的傲骨，淵源於傳統的儒家教育；但是由於家學、天性以及宋代文人的傾向，佛老思想也一直潛伏在他的心中。現在入世的儒家思想既然受到重創，出世的佛老精神正好擔負起洗滌心靈、化解痛苦的責任。而東坡嚮往的是佛老精神中「靜而達」的境界，希望透過深自省察的功夫，體悟悲哀痛苦之本源，進而超越得失禍福，恢復意志真正的自由，於是美惡哀樂全在自我，外界的窮達貴賤怎能影響個人的心境呢？不過，人生的魔障層層相疊，靜而達的境界實難一蹴即成。這一年，東坡不只遭遇政治的打擊，還身受親人死亡的悲哀：子由喪女、哺育東坡並與他同住的乳母過世、至親的堂兄也逝去。接二連三的死訊在謫居的歲月裡聽來，格外驚心，也為東坡帶來極大的痛苦，使他於安國寺的靜坐之外，又入天慶觀道堂閉關四十九日，以平緩心中的波瀾。五月，子由護送嫂嫂一家來到黃州，而東坡藉由鄂州太守的協助，終於為全家找到了安身場所——臨皋亭。臨皋亭在長江畔，住屋不大，蘇家二十餘口住得有些擁擠。但亭外視野遼闊，亭下八十餘步便是大江，滔滔江水日夜奔流，武昌連綿的青山遙遙相對，風景極為清朗明媚，對東坡而言，不失為適意的居處。兼且劫難之後，一家又能團聚，重享天倫之樂，無疑也慢慢寬解東坡的心境。

元豐四年（一〇八一），東坡逐漸適應黃州生活。自言「上可以陪玉皇大帝，下可以陪卑田院乞兒」的他，以明朗、真誠的態度結交了多位當地朋友，有仕紳，有市井小民，他們樸實的敬意和關愛皆有助於撫平東坡內在起伏激盪的痛苦。新朋友漸成熟識，老朋友或偶然重逢，交情更甚往日，如陳季常；或專程來訪，見證了人間真情，甚至提供實質的幫助，如馬夢得。東坡不善積蓄，為官多年，依舊兩袖清風，如今謫放，更是沒了俸祿，只剩一份微薄的食物配給。第一年靠著一點存錢節儉度日，也就勉強撐過，但隨後如何餬口，卻是不得不面對的難題。馬夢得雖窮，卻適時幫上了大忙。他向當地政府申請到一塊廢棄的營地，讓東坡開墾為農地，自耕自種，改善日漸困窘的生活。這塊營地位於東門外，是岡巒起伏之間一方數十畝大的平地。由於地在城東，東坡不禁想到自己喜愛的唐代詩人白居易（樂天）謫居忠州時，有〈東坡種花二首〉、〈步東坡〉詩，於是，他就為這塊農地命名為「東坡」，自號「東坡居士」。「東坡」，成了日後無數喜愛他的讀者對他的暱稱，人們呼喚此名如同呼喚身邊的好友。

挽起衣袖，東坡就在這滿目瓦礫的荒地上，開始了他躬耕田野的黃州生涯。雖然墾闢工作頗為辛苦，農作收成也往往受到天候變化影響，有時不盡理想，但能靠自己的雙手耕作謀生，舒緩經濟壓力，他的內心已感滿足，更對好友、鄰里熱情的協助，滿懷感激。而〈東坡八首〉詩中預想收穫的喜悅，遐想果樹長成的美景，則流露了他受創的靈魂深處依然樂觀的本質。

元豐五年（一〇八二）是東坡黃州歲月裡重要的一年。

四十七歲的他廢居在此已兩年，生活依然貧困，但妻子奴婢皆能安於此，一家人讀書工作，溫馨的相互扶持。而東坡耕地附近，他自建的雪堂也在二月大雪中落成。雖只是簡單的建築，卻讓他多了起居休憩的場所，還可以招呼遠道來訪的朋友暫住。對需要藉由閱讀、寫作、書畫、沉思以調整自我且熱愛朋友的東坡而言，雪堂是個重要的地方。

這一年，他的心境最為複雜多變。走過單純的畏罪心理，超越個人的得失禍福，他在自我默省之中，體悟過往之非，也重新肯定「尊主澤民」的儒家理想——他的理想無罪，但是未經深思的熱情卻不免傷人傷己，而外露的光芒固然銳利多彩，又何嘗沒有流於浮淺之時？得罪並非無因，然而，若論安身立命處，則他仰不愧於天，俯不怍於地，自覺坦蕩無疑——只是理想的肯定卻也顯現了他依然強烈的用世之心，於是生命徒然落空的悲哀席捲而來！寫於這年寒食的〈寒食雨二首〉，悲愴沉痛，是生命在時間的無情壓迫下最無助的吶喊、呻吟：青春的夢想凋零如同春花，青春的歲月也在不知不覺中一去不回，而貶斥閒置的生涯，求進不得，思歸難成，更將有限的年華拋向一片空白！「也擬哭途窮，死灰吹不起」——東坡的作品結語從未悲痛若此，東坡的心境也極少掉入這樣的深淵。可是，也許唯有把最底層、最晦暗的氣體吐盡，心靈才能再一次迎進清新的風、明亮的陽光。〈寒食雨〉之後，東坡的心境漸趨平和，面對生命無常、人生如夢的永恆課題，他為後人留下了不朽的篇章，有詩詞，有文賦，呈現了他的多種情緒：對時間的敏感、生命的無奈，以及對田園生活的嚮往，伴隨著灑落悲哀的曠達。直到現在，許多中國人面對人生的風雨困頓，總會不期然地想起他此時的作品：〈定風波〉、〈哨徧〉、〈念奴嬌〉、〈臨江仙〉以及前後〈赤壁賦〉。

赤壁，在黃州稍西處，又名赤鼻山，因山麓陡入江中，形成斷崖壁立，而其石色如丹，因此得名，並非昔往周瑜大敗曹操的赤壁。東坡初到黃州，就常和兒子邁夜遊此處，日後更常划著小船獨遊或偕友人同行——前後〈赤壁賦〉所記就是三、四人同行的夜遊。赤壁兼具山水之勝，江面上風露浩然、煙波渺茫，絳赤色的崖壁在夜色中，冷峻森峭，同時展現了大自然的清遠悠然與深沉難測；再加上誤為周曹大戰地點的歷史傳說，更使這一片水聲山色迴盪著時往事移的滄桑。歷史乃人事，山水是自然，而東坡就在其中體悟了自然的無盡無私、人事的有限渺小——〈赤壁賦〉、〈念奴嬌〉抒寫的正是東坡面對赤壁的沉思。對東坡而言，赤壁不只是名勝，它更是大自然提供給東坡反身觀照的「鏡子」。

元豐五年以後，東坡走出了烏臺詩案的陰影。他的心境平和曠達，他的生活清靜閒適，簡單的房舍、飲食、風光，都在他的眼中筆下，散發出美麗動人的光采。而躬耕東坡之上，也令他開始嚮往陶淵明的境界。不過，他對陶淵明的深入了解與體會，則有待晚年謫居嶺南、海南時。

神宗皇帝似乎從沒忘掉東坡，這些年他不時留意著東坡的消息，四年多了，他決定重新給他機會。元豐七年（一〇八四）三月，神宗親下手詔：東坡量移汝州。汝州比黃州繁榮，且靠近汴京，對貶謫之人而言，這無疑暗示懲罰即將結束；而量移之後，往往緊接著就是「任便居所」——自由選擇居住地——罪官的身分自此消失。因此，量移和任便居所往往是再行起用的準備，是政治生命重新開始的起點。對仍有用世之心的東坡來說，「自黃移汝」當然是好消息，可是近五年的時光，黃州的山水田野、鄉民仕紳陪伴他度過了生命的困境，他也相對的付出了真摯的情誼。如今，在理想與田園閒情之間，東坡必須有所選擇，如同他當年割捨鄉情，踏上仕途一般。再一次告別熟悉的地方，再一次踏上未知的旅程，東坡的心中充滿人生無常的感慨，然而曠達的胸懷幫助他灑落悲哀：雪堂赤壁固然令人留戀，汝州的洛水清波不也是值得一看的好風光？隨緣自適，生命自有多種美麗！

四月初夏，在一大群朋友的送行下，東坡一家依依不捨的離開黃州。此後，他再也沒機會回來，東坡、雪堂、赤壁都只能夢中重遊。然而，這荒涼的江城卻因他而有了不朽的名聲。

重返汴京（一〇八四—一〇八九）

離開黃州，東坡無須立刻前往汝州，於是他為久受禁錮的自己安排了一系列行程：先與好友參寥和尚同遊廬山，再赴筠州看望子由，接著一家人乘船沿著長江東行來到金陵。時已入夏，天熱船悶，王夫人首先病倒，東坡亦有不適，卻沒想到最後一病不起的是出生於黃州，未滿十月的幼子！東坡在黃州時納朝雲為妾，這小男嬰即是朝雲所生。年近半百，遽爾喪子，曠達如東坡亦不勝悲痛，而年輕的朝雲更是痛不欲生。

同樣痛失愛子的是王安石。多年前面對新政的失敗、所用非人而遭受的背叛以及長子的早逝，這位倔強、孤傲的政治理想家心灰意冷、黯然引退，孤獨的隱居在金陵已七、八年。東坡決定去拜訪他。安石長東坡十五歲，個性才情各不相同，政治觀點更是南轅北轍。兩人當日語言文字互不相讓，但為國為民的心卻是一樣。而今，一個是退職宰相，一個罪官身分未除，都是青春已逝理想落空的人，金陵重逢，竟是多少感慨！然而拋開政治的喧囂混亂，自負的王安石欣賞這位晚輩的才氣、學問、品格；而經過臺獄之災、黃州五年的反省之後，東坡既深自悔悟思慮不周的年少輕狂，也逐漸理解部分新政的可取之處，更敬重這位長者執持理想、奮然向前的勇氣。金陵相從多日，他們談文論史，才發現彼此的心靈竟是如此接近！東坡詩云：「從公已覺十年遲」，安石則長嘆：「不知更幾百年，方有如此人物！」當時朝廷政局依然難測，東坡有意尋個清靜地方安家隱退，安石便極力勸說定居金陵作伴。可惜附近一帶看田買田皆未成，只能作罷。東坡繼續在江淮間飄蕩，一方面向朝廷請求准予常州居住，一方面積極地找尋安家的田園。最後，他總算在常州宜興買下了合意的田產，而朝廷也在元豐八年（一〇八五）二月批准他以團練副使的身分「常州居住」。東坡無限歡喜，滿心期待從此可以悠閒度日，終老於好山好水之間。

然而，命運的安排往往出乎人的意料。

東坡退居田野的夢想才展開，復官的消息卻傳來。這一年三月，正當盛年的神宗突然因病駕崩，十歲的哲宗繼位，暫由祖母宣仁太后垂簾聽政。太后召回望重士林卻已引退十五年的司馬光為相，並逐步起復舊臣，廣納直言，這無疑宣告：新法改革終止，國家政策將恢復舊制。大宋王朝的政局又將是一番新局面，東坡依然無法置身事外。五月，他帶著家人抵達宜興，準備在這裡安享餘生。十多天後，朝廷詔命來了：復官朝奉郎，派任登州知州。東坡陷入掙扎：耕讀傳家，與弟弟優游於山林之間，才是他最嚮往的生活，可是，致君堯舜、拯物濟時，卻是他身為知識分子不能割捨的責任、不能放棄的理想啊！他終於再度踏上仕途，再次走入政治的風雨晴陽之中。

東坡於十月中到達登州。五天後新的任命就來了，他升任禮部郎中，詔還京師。距離烏臺詩獄獲罪被遣送離京，轉眼已近六年，五十歲的東坡再次來到繁華的京城。不是應試的書生，不是待罪的官員，這一次，等待他的是顯赫的官職、至高的榮譽和重責大任。從元豐八年五月到元祐元年（一〇八六）九月，十七個月裡，東坡從七品朝奉郎升六品禮部郎中、起居舍人，而後是四品中書舍人，最後成了正三品翰林學士知制誥——這樣快速的升遷並不多見，也足以見出宣仁太后對他的重視。面對這令人目不暇給的富貴功名，東坡不曾失去自己的本色。過往的起伏波折，黃州四年多的反省與感悟，今日的東坡對知識分子的責任有更深入的思考，對舊制新政的問題也有更踏實理性的看法，而對榮辱成敗更多了一份達觀超然的胸襟。

司馬光執政後，一方面大刀闊斧的調整人事，一方面逐步廢止新政。昔日新政大將陸續遭到外放、貶謫，尤其韓縝、呂惠卿、李定、張璪等反覆無常、唯權力是圖的奸邪小人，更被視作欲重振朝綱、澄清天下必先去之的毒瘤。東坡於此不假辭色，而子由此時亦已回京擔任諫官，同樣積極的彈劾這些人。但對於新政各項措施之存廢，東坡的態度是「校量利害，參用所長」——新法也有良法，舊制不無缺失，重要的是選擇對國家百姓最合適的政策。這是他當了多年地方官，實際了解百姓疾苦、民間現況之後的體悟。相較於熙寧初年那個暢言高論、辯才無礙卻沒多少實務經驗的書生，現在的東坡希望能以更寬廣的視野和心胸來面對國家變革的新局面。他反感過去王安石獨斷的推行新政，否定一切舊章法；同樣的，他也反感現在盲目的否定新法，獨斷的推翻一切與新政相關的政策。於是，東坡與司馬光之間不免就有了摩擦，尤其是針對免役法存廢一事。比起舊日的差役法，王安石的免役法確實比較優良，因此當日曾是激烈反對者的東坡，在地方上親經歷練之後，也修正了自己的觀點。他積極的往見司馬光，詳盡的說明自己的觀察與實務經驗，然而司馬光堅持己見。東坡仍不死心，第二天又到政事堂論辯，司馬光難免不悅，但還是有風度的聽完了東坡的意見。可惜雖然另有幾位大臣亦主張保留免役法，不過，論道德文章、公忠體國，司馬光確實令人敬仰，但其頑固程度實不下於王安石。因此，當他成見既深，心意已定，誰也無法改變。連帶的研討役法的機構也是一言堂，身為其中一員的東坡根本孤掌難鳴，乾脆退出。這些爭論、請辭，讓東坡得罪了「相門」。

東坡另外得罪的是門生眾多、不苟言笑、喜言仁義道德的程頤。東坡是個心靈自由的人，看不慣程頤虛偽矯情又愛以權威自居的模樣，往往在言語、臉色上就流露出來，幾度讓程頤在公開場合難堪，因此他也成了程門弟子的頭號敵人。

元祐元年九月，司馬光與世長辭，舊黨一派人物少了足以令眾人信服的領導者，漸漸分裂為三：一是以司馬門生故舊為主的官僚集團，人數眾多，人稱「朔派」；一是以程頤為首、理學家為主的「洛派」，權勢不大，人數也不多；一是以東坡為首，加上幾位籍屬西南的朝士，實難稱黨派，卻也硬被冠上「蜀派」之名。司馬光的去世造成權力競爭的緊張態勢，而東坡既為文壇盟主，又深得太后倚重，且不獨為翰林學士，還兼官侍讀，教導年僅十二歲的哲宗，那麼，他就極有可能是接任宰相的人選。但是他「獨立不倚，知無不言」、捍衛賢人政治的個性，卻令勢力龐大的官僚體系無法忍受，他們決定結夥排除這縱橫難馭的野馬。於是先有程頤門生為報復師門所受的羞辱而展開的「洛蜀之爭」，隨後朔派更趁勢群起攻之。表面來看，都是由不同政見的論辯開始，最後卻往往偏離了爭論的方向。東坡不勝疲累也不無戒懼，他已察覺自己面對的是權力的鬥爭，多言隨時惹禍。但身為朝中大臣，豈能眼睜睜的看著危及邦國百姓的政策與作為而默然無言呢？只是，他越來越孤立。雖然弟弟就在身邊，與他並肩作戰——踏入仕途以來，這是他們第一次同在一處做官，兩家可以時相往來——可是，他們兄弟一起得罪的人可真不少！今日朝廷紛紛擾擾多與之相關，而言官對他的圍攻，更讓他彷彿身陷泥沼，不得清靜也難有作為。他決心離去，放棄眼前令人羨慕的職位與生活，請求外放。太后一再慰留，他則四上奏章言明心意。元祐四年（一〇八九）三月，太后終於准了他的請求，讓他以龍圖閣學士管轄浙西路並出任杭州太守。臨行，皇室又給予執政大臣的榮寵，詔賜官袍金帶、良駒銀鞍等。

四月，東坡離京，結束了三年多的京華生涯。就物質生活言，這是他經濟最寬裕、家人生活最平順無憂的歲月。而就精神生活言，雖然冷酷無情的政爭令他疲累，不能以才識報國的現實狀況讓他黯然，但天倫歡聚，兄弟兩家和樂幸福，更有許多老少朋友談詩論畫，對愛家愛朋友的東坡而言，這的確是他生命裡的黃金歲月。

四任知州（一〇八九—一〇九四）

睽違十五年，東坡又來到了杭州。杭州美麗清雅一如昔日，杭州人民對他的敬愛也沒有改變。當他身陷臺獄時，他們虔誠的設道場，為他解厄祈福；當他謫居黃州時，這裡的故人還相約湊錢，一年兩次派人前往問候，送去特產：茶葉、荔枝、螺醬。因此，重來杭州，東坡滿懷喜悅，不只是由於他愛這裡的湖光山色，也因為杭州人的深厚情意令他有歸鄉之感。既然朝政不可為，那就重新當個好父母官，實實在在的為百姓做事吧！況且他此次重來可不是小小通判，而是以龍圖閣大學士的身分管轄浙西七州兼知杭州，因此能為百姓做的事也就多了。

東坡七月到任，立刻面臨那年春雨成災，夏卻乾旱嚴重，兩次稻作全遭損害，明年春夏之交恐有饑饉盜賊之憂的問題。他迅速了解轄屬各州狀況，積極籌糧賑災、平抑米價，並屢屢上書朝廷爭取資源，希望能做好次年的防患措施。此外，他又想到：解決水的問題是拯救乾旱的根本，也是疏通貨運、平抑物價的好辦法。於是，他尋訪官員、耆老意見，浚治杭州兩條運河，使客貨船運順利通行；並完成杭州的供水系統，包含導流、蓄水、修浚提供飲水的六井，使居民此後飲用、洗濯、救火皆可無虞。然而，六井的水源在西湖，運河的通暢也與西湖有關，杭州城的美麗更與西湖休戚與共，但如今西湖卻淤塞嚴重、水面日減。東坡決定進行西湖的開濬改造工程，這將是他最具代表性的政績，也是他送給杭州人民最可貴的禮物。

元祐五年（一〇九〇）四月，他一方面上〈乞開杭州西湖狀〉，向朝廷爭取經費與協助，一方面動用本州節餘款項，先行開工。這是一項大工程，東坡在三位各有專精的地方官員協助下，深思熟慮，精心擘畫，解決了許多困難。而自湖底挖出的湖草淤泥在湖的西側築成一道長堤，溝通西湖南北，方便行人；並在堤上跨築六座橋梁，溝通裡湖、外湖；又於湖中種植荷花、堤上種植楊柳，更添西湖嫵媚之姿。這座長堤在東坡離開杭州之後，才命名「蘇公堤」（蘇堤），以紀念他改造西湖之功。十六年前，東坡以他的文采增添了西湖的風采，十六年後，他果敢用心的規畫，更賦予西湖永恆的美麗。而他與西湖的遇合，他為西湖寫下的無數詩篇，也讓杭州西湖成為中國人心目中最浪漫迷人的湖泊。

水利工程之外，東坡需要費心的事務仍然很多，如該年三月，杭州疫病流行，他撥出節餘公款，再自捐私款黃金五十兩，設置病坊，三年內醫逾千人，造福許多貧苦百姓。他還有個更大的計畫，是錢塘江水利航運工程。勘查、規畫都已完成，卻沒想到朝廷以翰林學士承旨召他還京。

元祐六年（一〇九一）三月，東坡離杭北上，特意繞道蘇、湖、常州一帶水患嚴重區，實地了解問題所在，冀望身在朝廷時更能幫忙解決問題。不過，官僚權力的爭鬥方興未艾，東坡的計畫終被東諸高閣。而朝廷諸公多有忌他者，並不歡迎他回到中樞，東坡亦心知肚明。且近一年來，子由因太后的信任倚重，不斷升遷，已居尚書右丞的高位，今後若兄弟同朝執政，豈不更令人忌恨？因此，東坡連上三狀請求繼續外任，子由也接連四次上書請求外放。兄弟二人爭先讓出廟堂高位給對方，這份手足之情對比當時爭權奪利的政壇，令人感動，也令人唏噓。

還朝不到三個月，東坡所受到的攻擊卻排山倒海而至，太后不得不從其所請，讓他再以龍圖閣學士出知潁州。潁州正是歐陽修當過太守、晚年隱退之處，東坡兄弟當年探視老師就曾來過。能隨老師的腳步，擔任潁州太守，東坡頗感歡喜；不過，漫遊西湖（潁州西湖，歐陽修甚愛此湖，晚年隱退之所就在鄰近）、泛舟潁水，卻不免讓他想起恩師，想起人生朝露、身不由己的悲哀。所幸此地政務清閒，重要的同事又多為舊識，因此在這裡七個月的生活，可算是恬適愉快。較大的忙碌煩心事應是本年冬天潁州遇到嚴重的雪災，令他憂心難眠，幸而順利賑濟災民，使他寬心不少。

元祐七年（一〇九二）二月，任期未滿半年，東坡又奉命移守揚州。自潁到揚，他仍然一路訪視民情，並就所見，勤於上書朝廷，為民請命，雖未必都能得到回應，但他總是鍥而不捨。擔任朝官的東坡往往陷在永無休止的權力鬥爭中，擔任地方長官的東坡反而更能展現自己的行政能力，實際的親民愛民，造福百姓。然而，不到四年，他移守三處，外加回京一次，生涯似乎總在旅途上。而繁忙的吏務、顢頇的官僚體系也令他心力交瘁。五十七歲的東坡累了。這一年，他在揚州官舍陸續完成〈和陶飲酒二十首〉，是日後他和陶詩一百多首的開始。東坡愛讀陶詩大約始自黃州時期，而開始深入陶淵明心靈，會得陶意，應在五十歲之後。尤其在潁州時，常與歐陽修三子歐陽棐論陶，遂使他豁然與淵明神會。陶淵明獨立不懼、旁若無人的率真精神，感情熱烈、賦性豪邁、帶著遊俠氣質的個性，深深的吸引了性情相近的東坡，視他為異代知己。而陶淵明面對「道喪士失己」的時代，竟能貧不受辱，隨遇而安，進退自如，更讓為世情牽絆，備受現實政治壓迫，正力求解脫的東坡不勝欽佩。日後，淵明委時任運的精神將支持東坡度過更嚴重的災難。

揚州到任沒幾個月，東坡又得走了。他以兵部尚書兼侍讀再度還朝，陪侍十八歲剛完婚的哲宗舉行郊祀之禮後，原本請求再次外放，卻被太后堅持留下，且賦予端明殿學士兼翰林侍讀學士、守禮部尚書的責任。這樣的殊榮令他誠惶誠恐，雖再三懇辭卻不可得。這一年，子由也位居門下侍郎，兄弟同在高位，不免令他們的政敵感到極大的威脅。

危機潛伏，隱隱然一場政治的狂風暴雨正在醞釀……

元祐八年（一〇九三），東坡一家度過了繁華熱鬧的京城新春——沒想到這也是他與夫人在汴京的最後一個春節。王夫人於八月病逝，得年四十六。她撫育東坡的長子，並為他生下兩個兒子，與他共同度過了艱難貧困，也分享了他的榮華富貴。她是東坡生命裡溫暖穩定的支柱，驟然離去，對五十八歲的東坡是極大的打擊。尤其這幾年，東坡努力的想走下政治舞臺，偕同出身農家的老妻歸隱田園，如今田耕歸來，又有誰守候在家門呢？

喪偶的悲痛未了，九月，停罷新政恢復舊法、信任且重用東坡兄弟的宣仁太后也走了。哲宗親政，政治的風暴迫在眉睫。哲宗是個心胸狹隘、性情乖戾的年輕人，十八、九歲又是容易對權威反感的叛逆年歲。長久以來，他既厭煩祖母的嚴厲管教，又不滿執政大臣只知請示太后，忽略了他的存在。他滿懷怨懟，過去敢怒不敢言，現在決定將這積壓多年的怨氣遷怒於太后重用的大臣，遷怒於元祐舊黨人物！

由於東坡之前已一再請求外任邊郡，因此太后剛過世，他就奉召出守定州。行前往別子由，在深秋冷雨中不免戚戚：政局變化的趨勢明顯可見，災禍只怕難免。我今先行，子由大概也難久居於此，而茫茫前路又將通往何處？「夜雨對床」之約，恐怕只是夢想，闖過這場風浪，老兄弟倆能否依然健朗？

懷著沉重的心情，東坡於初冬十月來到北方的邊防重鎮。這回他要挑戰的是治軍與防務。定州七個月，他沒有讓自己陷在頹唐憂懼之中。他以強硬的態度整頓敗壞的軍紀，以體恤的心思修葺殘破的營房；而三房子媳孫兒都隨行同住，也讓他得享天倫之樂。可是，遠離中樞，並不能遠離災難，命運將以鋪天蓋地的巨浪和風雨襲擊東坡……

流放生涯（一〇九四—一一〇〇）

元祐九年（一〇九四）四月，年號改稱紹聖，於是，天下皆知：哲宗決定要紹述神宗時代的新政了。元祐舊臣紛紛罷退，章惇等新黨人士一個個回到朝廷。這一次，所謂新黨執政，目標並非繼續王安石未完成的變法革新志業，而是在重新掌權後，竭盡心力打擊、報復政敵——元祐黨人。從紹聖元年到四年短短幾年間，以章惇為首的新政權結合了皇上的怨憤、一己的仇恨，大規模的貶斥元祐大臣，即使如司馬光等去世的舊黨領袖也難逃劫難，一一被追奪贈官、謚號，甚至毀掉墓園石碑，至於仍在政壇的元祐大臣則多被貶放到嶺南等邊遠地區。

早在改元前不久，子由已因直言進諫而貶官汝州，現在，御史的彈劾來到東坡身上。罪名還是舊調重彈：「毀謗先帝」，罪狀則出在他代擬的聖詔文字。閏四月，第一道詔命：取消端明、翰林兩學士，降左朝奉郎任英州知州。未幾，第二道詔命又到：官位再降一級，仍知英州。定州在河北，英州在廣東，這是必須跋涉千里的艱辛路程，年近六十的東坡坦然的接受了這一切——時勢如此，誰也難以逆轉滔天逆流，且把用世之心放下，則天地悠闊，何處不可往？何地不可居？不過，漫長的旅程才剛開始，第三道詔命又到：仍知英州，但不得依年資升遷。十幾天內，謫命三改，朝局之亂，可以想見。只是，所有的變化無非就是官職由大變小，對已絕意仕進的東坡，這些都已不具意義。倒是天氣入暑，若要從陸路到嶺南，恐怕老東坡將難以承受這一路的暑熱與遙遙長路。幸虧哲宗還能顧念東坡曾是教他多年的老師，批准了東坡的請求：坐船南下。

此時，子由已在汝州，東坡特地繞道前去告別。兄弟相聚三、四天，商議之後，子由交給蘇邁七千緡，讓他帶領一大半的家眷住到宜興，往後靠那裡的一點田產，應可度日，也免東坡後顧之憂。於是，在次子、三子、朝雲等人的陪伴下，東坡登船南行。

朝廷之上，章惇拜相，元祐諸臣幾乎都已貶謫在外，報復行動卻尚未停止，仇恨的烈焰繼續燃燒，東坡心裡明白：禍患恐怕不止於此！他帶著家人在水波間趕路，沿途迎接他的是親朋故舊：有人來話別，有人同行遊山水，有人只為送一份禮物、一份溫情、一些有形無形的幫助。這些親情友情如沿途的好山好水，寬慰他天涯行路的寂寞，也讓他在漫天暑熱中，保留了清涼的心境。「暴雨過雲聊一快，未妨明月卻當空」，當船行過當年韓愈貶謫潮州的水路時，他紀行寫景，仍不失英邁自許之氣。

但現實的政治風暴終究還不到停止的時候。

六月，第四道詔命又來了：貶寧遠軍節度副使，惠州安置，不得簽書公事——京華富貴、四任知州，彷彿黃粱一夢，十年夢醒，他竟然猶在黃州情境，仍是一個沒有實權、由當地看管的罪官！幾經思量，前途吉凶未卜，帶著一大家子萬里投荒，對兒孫也不公平，一向愛家的東坡決定獨往惠州。但孩子們強烈反對，最後商定：次子蘇迨帶著二、三房家眷回宜興，三子蘇過則陪侍父親到惠州，而朝雲也堅持隨行照顧起居飲食。

紹聖元年九月，東坡度過大庾嶺。這是古代到廣東的必經之路。度過大庾嶺代表告別中原，進入南國炎荒。走在大庾嶺的山巔，秋日雲天高爽，山風自髮間拂過，草木氣息、蟲鳴鳥叫、溪澗水聲皆彷如流過心靈的清泉，洗去了顛簸南來的僕僕風塵，也滌淨了宦海浮沉寵辱皆驚的疲憊身心。朗朗天地間，東坡孑然一身，感受到了自己的孤獨，卻也釋然於此生無愧的行止——浩然天地間，惟我獨也正——他決心要把過往一切拋在嶺北，把五十九年身心所受的污染，於此一念間洗濯盡淨，然後以一身清淨去到那陌生的城市——惠州。於是，前人所謂蠻荒，在東坡眼中卻是一新耳目的南國風光。他一路尋山訪寺，寫詩題字，對這屢屢給他艱辛考驗的現實世界，仍然保有一份欣賞的閒情。

十月初二，東坡到達惠州，結束了長達六個月的飄蕩勞頓旅程。在此之前，子由已再貶官筠州，汴京風聲鶴唳，羅織元祐大臣的罪網逐次展開，而東坡正是第一個遠謫嶺外的官員。

雖然惠州的物質環境更不如黃州，東坡也已年老體衰，要適應迥異於中原的嶺南水土，實為艱辛，而朝廷政局險惡，哲宗不是欣賞東坡的神宗，章惇更非王安石，東坡能否生還中原，誰也難料。不過，正因已非年少，東坡的學養胸襟與體悟隨著生命的起伏轉折，有了更為寬廣的境界；而十年來，無論在朝為官，出守地方，他總是上書論政，直言是非曲直，賑災解困，竭盡所能——不論是對國家或百姓，他確實盡力了，不曾辜負上天給的機會、君王太后信任的託付，也可以無愧於自己的理想。因此，比起當年廢居黃州，他坦然無愧，淡然以對，孤獨寂寞難免，卻不復有時光虛耗、理想落空的憂懼。

此時的東坡以「隨緣委命」、「隨緣而樂」的人生態度，在困窘的生活裡依然尋得許多樂趣。

他寫信給子由，談自己發明的烤羊脊骨：沒人要的羊脊骨用水煮過，泡酒撒鹽，再烤到微焦，然後就可慢慢享受由骨縫間剔出的零星碎肉，此中美味可比蟹螯呢！信末還不忘開個玩笑：這個吃法要是傳開來，恐怕狗都要不高興啦！他品嚐嶺南特產荔枝，則讚歎如此美味，真值得為之長作嶺南人；而他自種蔬菜，夜半聞雨，想到菜葉將得到滋潤，也就無比歡欣；在他的眼中筆下，溫暖的惠州百花鮮豔，名山古剎別有可觀，總令他流連忘返。而流連之際，則又時有解悟——一日，他徒步上山，山徑陡峭，走到半路，腳力不濟，想在路邊休息，卻又忍不住仰望遠處的目的地松風亭，憂慮自己走走停停如何才能到得了？嘆氣猶疑許久，忽然就想開了：為什麼非要到達某個地方呢？旅途中有什麼理由不能暫停腳步？有什麼地方是不能休息的呢？現實世界的出入行止、人生理想的追尋之旅，何需執著於必然的目標呢？拋棄了執著心，生命也就能隨遇而安了。於是，東坡說自己「如掛鉤之魚，忽得解脫」！

而關心別人的苦難，自然也就更不可能讓自己坐困於個人的苦難之中。來到惠州的東坡只是橫遭貶謫的罪官、貧窮的外鄉人，但一見到百姓所苦所困者，他還是投注滿懷熱情，認真的想幫忙解決。春耕時，他見到農民辛苦插秧，想起謫居黃州曾見武昌農民使用「秧馬」，是極為便捷省力的改良農具。於是，他作〈秧馬歌〉，詳述形制、操作及效用，廣寄熟識的州內官員。博羅縣令採納了，親自和農民實驗改良，確實減輕插秧之苦又增加工作效率。此外，解決、改善百姓的交通與飲水問題，一向是東坡當地方官時極為著力處，現在沒有實權了，他依舊關注。為了替惠州城造兩座新橋，他沒多少積蓄，就把朝服中最尊貴的犀帶捐出，又幫太守募款，連子由的太太都因此捐出昔日宮中的賞賜；正好巡視到此的廣南提刑程之才是他的表兄兼亡姊夫婿，自然也受託幫了忙。兩橋完成之日，百姓歡欣鼓舞，東坡亦自得於這份助人的喜樂中。而聽到羅浮道士說起廣州人民飲水之苦，他立刻寫信給新到任的太守，提出自己請教道士後擬出的供水計畫。日後供水系統完成，他雖無法目睹，但聽到廣州窮百姓有清爽的淡水可喝，他也跟著高興了起來。其他如捐錢提倡造義塚，收埋郊野的枯骨；瘴疾流行時，蒐購藥材，合藥施捨……等等，都讓這位「不得簽書公事」的罪官，照樣為百姓忙得不亦樂乎。

黃州時期，東坡主要藉著自然山水、史書以及佛老思想來省思洗滌自我的心靈，從而走出現實的挫敗陰影。惠州時期，年逾六十的老東坡已自有一份曠達的生命境界，面對這場晚年的大難，他有不一樣的自處之道。一方面他仍以積極任事的態度，持續的關心百姓，相信只要用心，不在其位亦能謀其政；而在為民謀福的過程中，他樂民所樂，肯定了自我的價值，也擁有了寬坦的心境。另一方面，他還為自己找到了心靈的知己與導師——陶淵明。陶詩裡的字字句句盡是今日東坡的心情、嚮往的生活與人生境界，藉由「盡和陶詩」，他與陶淵明對話，也與自己對話。在這過程中，他見到了自己的足與不足，也自其中體悟了皈依自然、回歸田園的真精神。

達觀、幽默、對世事充滿好奇、對世人充滿關懷的東坡總是擁有真摯的友誼：有人千里迢迢來到惠州看他，有人寫來溫馨動人的信函，門生故舊多有因他同遭貶謫罷廢的，卻依然與他書信不斷；而在當地，官吏以尊敬的心拜訪他，人民以敬愛歡喜的心與他往來。至於家人，雖然大部分兒孫無法再像往日住在一起，但陪伴身邊的小兒子蘇過性情似他，翰墨文章亦頗有家風，且能幹孝順，安貧樂道，令東坡無比欣慰。而在這簡陋的家中，另一個陪伴他、照顧他的是朝雲。這個十二歲踏入蘇家，長大後成為東坡侍妾的女孩，美麗、開朗、聰慧。失去愛子的打擊曾令她痛不欲生，後來藉由學佛才救治了她內心的創傷。她經歷了蘇家的盛衰榮辱，堅強的隨著東坡跋涉千里來到陌生的南荒。照料東坡，處理家務之餘，她念經習字，無怨無悔。紹聖三年（一〇九六）春天，朝雲生日，東坡特地邀請幾家熟人來為她慶生，表達了對她的感謝與疼惜。孰料這年夏天，一場瘟疫竟奪走了她三十四歲的生命！東坡哀痛的安葬朝雲於豐湖棲禪寺東南松林中。這一年秋天，他的詩中常有淒涼寂寞之悲，原本是遣悶行遊之處的豐湖，如今卻成了他不忍前往的傷心地……

人生聚散總是悲喜交替，朝雲走了，蘇邁則即將帶著自己與小弟的家眷來到。自從朝廷公布：「元祐臣僚，一律不赦。」東坡就斷了北歸的想法，決心長作嶺南人。因此，紹聖三年二月間，他以微薄的積蓄買下了白鶴峰上一塊空地，自行規畫、買木料、找工匠，用心的營造新居，準備接兒孫來住。紹聖四年（一〇九七）春天，新居落成，不久，兒孫子媳都來了。白鶴峰上，笑語盈室，家人歡聚，熱鬧非常，雖然經濟有些拮据，但想到從此可以在自己的房子裡含飴弄孫、尋常度日，東坡內心亦感欣然。怎知這簡單的願望還是落空，他在白鶴峰怡然自得的家居生活只維持了兩個多月，而後，倉皇拋擲，除夢裡再也不曾歸來。

紹聖四年四月，朝廷第五道詔命來到：東坡責受瓊州別駕，昌化軍安置，即刻啟程！

瓊州就是海南島，雖屬大宋國土，卻遠離中國文明，居民以黎人為主，只有少數漢人住在北海岸，在當時可謂最邊遠、險惡的蠻荒之地。垂垂老矣猶貶謫至此，東坡自忖應無生還希望，但他倒也看得開。他只用一日便將後事詳細交代了長子，並要他帶著家人繼續住在白鶴峰，依舊由蘇過陪著父親到海南。要到海南，東坡必須由廣州搭船上溯西江到梧州，再南行至雷州半島渡海。蘇邁帶著三個兒子送老人家到廣州江邊，臨行，子孫莫不痛哭，彷彿訣別。到了梧州，東坡才聽說子由也被貶到雷州了，前不久經過此地，現在大約走到藤州。於是，他急忙以詩代信，請人送去給子由，要他在藤州稍候。相隔近四年，這對手足情深的兄弟終於又見面了。

兩人就近在路邊小店進食，店家端來的湯餅極為難吃，子由勉強吃了幾口就放下筷子，東坡卻已把他那一份大口吃完，笑著對弟弟說：「你要慢慢品嚐嗎？」弟弟歡喜見到哥哥胃口還是很好，哥哥則想提醒弟弟：食物只是用來填飽肚子，美味值得細細品嚐，不好吃的就囫圇吞下吧！

從藤州到雷州，兄弟倆結伴而行，同臥於水程山驛之間，彷如當年離蜀赴京。只是那時俱是青春年少，意氣風發，如今卻都白髮蒼蒼，走在貶謫南荒的道途上！由於到達雷州之後，東坡就需出海，不能久留，因此他們只能拖延路上的行程，爭取更多相聚的時間。兩個老人走走停停，竟花了近一個月的時間才走完這不算長的旅途。

終於還是到了必須說再見的時候了。子由匆匆安頓好雷州的家，就親自陪哥哥過徐聞到位於海岸邊的遞角場，等船過海。行前一夜，東坡因旅途勞頓，多年的痔疾又發作，痛苦不堪，無法入眠。子由也陪著一夜沒睡，為他誦讀陶淵明止酒詩，勸他戒酒，或能稍減痔疾之苦。東坡有感而作〈和陶止酒〉詩，接受弟弟的勸告，也以此詩當作贈別。紹聖四年六月十一日，兄弟倆在海邊依依惜別，從此雲海相隔。雖然東坡還能有餘裕安慰弟弟：至少聖恩允許我們隔海相望哪！但誰也沒想到：昨夜是他們最後一次對床而臥，今晨的道別將成永訣！

雲散月明（一一〇〇—一一〇一）

經過一夜一日的航行，元符三年（一一〇一）六月二十一日晚上，東坡的船隻逐漸靠近遞角場海岸。回首雲海深處，居住三年的海南島已在天涯之外……

那座海外孤島原是東坡自忖此生最後的歸宿。三年來，他已漸漸習慣此地的生活，食芋飲水，著書為樂，閒來則四處遊逛，逗逗鄉野間的孩子，結交了好幾位當地的老少朋友，心裡幾乎就當這兒是故鄉哪！就外在物質生活言，島上的日子確實辛苦。東坡父子初到昌化貶所，先是借住在破破爛爛的官舍裡，隔年又被朝廷派來的官員以「流人不得借住官屋」為由，將他們趕出。父子露宿桄榔林下數日，東坡才以最後的積蓄買地造屋。簡陋的茅屋其實主要依賴當地書生百姓送來物資，協助蓋成。以其位於桄榔林中，命名為「桄榔庵」。住得簡陋，吃得也簡陋，東坡自言和兒子兩人就像苦行僧。他消瘦了許多，而聽說雷州的弟弟也一樣，就寫了首詩和他開玩笑，說兩人再這樣瘦下去，就能變成清瘦的神仙，可以騎著黃鶴回家鄉了！他還寫下〈謫居三適〉組詩，暢言日常生活中的三種樂趣：旦起理髮（早上起床梳理頭髮）、午窗坐睡（午間窗下閒坐小睡）、夜臥濯足（晚上睡前洗淨雙腳）——總在百般艱困中，為自己找到可堪一喜的情事，在尋常生活裡發現不尋常的趣味，這是東坡永遠富足的內在心靈世界，也正是東坡能安然度過海外蠻荒歲月的主因。

重新踏上與中原土地相連的大陸，六十五歲的東坡身體不免疲乏，然而心情卻有著回家的喜悅、無愧的坦然。他的新派令是「廉州安置，不得簽書公事」。而先前在雷州的子由前一年已謫遷循州，現在則與他同時獲赦，改赴岳州。由於法令不准越境相會，兄弟二人竟錯過了見面的機會。與東坡在雷州見面的是門生秦觀。秦觀亦因獲赦，將離開雷州。他與東坡師生情感極好，不料此次相會竟是最後一面。不久，秦觀就因中暑卒於藤州。他的死訊傳來，令東坡悲慟不已。此時東坡已在北返的路上了。

朝廷政局因哲宗駕崩又是一番新局。繼位的徽宗是哲宗的弟弟，初立暫由向太后聽政，於是大赦天下，元祐大臣終於停止了流放的命運。東坡得以自海南歸來，正是這個原因。而當他抵達廉州貶所，寬宥、補償甚至追復元祐大臣榮譽的朝命持續頒布。已經去到江西的子由先獲准自由選擇居所，於是帶著太太和幼子一家，他回到了自己在河南潁昌（許昌）的莊園。至於東坡，詔命要他以團練副使的官職到永州。永州在湖南長沙一帶，東坡終於要北歸了！

九月來到廣州，道途奔波，又為秦觀之喪感傷，東坡病倒了。所幸並非大病，且不久後，蘇邁、蘇迨帶同家人來會，一家人東分西散已近七年，如今又能團聚一處，老人的心情開朗不少，回顧這嶺南之行，竟如一夢，而今倒像夢中醒來！有家人陪伴，接下來的行程雖仍不免奔波之苦，卻不再孤獨寂寞。尤其十一月中又收到訊息：東坡官復朝奉郎，提舉成都府玉局觀，任便居住——他可以享有一份七品官的俸祿，又可以自由選擇居住地。這真是令人高興的消息，因為代表東坡不必遠赴湖南。畢竟他已是六旬老翁，一身疲憊，渴望能盡快的安定下來。

建中靖國元年（一一〇一）正月，東坡再一次來到大庾嶺上。嶺上小店走出一位老翁，恭賀他：「今日北歸，真是天佑善人！」東坡笑了，謝過他，還在店裡的牆壁上題了一首絕句，末兩句說：「問翁大庾嶺頭住，曾見南遷幾個回？」文句間有著幾分自傲。大庾嶺在唐宋時代是政治上重要的分水嶺，由北而南，一旦越過，往往就代表政治生命的結束，通常也很難有北還的機會。如今東坡由南而北將再次跨過大庾嶺——嶺南七年，包括了海外三年，他以無比的勇氣與自信，光明磊落的闖過了生死之關；不怨天，不尤人，他以豁達的胸襟和溫厚的情意，擺落了憂懼、怨恨、頹唐、失望；藉由內化的學識和深刻的省思，他擁有了心靈的自由。

「夢裡似曾遷海外，醉中不覺到江南」——蘇學士回來了！從嶺南到江南，處處都有朋友等候著東坡，來書問候或相約見面，甚至結伴同行一段旅程。而沿途州縣官員多有敬重他的，更是熱情款待。更熱情的是百姓，有人記得他的恩澤，有人崇拜他的正直敢言，有人讚歎他的才情胸襟，更多人深深喜愛他的詩文書畫。因此，他一路行來，遊山玩水，訪寺尋廟，身邊總不乏俗世好友、方外僧道，感受的盡是溫暖情意。有趣的是大家似乎都記得蘇學士的溫厚、親和、隨興。一些想求他墨寶的人總會預先探聽他行遊之所，然後在該處安置桌椅，放上好紙好墨好筆，站立一旁等候。東坡到來，笑笑，拿起筆來便隨興揮灑，寫好了，就隨手付予求者，往往他寫得盡興，而求字的人也都滿意而歸。到了常州，喜歡他、仰慕他的人更多了。他的船順著運河航行，兩岸擠滿了當地百姓追隨前進，爭睹這位當代名士的風采。當時無論士林民間，都有不少人期待且相信東坡兄弟將再膺重任。

可是，東坡累了，也老了。雖然他的心靈仍能自由飛翔，他的人格精神仍如長空明月，但他的身體終究不敵歲月侵蝕，更何況海南荒島的艱困生活對這位六十餘歲的老者，實在是嚴苛的考驗。而隨後的北歸旅程，他帶著三房子媳孫兒，跋涉千里，漂泊道途經年，對健康的傷害更大！再者，對於當時的政治形勢，東坡也已敏銳的察覺建中靖國不同於元祐時期，元祐諸臣重返朝廷只是一時，更大的風暴隨時來到！這樣的政治漩渦令人戒懼，身陷其中更無理想可言。老東坡如今只想「閉戶治田養性」，實現他歸隱田園的心願。

他一方面計畫向朝廷申請退休，一方面則為引退養老的地點躊躇再三。十多年前他已在常州宜興買了田產，謫居惠州時，蘇邁、蘇迨就安家於此。所以選擇常州，定居於他一向喜歡的江南山水間，確為首選。但是，子由已先歸居潁昌，他在那兒也有莊園，並看好一塊土地擬闢為蘇家墓園。他一再託人帶來書信，殷殷期盼哥哥也能搬去同住，兄弟倆於垂暮之年能實現他們年少的夢想：同歸林下，夜雨對床。東坡幾番思索，不免為難。由於潁昌靠近汴京，居住在此，離政治中心太近，恐怕會生出許多麻煩。然而，兄弟間深濃的情感還是令他在猶疑之中決定歸居潁昌。不料尚未成行，卻先傳來向太后崩逝，朝廷又生變局，忌恨攻擊之事已漸浮現。東坡當機立斷，寫信告訴弟弟：決定住在常州，遠離北方是非圈；而對於兄弟不能相聚，共度晚年，他則歸於天意，雖有遺憾，卻亦釋然。

南來北往，東飄西蕩，走過政壇的盛衰榮辱，行經天下的繁華美地、窮荒僻野，東坡終於有機會安定下來了，有機會像陶淵明一樣：守拙歸園田。他的船啟程向常州，全家既疲累又歡欣——終於踏上了回家的路！

船到儀真，已是五月底，東坡在此有事耽擱，必須停留一段時間。此時江南氣候炎熱，而東坡一家就住在船上，白天驕陽似火，船艙彷彿烤箱，入夜則水面上的暑氣蒸發，船艙內更是鬱悶濕熱。東坡每晚幾乎都熱得無法成眠，半夜猶在船艙外乘涼；且為了解熱，他似乎也喝了太多冷飲。六月初三午夜，他突然猛瀉肚子，折騰了一整晚，疲憊不堪。其後幾天，病情時好時壞，不只腹瀉，胃部也悶脹，食欲不振，難以入眠，身體變得十分衰弱。而這一帶河水又極為污濁，使船艙更加悶臭，於是東坡要船家移船閘門外通風處，希望能因「活水快風，一洗病滯」。然而，病情還是沒有好轉。東坡隱隱然有了預感，這次得病恐非尋常旅途勞頓或中暑而已。他寫信給子由，囑託後事：葬我於嵩山下你所選定的墓園，由你為我寫墓誌銘。

六月十五日，東坡在常州百姓夾岸圍觀歡迎下，抵達了這趟漫長的舟船旅程的終點。他的體氣稍有恢復，一家人遷入好友錢世雄代租的房子。略作安頓之後，東坡便上表請求退休，獲准以本官致仕——他誤入塵網、宦海浮沉的日子終於結束！但他治田養性、耕讀傳家的夢想卻依然落空……

他大部分時間仍臥病在床，錢世雄每天都來陪他談笑論往，共看嶺外幾年間的詩文。有時說得興起，東坡就會露出笑容，錢世雄發現：縱然歷經許多憂患，這位病中老人笑起來，仍然「眉宇間秀爽之氣，照映坐人」。自七月初五至十三日一週間，他的病況日漸輕減，精神也好了很多，甚至可以起床寫寫字。沒想到十四日晚上，病情又急速惡化，一夜高燒不退，牙齦出血，天亮時才略微緩和。東坡夙喜研究藥理，認為自己應是熱毒，服藥無用，決定只用人參、茯苓、麥門冬煮成濃汁代茶飲用，培養元氣來抵抗熱毒。十八日，他自知病已難好，特別叮嚀三個兒子：「我一生不曾作惡，死後一定不會下地獄。所以到時候慎勿哭泣，讓我無牽無掛、安然化去。」他的病情越來越嚴重，但他的心情卻越來越平靜。他在杭州的老友維琳方丈專程前來探望，並留下陪他。二十五日，他病情加劇，手書與之道別，坦然寫下：「死生亦細故爾，無足道者。」——生命的旅程在哪裡結束，我們無法也無須知道，重要的是一路行來，俯仰無愧，不曾虛耗此生，那麼，如何生、如何死，又何足掛心呢？

二十八日，東坡進入彌留狀態，他的聽覺、視覺漸漸模糊，但神明絲毫不亂。維琳在他耳邊大聲提醒：「勿忘西方！」東坡緩緩低語：「西方不是不存在，但也不是用力想著就能到。」錢世雄也靠近他的耳畔喊道：「到現在這個時刻就更要努力想著啊！」東坡的回答微弱而堅定：「著力即差！」如同他說文章「但常行於所當行，常止於不可不止」，對東坡而言，生命亦復如是，而世間萬物，甚至西方極樂世界也都應順其自然而至，是強求不得的啊！

宋徽宗建中靖國元年七月二十八日，在兒孫的陪伴下，東坡平靜安詳的離開人世，享年六十六歲。次年閏六月二十日，遵照其生前遺言，子由與三位侄兒迎靈柩至汝州，安葬於郟城縣鈞臺鄉上瑞里嵩陽之小峨嵋山麓（今河南郟縣茨芭鄉蘇墳村東南隅），背靠嵩山，面對汝水，即子由與哥哥商議後選定的蘇家墓園。東坡繼室王閏之夫人亦合葬於此。子由並遵遺命親撰墓誌銘。

東坡病逝的消息很快的傳遍天下。親朋故舊在不同的地方以不同的方式表達內心的哀思，他曾擔任地方官的州縣百姓更是奔相走告，嗟嘆流淚；最傷心的是江浙一帶人民，「相與哭於市」，無限哀戚；就連秦隴楚越間，凡是他生前曾到過的地方，大家都覺得與之有一份情緣，莫不痛惜哀悼。而士林之震驚更甚，許多士人邀約同道，私祭於家；京師太學生則不顧政治干礙，數百人齊聚僧舍，舉行飯僧之會，痛悼這位才華橫溢、溫厚曠達卻又剛毅不屈的儒者典範。

崇寧元年（一一〇二）夏五月，東坡尚未安葬，二次黨禍就開始了。一連串的迫害逐步展開，黨籍碑立起，元祐黨人及其子弟門生幾無倖免，許多人文集被禁毀，尤其東坡文集、奏議、墨跡、碑銘、書版等全遭下令毀棄。然而，毀不掉、禁不了的是士人百姓的崇敬與喜愛。偷偷的，人們繼續閱讀東坡、談說東坡。北宋末年，金兵圍城，竟也指名索取東坡文集。至宋室南遷，朝廷不只恢復東坡生前名位，孝宗更因敬其為人，愛其詩文，賜諡文忠，崇贈太師，並下詔重刊東坡全集，御筆親撰序贊。

「雲散月明誰點綴，天容海色本澄清」——九百多年來，朝代幾經更迭，人世多少榮衰，在亙古的時間長河裡，東坡六十六歲的人生短暫渺小如飛濺起的一滴水珠。然而，自由的心靈、開闊的胸襟、熱情的生命態度、曠達的人生體悟、自反而縮的儒家精神、溫厚坦然的人格特質，卻使這短暫的人生成為歷史長空裡永恆的明月。他傑出的才情所留下的篇章，無論詩詞文賦或書法繪畫，千百年來始終令我們動容。因為，自其中我們讀到了與自己相同的喜悅與悲傷，讀到了自己熟悉的失落、憂懼和徬徨，進而也見到了一個不妥協的生命，一個不斷努力提升自我的心靈，一個屢經風雨依然澄澈清朗的世界。於是，我們在幸福愉悅時讀他，感受自然、生活、人情的美好，欣賞他靈魂的歡欣和心智的樂趣；我們更在失意挫折時讀他，跟隨他真誠的探索自我，學習他豁達的看待苦難，在他的陪伴下，走過生命的黑暗時期。

風雨終將停止，雲層也會散去，只要我們願意抬起頭來，天藍如洗，月明如鏡，而東坡永遠都在。

（林玟玲撰述，劉少雄審訂）

下篇——指出向上一路——東坡的詞

東坡詞中的世界

一、東坡詞是宋詞的奇葩

東坡文如海，詩如泉湧，詞則如涓涓細流，或山石間之涌湍，或緩或急，不拘一格，亦自多變化。

東坡的文學世界，多元而豐富，無論詩文詞賦皆具體展現了他的才華、學問、性情和襟抱，氣象宏闊，意趣超妙，充滿著詩情與哲思，極富興發感動的力量。在苦難中表現了曠達的懷抱，於規律裡轉化出創新的妙理，是東坡人格之所以受人尊敬、他的文學之所以有高遠意境的重要因素。東坡文學的成就，除了得天獨厚的天才妙悟外，又得力於淵博的學識、開闊的胸襟，以及面對生命認真而誠摯的態度。他的詩詞文，亦婉亦豪，或莊或諧，出入於情理之間，行止自如，姿態橫生。如同水的形貌，隨物賦形，曲折多變，或為溪澗江河，或為湖泊海洋，但都源於豐沛的生命水源。

「詞至東坡，傾蕩磊落，如詩，如文，如天地奇觀。」南宋劉辰翁在〈辛稼軒詞序〉中如是說。

東坡詞，是宋詞的奇葩，也是東坡文學中最動人心弦的一體。東坡以其才情、學問為詞，融入了詩的技法與意境，擴大並提升了詞的內容與境界，使詞體得以脫離小道末技，進而取得與詩文同等的地位，成為文人抒情寫志之新體裁，不但影響南渡詞壇，並開南宋辛棄疾一派，合稱蘇辛，允稱詞史巨宗。東坡詞，逸懷浩氣，表現為清麗舒徐的筆調，無論是寫現實的挫折、無常的感慨、歸耕的閒情、懷古的幽思或夫妻兄弟朋友之情，言志述懷，都可以看見東坡的真性情、真感受，而其悲喜情懷的轉折變化，實牽繫著東坡一生的立身行事。換言之，東坡詞已不是一般供人傳唱的歌詞，而是可以表現抒情自我的文體，烙印著東坡的生涯體驗，自成一段特殊而深刻的生命歷程。

東坡詞如秋夜的星光、月色，既遙遠又親近。我們以愉悅的心情展讀東坡詞，徜徉於〈水調歌頭〉、〈江城子〉、〈永遇樂〉、〈定風波〉與〈念奴嬌〉等作品裡，如晤故人，自能心領神會，除了可以看見天才駕馭技巧的藝術表現，更可貼近東坡的內在世界，親切感受一個偉大心靈的躍動，以豐富我們的生命境界，讓我們知曉如何在人情世界中尋得心靈的安頓。

二、詞的美感在其獨特的情韻

閱讀東坡詞之前，我們先要認識詞。詞是怎樣的一種文體，它有哪些特色？

詞是依附唐宋以來新興曲調從而創作的新體詩，是音樂與文學緊密結合的特種藝術形式。詞初起時，乃倚聲製作，由歌女彈唱。它的內容，寫景多不出閨閣庭園，言情則不外傷春怨別，遂表現為一種精微細緻、含蓄委婉、富於陰柔之美的特質。

詞乃配合音樂填寫，而音樂的感染性特強。與繪畫建築之為空間藝術相對，音樂屬時間的藝術。中國的詩歌，由詩經到樂府，由詩到曲，皆與音樂有著密切的關係。而文人詩賦，從屈原〈離騷〉開始，即表現出相當深沉的時間意識。如何面對時空變化，找到人生的定位，賦生命以意義，一直是文學裡關心的課題——「汩余若將不及兮，恐年歲之不吾與。……日月忽其不淹兮，春與秋其代序。」中國文學的情意世界，交織著「時間推移、空間遙隔、死生契闊」的感思，作家多有時空易變、難以自主的焦慮，在他們寫作的字裡行間經常流露傷時嘆逝的悲感。這些情意內容，見於各文類，但表現的方式則各有不同，形成多樣的抒情美感。王國維《人間詞話》說：「詞之為體，要眇宜修，能言詩之所不能言，而不能盡言詩之所能言。」詩，除抒情外，還可敘事，說理和議論，而詞則以言情見長，而所言者多為男女情事，個人身世之感、時空流轉之嘆。詞以妍雅精緻之筆觸，配以拗怒柔婉的樂律，開闔轉折間，時空之感悠遠深長，纏綿委婉，最能發揮中國文辭的抒情特性。

作家填詞，往往在妍麗的筆調下，蘊含著真摯動人的情懷——詞的世界，是一個有情的世界。詞原為配合歌舞而作，文人詞也有不少娛賓遣興，應景酬唱，帶有遊戲性質，不避俗豔之作。不過，一般情詞，像相思怨別、感時懷舊等題材，無論是為他人填製，交付歌唱，或是自我抒懷，陶寫性靈，依舊是最為大家所喜愛、最具文學價值的。以下所論，即以文人的抒情詞為主。

詞的抒情性，主要是以時空與人事對照為主軸，在情景今昔、變與不變的對比安排下，緣於人間情愛之專注執著和對時光流逝的無窮感嘆，美人遲暮、年華虛度、往事不堪、理想成空等情思遂變成詞的主題。而詞的體製，如樂律章節之重複節奏、文辭句法的平衡對稱，更強化了這種婉轉低回、留連反覆的情感韻味，極富催化感染的作用。

因此而知，詞是一種融合著美麗與哀愁的文體，具有獨特的情韻。詞的情韻，就是一種冉冉韶光意識與悠悠音韻節奏結合而成的情感韻律，回環往復，通常是以吟詠「好景不常、人生易逝」之哀感和「此情不渝」的精神為主旋律。換言之，詞譜寫了一種情思與韻律糾結盤旋的情感節奏，這節奏主要是相對情境交錯激盪而形成的——外在時空對照人間情事，一方面是變化的體認，一方面是不變的執著，兩相對應，拉扯互動，便產生了抑揚頓挫，起伏不已的動能，性情因此而搖蕩，音聲隨之而激昂，遂譜成一曲曲婉轉動人的情詞。

詞，作為一種歌詞，多寫「常人之境界」。以尚雅而不遠俗，重文辭也諧樂律為本色。詞本屬歌唱的文辭，在坊肆歌樓、文人雅集間傳唱，因此它有著都市俗情的風貌、娛樂的功能，形式內容有普及化的傾向，以明白易懂為原則，重視文辭樂韻的感染力和衝擊力，故「入於人者至深，而行於世也尤廣」。雖然日後文人化了，一般合樂的歌詞，文字可更鍛鍊，曲式可多變化，但依舊維持與設定層級的聽眾、讀者的互動基礎，詞普遍所寫的是彼此關心的人間題材。

歌唱的臨場感存在著參與者即時交流互動的機制，基於傾聽的需要，詞配合著樂韻，吟唱出一種如當面向人訴說的抒情語調，語意回環遞進，如美妙的旋律，於當下淋漓盡致的呈現和演繹；而就在樂曲進行的當下，被強烈感染的氛圍中，過去、未來之體驗都被納入，彷彿一切如在目前。詞的這種共時性的傳遞方式所形成的抒情訴說的特質，以「現在」、「當下化」作為詞「內在時間結構的表現重點」之特色，一直都保留在文人詞的創作中。

詞本來就是依循著樂律來創作的，理應有相類似的結構。音樂本身運用節奏、旋律向前推進的力量，架構組織各種重複、對比的要素，層遞發展，表現為一種連續進行、整體一致而又充滿動力的形式，在聲音高低、長短、強弱的變化中傳達出強烈的直觀的情緒。將音樂結構形成的曲式，和文辭組合而成的抒情形式相結合，自然融匯成一更動人心弦，更具感染力的文體。

因此，詞自有一套有別於詩文的敘寫模式。如音樂結構的「運動特徵」，它的構篇採層遞開展，逐步衍進的方式，前句與後句相接，韻與韻之間脈絡連貫，如是由遠而近，由景及情，由外而內，情節轉折起落，自然合乎生理及心理的節奏，不做突兀的轉折，而敘述中的時空不時交疊著想像中的時空（此處或彼處，過去或未來），產生共鳴，也帶出反差，最後所有種種都匯合於當事人心裡，激起更深切的感受，完成一段「開始——運動——終止」的過程。詞家尤重結句，而詞之境界高低，須看收篇，不是沒有理由的，因為那是樂章終止處，乃情意結束的地方，要做最好的收尾，餘音蕩漾，引人遐思。如柳永的「衣帶漸寬終不悔，為依消得人憔悴」，東坡的「但願人長久，千里共嬋娟」，秦觀的「兩情若是久長時，又豈在朝朝暮暮」，辛棄疾的「驀然回首，那人卻在，燈火闌珊處」，李清照的「知否，知否，應是綠肥紅瘦」，都是令人激賞的收篇警句。

作為配合樂曲的詞，在口語與書面文辭之間，形成雅俗不一、豪婉相異的格調。大致來說，愈近於口語或散文化的詞，語意愈明暢；而以詩筆、賦筆為詞，則較清奇密麗，情志深遠。一般文人詞，多以近體詩的格律形式，配合胡夷里巷傳唱的樂曲而填作，極富聲情之美。因此，它可以說是一種介乎「詩」「樂」之間的文體。詞的情韻近「樂」，則容易盤旋在回環往復的節奏中，隨之抑揚轉折，辭情黏膩，語意纏綿。詞的情韻近「詩」，則能於詞情外兼詩之意理趣，易臻清麗、高遠、豪宕的意境。而無論詞所使用的語言，是口語、散文、詩歌或賦體，它的體用、體式、體製畢竟與詩、文、賦不同，即使題材內容相近，它所呈現的姿態、話語的模式，就是不一樣。詞的美感，自有它獨特的情韻。

三、宋人多情及詞中的跌宕之姿

詞人所代表的是一種細膩、敏感的生命形態，追憶往事，流連光景，對於男女相思之情、風物年華之變化，詞人多出之以輕靈細緻的筆觸，寫入哀感，賦以真情，最能動人心魂，予人隱約淒迷之感。

歐陽修說：「人生自是有情癡，此恨不關風與月。」柳永說：「多情自古傷離別。」李清照說：「此情無計可消除，纔下眉頭，卻上心頭。」這種種情迷癡執，不論男女，古今都一樣。詞，長於言情，而宋朝是以詞為代表文學，那麼宋人多情便不言而喻。我們在詞的世界裡，看到作家歌詠著種種男女之情、夫妻兄弟朋友之愛，及家國之思、故鄉之念，並深切感受到人情世界中普遍存在的悲歡離合、盛衰哀樂的情懷。但詞作為一種獨特的文體，絕少直接言說政治社會事況，多藉男女情事、詠物寫景、春情秋思、懷古悼往等內容題材，表達時空流轉之悲、傷懷念遠之感、閒而不適之情、生命無常之慨，而詞中更不時可體會作家面對這種種情事的方式與態度，及其形成的生命情調及意境，或抒發其淒婉之情、壯慨之懷、鬱勃之氣，或陶寫遣玩之意、閒雅之趣，或表現為執著的熱誠、豪宕的意興、曠達的懷抱，皆可見作家依違迎拒的創作心態、跌宕起伏的情思。

如何面對人倫世界中的情，始終都是人間難以迴避的課題。宋人以優美動人的筆觸言愁說恨，著實令人沉醉。東坡說：「多情應笑我，早生華髮。」多情，難免帶來煩惱，但也只有情能讓生命展現光彩，不至於枯萎，並能見證生命的意義。詞人有所感，能寫作，「入乎其內」，表示願意接受情愛及其所帶來的悲喜感受，雖糾結難解，日夜沉吟，深陷其中，也不失為一種認真執著的表現。如能不甘受限，有所擔當，意欲反撲哀愁，欲飛還斂之際，時而喚起強烈的生命意志，亦自是一種令人激賞的豪情。另一方面，如不勇敢面對，深刻體悟，如何「出乎其外」，最終能在人情世界中得到安頓，無怨無愧，成就曠達的人生意境？宋人多情，也長於思辨，在詞的世界裡，他們所抒寫的情，所呈現的意境，有多樣的姿態，在出入之間，展現出各種跌宕的情思，充滿著興發感動的力量。我們細讀兩宋名家詞，既感受他們真摯的情，也能從中體會宋文化的特性。

宋代自建立統一政權以來，即處於相當艱難的境地，內部積貧難療，對外積弱不振，不若漢唐之富強。然而國勢貧弱的宋，卻是秦漢統一王朝之後，年祚最長的朝代。兩宋周邊環伺的敵人，都非等閒民族，先後是遼、金兩大強敵，最後面對的則是橫掃歐亞的蒙古。北宋為金所滅，宋室南渡，雖失去半壁江山，但也支撐了頗長的時間。錢穆《國史大綱》說：

「在蒙古騎兵所向無敵的展擴中，只有中國是他們所遇到的中間惟一最強韌的大敵。」可見宋絕非不堪一擊的弱國，仍有它頑強的一面。這種國族精神，也反映在宋代整個文化當中。鄭騫〈詞曲的特質〉說：「宋朝的一切，都足以代表中國文化的陰柔方面，不只詞之一端。……柔並不一味的軟綿綿，而要有一種韌性。」宋詞代表中國文化陰柔的一面，但所謂陰柔不是一味的纏綿軟弱，而是要有一種堅定的生命力，可稱之為「韌性」。詞有韌性，才能成為文學之一體。這種韌性，來自認真熱誠的生命意態，不屈不撓的精神，抒發為文自有一種格調，一種骨氣。詞雖寫感傷之情，但名家之作普遍都不卑下，反而筆力沉健，抑揚有致，正因有這韌性在，宋詞裡所表現那種執著的信念——即使歲月多變，人事難料，但此情不渝——正呼應了宋人「知其不可為而為之」的積極入世情懷。如同春天的生命，像野草一般，柔中帶剛，總有著無窮的生機。

宋人為詞，能發之於深摯的情感、沉著的意態，出之以清俊的筆調、綺麗的詞藻，將「美麗與哀愁」融為一體，是抒情文學蘊藉動人的最佳表現。而宋人的陰柔與韌性，形成生命中一種不斷拉扯的動力，配合長短參差的句式，起伏變化的語調，使詞之為體，辭情頓挫有致，多了一種婉轉曲折的韻味——宋詞之美，就美在有這跌宕之姿。

四、東坡填詞緣起及其創作意識

東坡的寫作歷程，是先詩而後詞。東坡「詞心」是在何時開始萌動的呢？從各種內外因素來看，應發端於他對時空流轉特別有體會之時。東坡詩中很早便有這種經驗，尤以仁宗嘉祐六年（一〇六一）簽判鳳翔所作〈辛丑十一月十九日既與子由別於鄭州西門之外馬上賦詩一篇寄之〉一首，最為代表。東坡二十六歲初任官職，首度與弟蘇轍（子由）分離。詩中最後六句，最能道出分別時哀傷的心境：

> 亦知人生要有別，但恐歲月去飄忽。寒燈相對記疇昔，夜雨何時聽蕭瑟。君知此意不可忘，慎勿苦愛高官職。

東坡希望能實踐儒家用世的理想，也衷心期盼早日退休後能與子由過著閒居的生活，可是在這過程中卻得忍受長期的分離。東坡在理智上當然知道「人生有別」，從過去的離蜀赴京、母喪家鄉，到現在的與弟分袂，一次一次的經驗讓他確信，生離死別，人生難免；而一年又將盡，年華亦漸長，他在情緒上則更憂慮「歲月飄忽」。因為意識到時間無情的飄逝，更加深了空間契闊之感。在人生的變動中，東坡自有他堅守的信念：手足之情與早退之盟是生命的指歸與定力，難怪他終生念茲在茲。如是，東坡在人世間出入進退，形成他情思起伏跌宕的一生。如何在「人生有別」、「歲月飄忽」的感傷中，覓得心靈的依歸，在時空變幻裡尋得生命的安頓，是東坡一生的課題，此後他的文學充分反映了這段上下求索的歷程。這是東坡生命底層的憂患意識，源自天生的一份直覺，如夜空之深沉而寂寞，不易紓解。憑藉他天生的才情，後天的努力，自有超曠的體悟，表現為瀟灑朗逸之姿；但有時亦會因失志流轉，不免掉入傷悲的境地，發為低回幽咽之音。可以這麼說，東坡同具詩心與詞心，至於為文選體是出之以詩或見之於詞，這要看他當時的生涯歷驗，時空環境，他的情懷意志是往高處去還是往低處沉了。

東坡從此時簽判鳳翔到離京赴杭之前的七、八年間，一則忙於公事，「奮厲有當世志」的用心仍強烈，雖偶有傷感之懷，詩文適足以表達，實無填詞的環境與心境；由鳳翔還京師，又遭逢妻、父亡故，然後與弟轍護喪歸蜀，服喪期間，詩文已減產，更不用說嘗試詞的創作了。神宗熙寧二年（一〇六九），東坡三十四歲，還朝，時王安石參知政事，逐步推行新法。東坡在京兩年餘，朝廷政局正是風翻浪湧之勢，士大夫在進退之間面臨抉擇。朝中老臣富弼、張方平、范鎮、歐陽修先後離去，東坡的好友或補外、或乞歸、或被斥退，子由也隨張方平到陳州為學官。東坡孤軍力抗，一直忍讓到熙寧四年（一〇七一），不得已，才請求外放。他退離政治的是非圈較晚，與新黨人物的衝突也較多，因而內心的掙扎、無奈、失望之感更為深刻。那時在京師的時間裡，東坡為著理想，力挽狂瀾，全副心力都投注在雄辯滔滔的策論和奏議的寫作上，除了若干送別篇章，再無更多詩作，遑論倚聲填詞。

東坡於熙寧四年七月離京，赴陳州，與弟相聚，留七十餘日，九月，子由送東坡至潁州，同謁恩師歐陽修，盤桓二十餘天。從政以來，兄弟離別已有三次：昔日鄭州西門之別，前者子由外放之別，今日潁水船頭之別。東坡與子由兄弟情深，且東坡生性喜聚不喜散，眼見又要分手，此去何時再見？凄然漂泊之感，依依惜別之情，溢於言表。這次分離特別心酸，因為要闊別的不只是親愛的弟弟，還有過去那份做事的熱情和參政的理想。明知時事艱難，力不從心，但也不能不考慮現實，更無法輕易放棄心中的一份信念，如是在「眼看時事力難任，貪戀君恩退未能」的情況下，東坡帶著矛盾而又自我壓抑的情緒來到杭州。東坡於熙寧四年十一月到杭任通判，次年七月歐陽修卒，東坡聞訃，哭於孤山惠勤之室。熙寧七年（一〇七四）四月，王安石罷知江寧府，朝廷政局已是風雨欲來之勢。在杭三年間，送往迎來，行縣賑災，經歷許多生離死別、人間愁苦的事，東坡的感受特別深刻。

針對事的本身，或敘或議，東坡可以繼續用詩來表達；至於宦途失志，離別感傷之情，多年以來隱藏於心底的時空流轉的深悲，此時恰好可以藉長短句的韻律間接或直接抒發，東坡因此多了一道紓解鬱悶的出口。東坡本身其實並不排斥感官娛樂以及淺斟低唱的文藝形式。而且，杭州湖山之美、文人雅聚、歌舞宴樂、酬唱送別的環境，可以說是引發他填詞意興的重要因素。然而，東坡若無填詞的心境，就不會那麼容易由泛泛的應歌寫景轉為個人真情的自然流露。換句話說，詩人的銳感，生涯的體驗，培植了東坡幽微的情思，詞心逐漸萌芽，而杭州的歌樂環境正好提供了沃土，激發其茁壯成長。本來是應歌酬唱，但隨著樂韻的迴旋跌宕，導引出他內在的悠悠情思，從此愈寫愈投入，自然選體創作，但究竟是詞緣情起，或是情因體生，兩者似已融合，不易區分，而後自覺意識漸強，情感抒發的能量變大，化為不同的面貌展現，其實本源則一。東坡早期詞的題材雖有多種，大抵不離「人生有別」、「歲月飄忽」的主軸；其間東坡有所陷溺，也能自省，情理之間轉折出許多動人的意韻，成就了早期詞的風貌，日後東坡如何能入其內而出其外，深化情感，提升意境，就看他真誠面對生命的態度了。

東坡剛踏入詞壇之際，柳永綺豔慢詞仍風靡天下，而另一方面士人仍繼續填寫他們的清雅小詞；面對這兩個詞的世界，在雅鄭之間，東坡如何依附士大夫的傳統，又怎樣回應柳永的挑戰？東坡以詞抒寫情志，不同於一般詞人於歌筵舞榭按譜填詞的態度與方式。他有意識地拓寬了詞的寫作範圍，詞不但用以抒情，還可議論說理，並且融入了詩的技法和意境。時人對東坡「破體」的表現，不能完全接受，如陳師道批評他：「以詩為詞，如教坊雷大使之舞，雖極天下之工，要非本色。」晁補之說：「東坡詞，人謂多不諧音律，然居士詞橫放傑出，自是曲子中縛不住者。」顯見大家仍堅守詞應合律、詞體別具婉約含蓄之特質的基本理念，對東坡振筆為詞，寫放曠之情，猶不免抱著懷疑的態度。不過，東坡早已了然於胸，他對自己能寫出別是一體的詞作頗感自豪。〈與鮮于子駿〉說：「近卻頗作小詞，雖無柳七郎風味，亦自是一家。呵呵！數日前，獵於郊外，所獲頗多，作得一闋。令東州壯士抵掌頓足而歌之，吹笛擊鼓以為節，頗壯觀也。」所謂「柳七郎風味」，是指應歌寫情，表現為一種「鋪敘委婉」、「綢繆宛轉」而「靡曼近俗」的詞風。東坡所作打獵一闋，應是寫於密州時期的〈江城子・密州出獵〉。所謂「亦自是一家」，東坡有心要在當日流行的詞風以外開拓新境的口氣，不言而喻。〈江城子・密州出獵〉只是其中一首。如果參看同時前後的詞篇，會發現東坡確已找到屬於自己的聲音，突破了詞為豔科的藩籬，並創造出個人的風格與品味來。東坡由嘗試作詞到有自成一家的信心，後來又在境界上有進一步的提升與拓展，這是一段隨著生涯演進的創作歷程，而東坡詞中詩化的程度當然亦受創作環境及心境變化的影響而有所不同。像〈永遇樂・彭城夜宿燕子樓，夢盼盼〉之清麗舒徐、〈念奴嬌・赤壁懷古〉之豪宕悲慨、〈定風波・三月三日沙湖道中遇雨〉所表露的坦蕩之懷、〈八聲甘州・寄參寥子〉所臻至的超曠之境，都是密州後詞境更開拓的表現。

曾慥《高齋詩話》有一則記錄東坡批評秦觀的話，說：「『銷魂當此際』，非柳七語乎？」這段話很難證實其真偽，不過，照理東坡應不會欣賞這類軟媚之作。「銷魂」一句，乃出自秦觀的名篇〈滿庭芳〉（山抹微雲）。周濟《宋四家詞選》評此詞曰：「將身世之感，打并入豔情。」這種寫作手法，與柳永之寫羈旅行役，由蕭瑟之秋景寫到兒女相思怨別之情，頗有異曲同工之妙。少游善寫男女之情，閒雅有情思，淒婉而動人，最能表現詞婉約幽微之韻致。不過，少游詞造語雖工，但抒寫兒女柔情，與東坡不同調，致遭「規諷」，是可以理解的。與東坡相較，少游詞多被評為氣格不高。《王直方詩話》云：「東坡嘗以所作小詞示無咎、文潛，曰：『何如少游？』二人皆對云：『少游詩似小詞，先生小詞似詩。』」少游的詩敲點勻淨，常常落於纖巧，故後人批評他的詩是「婦人語」、「女郎詩」；少游的詩既婀娜似女性，而其小詞如詩一般，則其風格自不出清麗和婉。秦詞專主情致，雖亦能藉豔體抒發一己之懷，還可目之為「詩化」的表現，但就其傷春怨別之情和婉約幽微之致而言，秦詞仍保留了詞之作為豔歌的一種富於女性陰柔之美的特質，未能追隨東坡所開拓之意境邁進，反而牽於俗尚，重回《花間》、《尊前》的傳統。東坡與少游，一剛一柔，一創一因，他們的氣格自是不同。東坡以「以詩為詞」的創作態度「化俗為雅」，他不獨藉此在柳永、秦觀詞之外別開疆域，同時也衝出了唐宋以來雅詞的藩籬，別創一種高遠清雅之境。

五、東坡「以詩為詞」的意義

詞至東坡，在本質上產生了一大變化。東坡之所以能移風易俗，變「謔浪遊戲」之體，為抒情言志的長短句，「指出向上一路」，「使人登高望遠」，這與他的出身、才學及創作心態有莫大的關係。在中國文學批評傳統裡，人格與文格往往被認為是互有關聯的。人格決定詞格之高下，而詞格的高低，則影響詞體的尊卑。鄭騫先生說：

柳詞的風格，正是他個人性情生活的反映。他的性情不一定是輕佻儇薄，他的生活則完全是放浪頹靡。抱著流落不偶的沉哀，整年的看舞聽歌，淺斟低唱，即便有些逸懷浩氣也消磨淨盡了。蘇則無論江湖廊廟，到處受人尊敬，無形中養成卓犖不群的自尊心，與高雅的品格風度，再加上天資學問，當然與柳不能同日而語。這種差別，表現到他們的作品上就形成了蘇詞柳詞的異點；而後人給予柳詞的評價也就低於蘇詞。（〈柳永蘇軾與詞的發展〉）

東坡從未以詞人自居，他始終保持大學士、大詩人的高雅品味，不故意避俗，但也能遊行自在，而不凝滯於此。東坡用真情與至誠的態度寫作詞篇，他對詞體的看法自然不同於流俗。所謂「出新意於法度之中，寄妙理於豪放之外」，東坡這種不主故常，於法外求變的創新精神，當然也貫徹於詞的寫作中。正因為他這種「吾道一以貫之」的精神，遂能將詞提升至詩一般的境界，寫入了一己的高尚情操與真實情感，詞體便能因人而貴，得以晉身詩歌之林。

東坡以詩為詞，不可諱言，剛開始時受到本色派的質疑，曾引起一番討論，但南渡以後的詞壇，受到時世的影響，大家對東坡詞便有了不一樣的認識及評價。當時，以詩的觀點作詞論詞已是普遍的現象。東坡作為一般士子景仰的人物，他的詞作別具指標性的作用。以詩入詞，或以詩之餘力為詞，這些說法後來演變成「詩餘」的概念，一時大為流行。稱詞為詩餘，在南宋是有其積極意義的，因為將詞與詩拉上關係，無疑也提高了詞的地位，使它不再局限於歌兒舞女的藝壇，更納入了文人的創作範圍，而更重要的一點是這種說法寬解了文人原先視詞為小道的心理，正式承認了此體的價值，從此詞的發展便更為蓬勃，於是乃有辛棄疾、吳文英等致力追求新意境的專業詞人出現。所謂「指出向上一路，新天下耳目，弄筆者始知自振」（王灼《碧雞漫志》），這幾句話最能揭露東坡詞的意義。

東坡「以詩為詞」真正的意義，不僅僅是「寓以詩人句法」，使詞「精壯頓挫」而已，更重要的是內容題材的擴大、精神意境的提升。用詩的句法句式入詞，或以脫胎換骨的手法融化前人詩句，或如詩一般的使事用典，都能增加詞的藝術效果，使詞質更為凝鍊、詞句更加妍美、詞意更形豐富。這些技巧，皆為東坡詞所活用。不過，由於他追慕的主要是一種高雅清遠的意境，因此比較傾向於宋詩妙遠的手法，比婉約典雅派詞家有較靈活生動的句法、自然圓融的構篇。其中，口語化、散文化句子的靈活使用，泯除了平仄押韻的規律痕跡，使文氣自然流暢，詞情易於抒發，名篇如〈定風波〉（莫聽穿林打葉聲）、〈洞仙歌〉（冰肌玉骨）、〈滿庭芳〉（歸去來兮），皆能於既定的格律中，營造出東坡文學一貫的如行雲流水般的特質。這可不是一般文人所能達到的境地。嚴格來說，這些文辭技巧若抽離它的內容意境談論，總有所不足，而且意義也不大。我們談論東坡「以詩為詞」的實質意義，其實包括了合不合律、有無詞情以及詞人如何創造高遠意境等問題。

李清照《詞論》批評東坡詞是：「句讀不葺之詩爾，又往往不諧音律。」前人對東坡詞之不諧音律頗有微辭，然而東坡詞卻非完全不能付諸歌喉，在他的書信詞序中曾多次提及他填詞以就音律付歌者傳唱之事實。陸游為東坡辯解說：「公非不能歌，但豪放不喜裁剪以就聲律耳。」這與之前晁補之說東坡詞：「橫放傑出，自是曲子中縛不住者。」可互相呼應。二者雖有褒賞之意，但從其語氣中可發現他們的心裡似乎仍橫梗著一些傳統的觀念。不可諱言，東坡填詞時有不甚諧協樂律之處，這與周邦彥、姜夔等典雅統派詞確實不能相比。東坡詞畢竟是「變調」。假如我們拋開本色論的立場，試從東坡本人的創作觀點出發，自然會了解：東坡以詩為詞，打通詞體的人為規範，一以情性為本，以臻高雅之境，則必然會導致遠離詞的樂音世界。詞作為一種音樂文學，它的樂律屬性自有其適合表達之情懷。詞體普遍採用近體詩的格律形式，律詩的「律」本有美學上的要求，使詩歌的音聲達到一種平衡對稱之美，即透過平仄聲調的交錯對應，形成一種緊密的組織，有著明顯的相反相成的特性。而音樂亦強調重疊、反覆，形成回環往復的節奏。詞，這一新興文體，乃結合了近體詩和當時流行音樂的形式，因此語意詞情對比的感覺特別強烈。在體製上，平仄對稱、對句運用、上下片構篇，形成了詞體獨特的對比結構；而相應於這種形式，詞多以時空與人事對照為主軸，迴盪在情景相生、撫今追昔、嘆往傷逝的情調中。王灼《碧雞漫志》形容當時流行的俗樂為「繁聲淫奏」，且比較古今歌唱情形說：「古人善歌得名，不擇男女。……今人獨重女音，不復問能否。而士大夫所作歌詞，亦尚婉媚，古意盡矣。」詞本管絃冶蕩之音，容易牽引情緒，使人陷溺於旖旎、幽怨、傷感的情懷裡，而詞既與樂合，則可近雅卻又不能遠俗，人在如此氛圍中，日久浸淫，自嘆自憐，恐怕也會消磨了壯懷逸志。東坡「自是一家」的醒覺，就是要從這一陰柔細緻的世界中走出，不耽於音聲，不陷入悲情，這是「以詩為詞」值得注意的一個層面。

詞的正體，婉轉合樂，旖旎近情，而以詩、雅為尚的東坡又如何處理情感的問題呢？這是詞學中又一個常被討論的題目。東坡擺脫浮豔，自創新天地，彷彿不及柔情。然而，所謂不為情所役，是指不耽溺於兒女私情，絕非無情。東坡詞確是他的情性的表現，有兄弟之愛、夫妻之情、朋友之誼、家鄉之思、生涯之嘆，寫來真摯、深刻而動人。這並不是說東坡完全不作媚詞，詞中絕無綺豔之語。東坡有少部分的作品，也寫出了兒女情態，但皆不涉閨帷淫褻之事，也無淺陋鄙俗之語，比起柳永豔詞，格調自是不同。

抒寫兒女柔情，確非東坡所長。然而，人世間其他哀樂情事，東坡又如何面對、怎樣表達？我們讀東坡詞會發現他很少過度傷悲之作，「情中有思」是其主調。亦即，東坡詞絕少陷溺於情緒的愁苦鬱結之中，他能正視人間的悲喜情懷，入而能出，表達為一種曠達的胸襟。誠如鄭騫先生解釋王國維《人間詞話》之「東坡之詞曠」一語說：「曠者，能擺脫之謂……能擺脫故能瀟灑……胸襟曠達的人，遇事總是從窄往寬裡想，寫起文學作品來也是如此。」東坡詞不黏滯於物情，每遇著傷感之事，多能提筆振起，以景代情，化愁懷於清遠的意境中。東坡詞如清風明月，給人清泠、遼闊、沉靜之感。東坡特別愛寫月夜之景，如對月懷弟子由，東坡寫道：「但願人長久，千里共嬋娟。」（〈水調歌頭〉）；別宴歸來，東坡依依之情，卻寫在「夜闌風靜欲歸時，惟有一江明月碧琉璃」的景語中（〈虞美人．有美堂贈述古〉）；赤壁懷古，東坡多情地緬懷歷史陳跡，頓生「人生如夢」之嘆，最後以「一尊還酹江月」，將悲慨之情融入清闊自然的景色裡（〈念奴嬌〉）；春夜漫遊，醉眠芳草，田野的景象是「照野瀰瀰淺浪，橫空隱隱層霄」，這是東坡於解脫後的一份逍遙自得之情的表現（〈西江月〉）。詞境即心境，東坡詞裡的明月清風，正是他靈明超曠之心境的投影。東坡說：「一點浩然氣，千里快哉風。」（〈水調歌頭·黃州快哉亭贈張偓佺〉）坦蕩無礙的心懷，發而為詞，自然予人暢快淋漓之感。這些都是雅詞，也都是一片清境。

宋詞以清為美。南唐宋初以來，文人以「樂府新詞」，「娛賓遣興」，這種風氣，看似與《花間》無異，但他們所「遣」之「興」，卻多了一種帝室高官的晏安生活陶冶出來的閒情雅致。以詞「吟詠情性」，自然是一種抒情詩的表現方式——所謂「思深辭麗」，不只有婉麗的文辭，更有深遠的思致，已顯現出雅的精神、清逸的才思來。清，不黏滯於物，無鄙俗之氣，它以雅為基礎，比雅又多了一種高遠的神態，乃屬詩的意境。「清」與「雅」，乃宋文化特有的美學特質，在詩詞，在書畫，甚至士大夫的日常生活中都充滿著這種清遠高雅的趣味。而將「清」境注入詞篇，是東坡「以詩為詞」的表現後明確奠立的美感取向。東坡將詞體由坊間俗樂的屬性帶到文人雅致的層次，乃屬詞體本質性的衍變，自然形成，其勢實難違逆。在文人主導的詞學環境裡，詞的雅化、詩化已然滲入詞篇，結為一體，成為創作的精神指標，價值衡量的標竿了。因此，可以說東坡「以詩為詞」的概念不只推動了豪放詞的發展，事實上更深遠地影響了婉約、典雅詞派的理念。當中，詞之經由詩化、雅化而形成的「清」之為美的概念，是一重要的環節。宋末張炎撰《詞源》，倡「清空」之說，特別以姜夔白石詞為典範，而白石亦是宋詩名家，他的詞也如東坡一樣融入了詩的特質，變東坡之清曠而呈清空之境。

六、東坡詞的啟發

葉嘉瑩在〈說杜甫贈李白詩一首〉一文中較論東坡與李白，區分了「仙而人」和「人而仙」之差異，頗能道出東坡生命意境的特色：東坡雖然亦有坡仙之稱，但如果與有謫仙之稱的太白相比，則東坡之稱仙乃是人而仙者，所以他的「人」的煩惱，反而正可憑藉幾分「仙」氣得到解脫。而李白卻是仙而人者，以太白天才之恣縱不羈，原非此庸儒鄙俗之人世所可容有，賀知章把他比做謫仙，也許原意只是就其飛揚飄逸的一面加以讚美，卻於無意中正好說中了這一絕世天才的沉哀。李白說：「俱懷逸興壯思飛，欲上青天攬明月。」無視客觀條件的限制，如此毫無保留，狂放恣肆的表現，換來的卻是「抽刀斷水水更流，舉杯澆愁愁更愁」的悲痛。相對於此，東坡在〈水調歌頭〉寫中秋夜懷想弟弟的詞裡，由明月觸發的離恨轉化為超曠的精神，卻可看到他以理導情的努力。「我欲乘風歸去，唯恐瓊樓玉宇，高處不勝寒。起舞弄清影，何似在人間。」人間縱有許多苦惱，人卻無法離世逃避。如能由衷地接受了現實，在限制中真切領會自由的真諦，便可樂在其中，化人間為天堂。面對人間離別，東坡意會到與其陷溺其中，不如正面積極的藉情紓解：「但願人長久，千里共嬋娟。」今夜人雖千里，只要彼此無恙，抬頭共看明月，那美麗的月光就是人間情誼的見證。轉念一想，把一己的離恨化作彼此之關切，這份溫厚的體貼之情便能讓我們跨越時空，相互都得到慰藉。東坡就此帶領讀者走出了詞的閨幃世界，突破自傷自憐的格局，迎向更寬闊的情感天地。

東坡善於體情，故能填詞，這是不爭的事實。東坡填詞乃源自「人生有別，歲月飄忽」之感，強烈的時空意識是東坡詞的主要特色，但真正的關鍵是東坡「多情」。詞的抒情特質，主要就是以時空人事對照為主軸，在今昔對比的情境下，緣於人間情愛的執著和對時光流逝的感嘆，羈旅之感、憂生之嘆、失志流轉之悲等種種情思遂變成文人詞的重要主題。東坡詞在這些方面有很深刻的體驗。東坡〈念奴嬌〉說：「多情應笑我，早生華髮。」這「多情」應是他反省過去半輩子之所以如此焦慮不安、那麼困頓潦倒的重要原因。因為多情，便生許多眷戀與執著，帶給身心無盡的創傷。但若然無情，東坡就不能成就更完整的人生、更成熟圓融的生命意境。情，有其令人陷溺的一面，但它也是救贖的力量；人生不至於冷漠、荒涼，要靠人情的滋潤。東坡所有的詞篇，見證了他出入於情的真切體驗。東坡學問，多切人事，而其詞因事緣情，即景述懷，既屬個人真情至性之表現，也有普遍的人間意義。所謂「也無風雨也無晴」、「人間有味是清歡」、「此心安處是吾鄉」，這些都不是抽象的概念，也非哲理思辨所得的意境，而是東坡從實際生活中體證的心得。

東坡於詞能「入乎其內，出乎其外」，故感慨深、眼界大、意境高。東坡重情，能真誠地面對一己的情傷，勇於擔負人情的責任，故能入其內；而憑藉他的性情、學問、襟抱，達觀的態度，自有超曠的體悟，故能出其外。東坡「以詩為詞」、「以理導情」，就是能由「詞—情」的體性走向「詩—理」的意境發展，「指出向上一路」，充分展現了「曠」的精神。由「今昔對照下的感悟」到「由窄往寬處看人生」，東坡既拓寬了詞情，同時也解放了文體，這樣的面對生命的態度，這樣的勇於創作的精神，帶給我們許多啟發。

東坡變前人的因歌填詞，為自我抒情的方式，自然脫俗，創新意境，這與他的人品之高、用情之真、為文態度之誠有莫大的關係。東坡詞清朗俊逸，高出人表，當然是他人格的整體表現。不過，仍須注意的是，東坡詞於雅俗之間，所以能別立清麗之境，這關係到一種創作心態的問題。詞之出身卑微，詞人面對此體時多有欲拒還迎的複雜情緒，而各種理論的提出，亦多為詞家自我找尋慰藉的一種方式，所謂尊體，也往往是托辭，藉以撫平心理的不安而已。東坡從不忌諱填詞，也不刻意為之，興到筆來，隨緣寫作，不受局限，遂能出入於文情世界，寫作出不一樣的內容，體悟出不一樣的意境。東坡帶給我們一個清新的啟示：文體沒有界限，人心無限寬廣。

據宋代彭乘《墨客揮犀》載：「子瞻嘗自言平生有三不如人，謂著棋、吃酒、唱曲也。」東坡是否說過這樣的話，無從考證。不過，從現有資料來看，東坡確實非「妙解音律」如周邦彥、柳永之流。因此，對東坡來說，要協律填詞，應非易事。後人多欣賞他不主故常的豪情和勇於探索的精神，但往往忽略了他破體為文的真正意義。東坡「以詩為詞」、

「不諧音律」、「不及情」，難道不能反過來讓我們更清楚體認詞之為體的真正特質？東坡以詞所抒之情，畢竟與以詩所表達的不同。詞所抒之情，如只是一般的傷時感逝、相思怨別，題材亦未免過於淺狹。東坡以詞抒寫各種情思，雖未必能完全協律，卻也不是隨意鋪述，他也是切合樂韻傳情的模式敘寫的。因此，他的詞比他的詩更動人，更富感染的效果。換言之，東坡突破詞體在形式內容上的限制，不是正可刺激大家思考：詞作為一種獨特的抒情文體，除了外在因素之外，內裡應具備怎樣的基本特質嗎？東坡一向喜歡挑戰固有的規範。他在詩、賦方面，推陳出新，勇於探索文體界域的底線而不逾矩，早已見證了他充分掌握文學通變的妙理，自由創作的精神，在詞之寫作上亦復如是。東坡〈書吳道子畫後〉說：「出新意於法度之中，寄妙理於豪放之外。」任何一種體製，不至於僵化，就必須在破立之間、依違之際翻轉出活力，才能顯現意義。我們更須體認，只有孰悉既有的體製，才能別出心裁，賦予新意；所謂勇於突破，不主故常，並非一空依傍，任意妄為，而是將有形之「法度」化作無形之「妙理」——在神不在貌，創新的精義在此。東坡以此精神入詞，一方面仍能保持詞體的基本特性，一方面又能使其臻於高遠的意境；他沒有完全破體，反而為詞帶來活絡的生機。於此，東坡帶給了詞壇一個啟示：知道文體限制之所在，才能開發自由創作的空間。所謂自由，唯有在限制中體驗，才有真實的意義。

詞的世界，本是侷促幽閉的，其所呈現的時空相對狹小而短促——「寫景不出庭臺樓閣，言情不外傷春怨別」。在近乎靜止的世界中，人被動的接受命運，更感時間推移的壓力。詞所表現的美是一種陰柔的美，陰柔中也有著韌性，但畢竟過於收斂含蓄，氣象難免侷促。東坡如何由〈沁園春〉：「世路無窮，勞生有限，似此區區長鮮歡。」的人生局限，走向〈定風波〉：「歸去，也無風雨也無晴。」的憂樂兩忘，最後尋得「此心安處」的生命歸宿？東坡詞突破藩籬，走向遼闊的天地，領受更複雜的人生際遇，無疑加深了生命的體驗，並為其賦予更豐富的內涵。從詞的閨幃世界中走出，便意味著改變了幽閉的時空感，縱身於一開放、未知的世界，而在這嶄新的世界能勇敢邁進的人，眼界始大，感慨遂深；如認真面對、勇於反省者，則更能洞察生命底蘊，激發智慧火光，在茫然的生涯中尋得定力與方向。換言之，詞普遍耽溺於哀傷情調，東坡卻能超越相對的悲喜情懷，開拓更高遠的人生意境，關鍵在於東坡是在行動中體察生命意義、發現真理。在人生的旅途中，行行重行行，每踏出一步，便拓寬了一點空間，增強了時間的體驗，而在更深廣的時空中，思想便有更大的伸展領域。尼采說：「只有行走得來的思想才有價值。」東坡詞情之深且曠，是他認真面對生命，踏實地行走於情感天地中所體證、領悟出來的。

悅讀東坡詞

欣賞東坡詞，採分期閱讀的方式，最能知道他寫作的緣由，從而知悉東坡作為詞人，如何出入情理之間、詩樂之際，為自己譜寫一曲一曲的長歌短調，高低起伏的旋律，是在怎樣的時世與心境下，人情你我交感互應中唱吟的生命樂章。東坡詞的風格，隨年齡而有變化，大抵以通判杭州為第一期，任密、徐、湖三州太守時為第二期，貶謫黃州為第三期，去黃以後為第四期。東坡詞風由生疏到逐漸成形，由應歌贈別到自我抒懷，由依附詞調到表現詩情，文體由窄往寬處寫，意境由豪婉到清曠，確是一段伴隨著生涯而衍變的過程，歷歷可見。我們跟著東坡走這段詞情之旅，隨緣悲喜，自可感受到一個偉大心靈的躍動，而在其文辭多變，情意跌宕間，更可體會他不變的信念——以情作依歸，並不斷嘗試於時空流變中覓得心靈的安頓。這心跡在其他未編年的詞作中，其實，亦約略可尋。

一、此生飄蕩何時歇——杭州時期

宋神宗熙寧四年（一〇七一），三十六歲的東坡在朝廷因與王安石不合，請求外放，六月通判杭州。當時，杭州是上州，地位重要，最高首長為知州，另設通判一職以為副貳，協助推動政務，亦負監督之責。三年的杭州生活，讓東坡能在山水秀麗的繁華都市中，遠離紛亂的政治干擾，心情稍稍獲得平靜，並能踏實地從事地方工作，不時往返常、潤一帶，為解民困而奔波，公務餘暇則於山水間尋幽探勝，參加各種文娛聚會，抒發遣玩之心情。但遊賞之餘，隨著歲月遷移，生涯流轉之感頓生，而在歡宴離席頻繁往返中，欣慨交心的情緒不自覺的隨著婉轉迴盪的樂音流瀉而出。杭州本是歌舞繁華之地，酒筵雅集間自然少不了倚聲填詞，東坡身旁的長官朋友亦多好此道，他也常被邀請酬唱。東坡就在這樣的環境，這樣的心境，正式開始作詞。

杭州的風光與杭州的人情，和東坡詞情的興發有相當密切的關係。「江南信是東南美」，杭州山水之美，讓東坡不時想起故鄉：「已泛平湖思濯錦，更見橫翠憶峨嵋」，在〈法惠寺橫翠閣〉詩中寫道，他泛舟西湖便想到家鄉的濯錦江，看見吳山的橫翠閣更憶起四川的峨嵋山。而且，東坡認為如果前世不曾來此地，怎會有久別重逢之感？「前生我已到杭州，到處長如到舊游。」多年在外，此時的東坡，真有棲居在這美麗山水中的心願：「我本無家更安住，故鄉無此好湖山。」然而杭州雖美，卻非家鄉，有時觸景傷情，更生欲歸無期的感慨。東坡思鄉之情，於詞中亦多有抒發。除了擬把杭州作眉州外，東坡更喜歡此地人情。一般士子仰慕東坡大名，時相過從，方外之士折服東坡才思，亦多交接，此外，東坡更在乎志同道合之相契。杭州的政治氛圍與汴京不同，此地彷如反對派的大本營，前後任太守陳襄、楊繪是因批評新法而被迫離開朝廷輾轉來到杭州的，而鄰近州縣亦多同道中人；杭州等地都是他們暫時棲身之所，彼此相濡以沫。平時同遊唱和，互相慰勉，可見情誼；一旦離別，前路茫茫，則倍覺哀傷。東坡重情，這時期作了很多送別詞，都充滿特別深刻的傷離意緒。

東坡杭州詞的主要題材有四項：寫景、酬贈、送別、思鄉。整體來看，由泛泛的應景酬唱發展到真摯的遣情入詞，技巧雖未臻成熟，但已見東坡詩化詞風之雛形。在杭三年的填詞經歷，以熙寧七年（一〇七四）最為關鍵。前此所寫紀遊寫景的少數作品中，雖可看出東坡駕馭歌詞的能力，構篇頗自然，語調亦諧暢，意境也清新，但個人情意之表達卻不夠深刻，少了些動人的韻致。熙寧七年，作品激增，而且多屬送別主題，包括送人遠行和自別朋儕。送行留別不同於一般的題贈酬唱，因為聚散離合的情形不同，何況相別的是亦師亦友的陳襄、楊繪，還有三年來朝夕與共的杭州山水？別情尚不只此也，東坡於是年行縣途中，無端引起家鄉之思，而在人生無著的感嘆中，更增對杭州之憶想，這種矛盾無奈的心情都見之於詞。

東坡杭州詞中的思鄉愁緒與憶杭情結，充滿著天涯漂泊、失志流轉的哀感：「一紙鄉書來萬里。問我何年，真箇成歸計。」（〈蝶戀花・京口得鄉書〉）「此生飄蕩何時歇。家在西南，常作東南別。」（〈醉落魄・離京口作〉）東坡移情於杭，說：「蜀客到江南，長憶吳山好。吳蜀風流自古同，歸去應須早。還與去年人，共藉西湖草。莫惜尊前仔細看，應是容顏老。」（〈卜算子・自京口還錢塘道中寄述古太守〉）此地與家鄉好像沒有不同，勉強讓自己可以找到慰藉，但他也深知終究也得離去，而且時間不斷推移，心裡更感不安。此詞在東坡詞中不算是上乘之作，但它觸及故鄉之思、羈旅之情、朋友之誼、年華流逝之嘆，正是東坡早期詞的重要內容。

閱讀東坡早期作品，可以明顯看見他由以詞協樂到以詩為詞、寫景酬唱到遣情抒懷的歷程。換言之，詞的抒情面貌，在東坡手中已明確的從「為他」之作改變為「寫我」之篇，賦予了詞更個性化的風格特質，這在詞史上是十分重要的事。可以這樣說，柳永創作長調在形式體製上推動了詞的發展，東坡直抒胸臆則在內容意境上促進了詞的衍變。除了題材內容的開拓，東坡詞在個人情意的表達上作了多樣的嘗試，展現出多種面貌，豐富了詞的抒情效能。東坡「淚」是一個值得注意的題目。面對生離死別和思鄉情懷，東坡在這幾年間充分藉詞顯露出他真切的情緒，由擬人之淚，寫到一己的淚。譬如送別故人，東坡先是間接陳述：

「翠娥羞黛怯人看。掩霜紈，淚偷彈。」（〈江城子・孤山竹閣送述古〉）「佳人千點淚，灑向長河水。不用斂雙娥，路人啼更多。」（〈菩薩蠻・西湖送述古〉等到友人真的離去了，卻又壓抑不住情緒，淚水不禁決堤：「今夜殘燈斜照處，熒熒。秋雨晴時淚不晴。」（〈南鄉子・送述古〉）而在途中收到鄉書，無法作箇歸計的當下，東坡情到激越處，直抒道：「回首送春拚一醉，東風吹破千行淚。」淚在字句間自然流瀉，可以看到東坡詞中的真誠態度。

詞體發展至此又豈是娛賓遣興的小道末技？它已有如詩一般的抒情功能。東坡填詞較慢起步，他一開始即能掌握要領。如同平常寫作詩文，東坡亦充分意識到他填詞的目的，是為他人寫作抑或抒自我之情；抒寫方式，是自言自語、向人傾訴或是模擬他人口吻。因預設對象不同，東坡採用相應的寫作方式，便有不同的聲情語調、不一樣的風格體貌。這時期尤以酬贈前後任長官陳襄和楊繪的詞，所導引的清麗詞風及豪宕氣格，最值得注意。

杭州詞代表作：

一、寫景：〈行香子・過七里瀨〉，〈江城子・湖上與張先同賦〉，〈浪淘沙・探春〉，〈南歌子・觀潮〉。

二、酬贈：〈行香子．丹陽寄述古〉，〈卜算子．自京口還錢塘道中寄述古太守〉，〈虞美人．有美堂贈述古〉。

三、送別：〈昭君怨．金山送柳子玉〉，〈訴衷情．送述古迓元素〉，〈江城子．孤山竹閣送述古〉，〈菩薩蠻．西湖送述古〉，〈南鄉子．送述古〉，〈定風波．送楊元素〉，〈浣溪沙．自杭移密守席上別元素時重陽前一日〉，〈南鄉子．和楊元素時移密州〉。附：〈少年遊．潤州作代人寄遠〉。

四、思鄉：〈醉落魄．離京口作〉，〈蝶戀花．京口得鄉書〉。

選讀作品

江城子　湖上與張先同賦，時聞彈箏。

鳳凰山下雨初晴。水風清，晚霞明。一朵芙蕖，開過尚盈盈。何處飛來雙白鷺，如有意，慕娉婷。　忽聞江上弄哀箏。苦含情，遣誰聽。煙斂雲收，依約是湘靈。欲待曲終尋問取，人不見，數峰青。

東坡開始填詞，即如作詩一般，命題寫作，不只是協樂而已。之前的詞通常只有詞牌（詞調），很少像東坡加上「詞題」或「詞序」的。「湖上與張先同賦，時聞彈箏」一題，清楚交代了寫作的情況。張先，字子野，烏程（浙江吳興）人，詩格清麗，尤長於歌詞，與柳永齊名。晚年以都官郎中致仕，優游於杭州、湖州之間，嘯歌自得，至老不衰，年八十餘，視聽猶精健。此詞作於宋神宗熙寧六年（一〇七三）六、七月間，東坡杭州通判任上。東坡在杭州初試詞筆，時與張先唱酬。這首〈江城子〉是與張先同遊西湖時所作，可惜張先所賦詞篇沒有流傳下來。東坡本人很喜歡這個詞調，以後不少名篇如悼念亡妻之「十年生死兩茫茫」、寫密州打獵之「老夫聊發少年狂」、效法陶淵明斜川詩意之「夢中了了醉中醒」等，都用〈江城子〉一調來填寫。

這首詞相傳有個故事。張邦基《墨莊漫錄》記載：「東坡在杭州，一日游西湖，坐孤山竹閣前臨湖亭上。時二客皆有服，預焉。久之，湖心有一綵舟漸止亭前。靚妝數人，中有一人尤麗，方鼓箏，年且三十餘，風韻嫻雅，綽有態度。二客競目送之。曲未終，翩然而逝。公戲作長短句。」有人以為此詞用「雙白鷺」比作戴孝的兩位客人，以「開過尚盈盈」之荷花指年過三十猶有風姿之麗人，幽默有趣。可是，這樣的解說牽強附會，殊不足取。說當時戴孝之人參與宴遊，且有目送佳人之舉，也頗不合常理。東坡雖愛開玩笑，但不至於用開過的荷花情狀形容風韻猶存之婦人，如果是這樣則未免太輕薄了。東坡此詞的設喻，應是化用杜牧〈晚晴賦〉之意：「復引舟於深灣，忽八九之紅芰。姹然如婦，斂然如女；墮蕊黦顏，似見放棄。白鷺潛來兮，邈風標之公子。窺此美人兮，如慕悅其容媚。」白鷺之飛近紅芰，如公子之欽慕美人，這情節與東坡此詞所描述的幾乎是一樣的。

東坡剛開始填詞，往往運用上下片分寫不同情景的模式。此詞的題目似已預告詞文的前後內容：上片寫湖上之景，下片寫聽聞彈箏之事；一視覺，一聽覺，兩片分別處理。後來在密州作〈水調歌頭〉也用類似的方式，上片寫「中秋歡飲達旦」的情事，下片敘「兼懷子由」的心境。

東坡愛寫雨後與月夜之景，此詞上片即寫西湖雨後放晴的景色。詞的開頭，先鋪墊江面清風、天邊晚霞的背景，然後以一朵荷花突出畫面，再以一雙白鷺鷥襯托荷花開過後猶有動人姿態之餘韻，寫來甚有情味。詞之寫作往往就是採取這種由遠而近、由外而內的渲染手法，句與句之間有著綿密的關係，彼此呼應。結拍，「慕娉婷」一語，既將荷花擬作美人，更引出下文彈箏之女子，由虛筆到實寫，銜接相當自然。

下片寫箏曲之動聽，有令人恍若置身仙境之感。當詞中人凝神於一朵花之時，忽聽得湖上傳來樂聲，而這樂聲正是彈奏者的心曲，婉轉悠揚，蘊含深摯的情意，不知是為誰而彈奏呢？彈箏人應有傾訴的對象。沒想到，接下去不說人，而是擴大渲染，說自然景物也大為感動：煙靄為之斂容，雲彩為之收色。此曲動人之效果可以想見。然則，這若非湘水女神之樂韻，又會是誰？想等到樂曲結束後再去探問——「欲待曲終尋問取」，究竟是人是仙？結筆卻道不見其人，但見數峰青青，一切似又復歸於平靜。在如微波般起伏變化的情節中，化實為虛，似有還無，寫來幽邈迷離，空靈脫俗。

綜覽全篇，由山景起，再以山景結，描述雨過山青間之荷色與箏聲，前後呼應，情深意遠，別具詩之韻致。東坡早期詞，即可看出他以詩入詞的特色，手法已相當自然。其後姜夔（白石）的寫景詞，清虛妙遠，亦多用此法。

【注解】

鳳凰山：在杭縣城南。《方輿紀要》：「山巖壑逶迤，左瞰大江，如鳳凰欲飛，故名。」

芙蕖：即荷花。

盈盈：儀態美好貌。

娉婷：形容女子姿態輕巧美好，亦指美女，此乃將荷花擬作美人。

苦含情：言其深含情意。苦，極甚之辭。

遣誰聽：謂此樂曲不知彈奏給誰來聆賞呢。遣，即今語「叫」、「讓」、「給」也。

依約：隱約，彷彿之意。

湘靈：《水經．湘水注》：「帝舜二妃，娥皇、女英，帝堯之二女也。從舜南征三苗不返，道死沅湘之間，後世謂之湘靈。」《楚辭．遠遊》：「使湘靈鼓瑟兮，令海若舞馮夷。」

欲待三句：化用唐代錢起〈湘靈鼓瑟〉詩事，以狀當時情景。《唐詩紀事》卷三十「錢起」條記載：天寶十年（七五一），錢起宿於江畔旅舍，夜裡聞庭中有人吟詩曰：「曲終人不見，江上數峰青。」起來查看，卻不見人影。第二年，赴長安應試，有一道詩題是「湘靈鼓瑟」，錢起即據前所聞用為末二句；詩云：「善鼓琴和瑟，常聞帝子靈。馮夷空自舞，楚客不堪聽。苦調淒金石，清音入杳冥。蒼梧來怨慕，白芷動芳馨。流水傳湘浦，悲風過洞庭。曲終人不見，江上數峰青。」

虞美人　有美堂贈述古

湖山信是東南美，一望彌千里。使君能得幾回來，便使尊前醉倒更徘徊。　沙河塘裡燈初上，水調誰家唱。夜闌風靜欲歸時，惟有一江明月碧琉璃。

宋神宗熙寧七年（一〇七四）七月，杭州知州陳襄將離任，移守南都（今河南商丘）。

臨行前，在有美堂宴請僚屬，東坡也在座。據《本事集》所載，夜深時，月光如練，陳襄前後顧望，沙河塘正在有美堂下，慨然有感，遂請東坡為之賦詞，東坡即席而就，寫下了這首〈虞美人〉。

離別總令人感傷，何況東坡是多情的人，面對亦師亦友的長官陳襄即將離去，他惜別的情懷自然流瀉在一字一句之中。不過，東坡一向很少直接言情，往往採用的是「借景寓情」、「對面寫情」、「擬人述情」等委婉含蓄的手法。這首詞雖是即席賦寫，卻非一般應酬之作，因為東坡與陳襄同是反對王安石變法而來到杭州的，兩年多的共事，培養出更深厚的情誼，陳襄在離筵上「慨然有感」，而東坡的心情也豈能平靜？東坡將這份深摯的情意，用清雅的筆調，寫入自然悠遠的景致中。因此，我們讀東坡這首詞，看到外在景物的描繪，其實都是作者內在心情的投影。王國維《人間詞話》說：「一切景語，皆情語。」詞，很少純粹寫景，它所處理的往往是世間人情。作者以情為文，不作直接的鋪陳，而用借景言情的手法，毋非是以相關的景物烘托、渲染某種氛圍和感覺，使詞中的情意與之交融凝聚，形成一種特殊的含蓄的美感。

詞的上片就有美堂的名稱發端，謂東南的湖山確實是最美的，放眼望去，綿延千里。先點出宴會之所在，然後就景而述惜別之情。如此秀麗的景色，有著我們共同的記憶，而在這即將離別之際，更讓人懷想不已。東坡說：使君此去，不知何時能再回來？既然重聚難期，那麼此刻就更應珍惜，即使醉倒筵席上，也要流連不返。

一般來說，詞上下片的設計，多採取由景及情的方式，就是說慢慢醞釀氣氛，逐漸推進，由遠而近，由外而內，最後才說出心裡的情意。然而，東坡此詞於上片似已完成此步驟。他沒有明白說盡，僅僅藉飲酒和徘徊的意態表達了戀戀不捨的心情。至下片，東坡似有意收斂起那激切的情緒，著意放筆書寫外在的景物，但在靜默的體察中卻也深化了那離愁的況味。

過片承上流連之意而來，由華燈初上，寫到夜闌宴罷。從有美堂遠看山下的沙河塘，燈火黃昏之際，頗覺淒清，而此時又不知何處傳來〈水調〉的哀歌，則更添愁怨。〈水調歌頭〉，相傳是隋煬帝開汴河時令人編製的歌曲，編者取材於河工的勞歌，因此它的聲韻相當悲切。傳至唐代，玄宗聽後，傷時悼往，亦淒然落淚。這兩句以燈火歌聲點染，烘托了惜別的氛圍。末句以夜闌風靜，人將歸去，見「一江明月碧琉璃」的美景作結，這既具體補充了上文的湖山之美，更藉水月交輝的景象，寫出了一種靜美空闊的意境，一種清遠寂寞的情致；句句景語，都是情語。

杜牧〈揚州〉詩說：「誰家唱水調，明月滿揚州。」同樣以悲歌、明月渲染淒清的感受，但不如東坡此詞之深摯動人。此詞從白天寫到深夜，喧譁寫到寧靜，整首詞的意脈，藉時間的延宕，空間的推展，娓娓道來，更增徘徊不盡之感。

【注解】

有美堂：在杭州城內吳山最高處。嘉祐二年（一〇五七），梅摯出守杭州，宋仁宗賜詩有「地有吳山美，東南第一州」之句；梅摯到杭後，在吳山最高處建堂，即取詩意名曰「有美堂」。歐陽修曾為之作〈有美堂記〉。

述古：陳襄，字述古，神宗時任諫官，反對王安石變法。神宗曾向陳襄訪問可用之人，襄舉司馬光、蘇軾以對。這引起王安石的不滿，被命出知陳州。熙寧五年（一〇七二），改知杭州。

湖山句：謂有美堂上所看見的東南一帶的湖光山色的確很美，一望無際，千里遼闊景觀盡入眼底。信，誠然、確實。

使君：古時太守的別稱。太守、知州，官職相近，故宋代詩文多以太守或使君稱地方知州。這裡是指陳襄。

便使：即使。

尊前：借指宴會。尊，酒器。

沙河塘：在杭州城南，通錢塘江，宋時為杭州熱鬧繁華之區，歌館、書場多集於此。

水調：曲調名，原為唐代大曲（由若干樂段組成的大型樂曲）。此指〈水調歌頭〉。東坡〈南歌子〉：「誰家水調唱歌頭。」所謂「歌頭」，是大曲組成樂段「散序、中序、破」三部分之「中序」的第一支曲。

夜闌：夜深。闌，盡也。

琉璃：即玻璃。這裡用以形容在明月照耀下的平靜江面，如碧綠色的玻璃，澄澈晶瑩。

南鄉子 送述古

回首亂山橫，不見居人只見城。誰似臨平山上塔，亭亭。迎客西來送客行。　歸路晚風清，一枕初寒夢不成。今夜殘燈斜照處，熒熒。秋雨晴時淚不晴。

東坡遠離汴京，來到杭州。杭州山水之美，讓他有似曾相識、重回故鄉之感，他在詩中讚歎道：「前生我已到杭州，到處長如到舊游。」「我本無家更安住，故鄉無此好湖山。」這可以看出東坡多年在外、心想安定的願望。除了移情作用，擬把杭州作眉州外，東坡更喜歡這裡的人情。杭州的政治氣氛不同於汴京，這裡好像是反對派的地盤，東坡通判任上的兩位知州陳襄、楊繪都是因批評新法而被迫離開朝廷輾轉來到杭州的，而鄰近州縣亦多同道中人；杭州等地對他們來說，都是暫時棲身之所，彼此相濡以沫。平時同遊唱和，互相慰勉，可見情誼；一旦離別，則倍覺哀傷，頓生天涯淪落之感。東坡重情，因此這時期的送別詞之所以既多且佳，是可以理解的。

熙寧七年（一〇七四）七月，東坡敬重的長官與好友陳襄接到新的派令，改知南都（河南商丘），東坡寫了六首詞送別故人，這首〈南鄉子〉作於八月中旬，是其中最後的一首。

東坡送陳襄至臨平，此地一別，後會難期，心中的離愁不易化解。上片寫出城送別的情景。東坡說：我一路相送，與你來到臨平，回首遠處，亂山環繞，隱約間只看到遠遠的城郭，早已看不見城中居民了。這兩句呈現了頗為蒼茫、空漠的景象——山之亂，暗喻人面對離別時混亂的心緒；見城而不見人，一派冷清，也反映了與人遠隔的落寞心境。這比歐陽詹詩中所寫的：「高城已不見，況復城中人。」情意更為曲折深摯。這城曾是陳襄管轄之地，現在還可依稀看見，但轉身一去後，便只能成追憶了。山城寂寂，人情依依，但東坡卻沒正面寫相送之情，而以臨平山上塔來映襯。此塔亭亭聳立於山上，見證了人間離合，卻始終不為所動。但人能夠這樣嗎？故云「誰似」。東坡用激問的語態，暗暗表達了自己內心難以解脫的深悲，畢竟人非古塔，塔無情，人卻有情，面對送往迎來之事，就不能無動於衷。此詞上片以自然景色、人造建築之漠然，對照人情的無奈，作者似壓抑著情緒，盡量作客觀化、表面性的描述，不就自己送別述古之事直接流露心聲。然而，當東坡寫道：「迎客西來送客行。」難道不會喚起他客中送客的悲感？

之前幾首送別述古的詞，都用間接的手法言情，但到寫作此詞，已無再見時日了，好像到了臨界點，那些壓抑的情緒，在此詞下片描寫送別回來後的情境時，便充分發洩了出來。「歸路晚風清，一枕初寒夢不成」——面對淒清的景象，帶著落寞的心情，也因此終夜難以入眠。獨對微弱的燈光，一直到天亮，「秋雨晴時淚不晴」，整夜的雨都停了，但淚水卻流也流不盡。作者用誇飾、類比的手法，寫出了惜別的深情。

這首詞以塔的無情反襯人的多情，以幽微的殘燈烘托淒然的心境，以雨停對照淚不止，由景及情，委婉動人，表達了友情的深篤誠摯。更值得注意的是，東坡詞很少直接言情，而在這首詞中卻激發出「淚」來，這可說是東坡詞的一大突破。況周頤《蕙風詞話》說：「至真之情，由性靈肺腑中流出。」東坡藉詞體寫出了一己的哀愁，也為自己的抒情文學掀開了新的一頁。從此，東坡詞不只是應合場景寫作的歌詞，更是可直抒胸臆的抒情詩了。

【注解】

不見句：歐陽詹〈初發太原．途中寄所思〉：「高城已不見，況復城中人。」謂城、人皆不見。此謂見城不見人，稍作變化。一說居人，典出《詩經．鄭風．叔于田》：「叔于田，巷無居人。豈無居人，不如叔也，洵美且仁。」此借以美喻陳襄。

臨平山：山名，在杭州餘杭郡東北五十四里處，上有塔，下臨湖。宋人離別之作，常以此塔作為送別的標誌。

亭亭：聳立的樣子。

熒熒：形容燈光微弱。

南鄉子　和楊元素，時移守密州。

東武望餘杭，雲海天涯兩渺茫。何日功成名遂了，還鄉。醉笑陪公三萬場。　不用訴離觴，痛飲從來別有腸。今夜送歸燈火冷，河塘。墮淚羊公卻姓楊。

與不同的對象訴說離情，會有不同的表達方式。

東坡於熙寧七年（一〇七四）九月改知密州（山東諸城）。離杭前，當時的知州楊繪作詞相送，東坡就寫了這首〈南鄉子〉唱和。

詞的上片寫別後相思，約日後還鄉再聚，都從設想落筆，將時間拉遠、空間延伸，似可藉未來的追憶、相訂的期約，紓解當下離別之苦。可是種種設想，畢竟存有許多茫然未定的因素，反而更增惆悵。「東武望餘杭，雲海天涯兩渺茫。」東坡寫此去一別後，由密州回望杭州，各在雲海一端，天涯相隔，渺不可及，既寫出了空間遼闊的景象，也象徵著不能跨越的距離，流露出相望不相親的感嘆，有著如杜甫詩「明日隔山岳，世事兩茫茫」（〈贈衛八處士〉）那種人事難料的迷惘之感。今後種種實難逆料，唯有指望未來功成名就，榮歸故里，以日日相伴醉酒談笑，彌補久別的遺憾了。東坡和元素是同鄉，平日以方言對話，分外親切，想及將來，自有返鄉的共識，但前提是「功成名遂了」。東坡與元素都有積極入世的態度，可是在如此惡劣的政治環境中，如何能實踐理想？所謂功成名就，會否遙不可及？「何日」兩字，寄寓深沉，有著無限感嘆。什麼時候能成就功名，退休返鄉？如果這理想無法達成，則便意味著「醉笑陪公三萬場」這件事也會落空，現在所說的只不過是一種精神的自我慰藉而已。將這鬱結不安的情緒，拉回離筵上的現實，更叫人珍惜當下。「不用訴離觴，痛飲從來別有腸。」一是說離別之酒，不應推辭，也別擔心飲醉，因為痛飲的人都是在肌體之外另有腸子容納這酒意的。然而，東坡一向不善飲酒，這裡卻用「痛飲」一詞，顯見他壓抑不了心中悲切的情緒。「痛飲狂歌空度日」，是杜甫形容李白失意的狀態，東坡一生則絕少「痛飲」之事。而這裡之所以發為激越舉措，關鍵也許就在「別有腸」三字。一般的傷離念遠，不至於此，然而在這當中如更糾結著一生理想終究難成的憂慮、政治鬥爭帶來的苦惱和外任州郡的流離之感，則傷心人別有懷抱，所謂「痛飲從來別有腸」的言外之意，便不言而喻了。最後寫酒後送歸之事，更見兩人惺惺相惜之情。離別之際，外景雖冷，但人情卻溫馨——「今夜送歸燈火冷，河塘。墮淚羊公卻姓楊。」歸時已晚，沙河塘上燈火清冷，烘托了此刻淒清的心境。眼前這多情送我又令人民感念的好長官，剛好就是和羊祜「同姓」（諧音）的楊元素呢——東坡被送，此處不說己身感受，反而用戲語直道主人元素的送別之情，若非至親密友、人世知己，實難寫得此情此語。東坡巧妙用典，既形容元素因送別而落淚，也表達了對友人的讚譽。西晉的羊祜是一位德高望重的名臣，他鎮守襄陽十年，為滅吳作準備，生前雖未能完成大業，卻因以仁愛為本，深得當地人民的愛戴，在他去世之後建碑來紀念他，凡路經峴山看見這石碑的人莫不為之墮淚。東坡借羊祜事戲讚楊元素，而羊祜施德政於民，不也正是東坡等人作為地方官的共同心願？

我們試比較東坡在詞中面對前後任太守的態度。陳襄曾薦東坡於朝廷。東坡與述古有師友之情誼，多敬重之意，反映在杭州詞中的是深切委婉的情思，借景言情，化淡淡的離愁為清遠之境。楊繪，為人忠直，與東坡多了一份鄉誼。東坡寫給元素的詞所表達的情感較爽朗熱誠，更能在其中看到東坡深刻的功名之念、故鄉之情和人世滄桑之感，用語也較自然直切。兩種人情對待的關係，發而為文，形成了兩種不同的風格——前者導引出東坡清麗的詞風，後者引發了東坡豪宕的氣格，日後東坡之有清、豪之境，蓋緣於此。

【注解】

楊元素：楊繪（一〇二七—一〇八八），字元素，四川綿竹人。神宗朝為御史中丞，因反對新法，出知亳州，歷應天府，熙寧七年接替陳襄知杭州。

東武：今山東諸城，宋代密州治所，為漢代琅琊郡東武縣。隋開皇十八年（五九八）改為諸城縣。此用舊稱指密州。

餘杭：指杭州。隋置杭州始治餘杭，尋移治錢塘，改曰餘杭郡。唐置杭州，又改餘杭郡。北宋為杭州餘杭郡。

三萬場：謂人生百年，一日一醉，得三萬六千場。此舉其成數言。李白〈襄陽歌〉：「百年三萬六千日，一日須傾三百杯。」

不用訴離觴：謂離筵上不要推辭飲酒。訴，辭酒之義。按：韋莊有〈離筵訴酒〉詩，張相《詩詞曲語辭匯釋》云：「訴酒者，辭酒也。又〈菩薩蠻〉詞：『須愁春漏短，莫訴金盃滿。』」離觴，餞別之酒。觴，酒杯，代指酒。

別有腸：《五國故事》記南閩王王延羲與群臣飲，皆退，惟翰林學士周維岳在座。延羲問左右：「惟岳身軀甚小，而飲能如許酒？」左右對云：「臣聞酒有別腸，非可以肌體而論之。」此處借指別有心情。

河塘：即沙河塘。

墮淚句：羊公，即羊祜，西晉人。為人忠厚，勤於公事。晉武帝欲滅吳，以祜為都督荊州諸軍事，駐襄陽（今屬湖北）。愛遊峴山。羊公有政聲，卒後，「襄陽百姓於峴山祜平生游憩之所建碑立廟，歲時饗祭焉。望其碑者莫不流涕，杜預因名墮淚碑。」（見《晉書．羊祜傳》）此句以襄陽人民所懷念而為之墮淚的羊祜之「羊」與楊繪之「楊」同音，戲讚楊繪深得民心，其離任後，杭州人民應懷念不已。

醉落魄　離京口作

輕雲微月，二更酒醒船初發。孤城回望蒼煙合。記得歌時，不記歸時節。　巾偏扇墜藤床滑，覺來幽夢無人說。此生飄蕩何時歇。家在西南，常作東南別。

東坡來到杭州，好像回到故鄉一般，對此地的湖光山色感到分外親切。然而，在通判任上，為了公務等事時常往返於鄰近州縣，不斷送往迎來，倍增江湖流落之感。熙寧七年（一〇七四），東坡赴潤、常一帶賑饑。正月，過丹陽到達潤州（即京口，今江蘇鎮江）。除公事外，東坡在這裡盤桓期間探訪了許多友人。至春後，潤州事畢，又轉赴常州。這首詞就是在離開京口時所作，寫船發酒醒後的生涯感嘆，有著一種苦澀的況味。

平常一次兩次的別離，如果很快便能回到自己熟悉的世界，不會激起過多的情緒。可是，一次又一次的聚散，想安定下來卻又總是停不下來，東飄西蕩，那種種別離所帶來的人生不安的感受會更深刻，令人更感無奈。生命好似秋天的蓬草一般，連根拔起，隨風飄散，不知最後飛到哪裡。「此生飄蕩何時歇」，這是東坡離開家鄉後這些年來的真實體驗。

詞的上片寫離開京口的情景。船剛出發，東坡從酒醉中醒來，天上雲彩輕薄，月色微明，已是二更時候了。回望京口，只見這座孤城籠罩在深濃的煙霧中。如同東坡此刻迷濛彷彿的心境。酒醒夢覺，意識一片模糊。他記得離開鎮江之前，朋友餞別，大家歌唱的歡樂氣氛。至於什麼時候喝醉了，什麼時候被送上船，他卻一點都記不得了。歐陽修〈蝶戀花〉說：「宿酒醒來，不記歸時節。多少衷腸猶未說，珠簾夜夜朦朧月。」也寫醉後忘歸的情景，但不如東坡那樣的深刻沉痛。只記得相聚的歡樂，不記得離別的哀傷；所謂不記得，不是因為酒醉而記不清楚，不然，之前的事也應一併忘記，這顯然是心理作用，故意逃避哀傷的感受，而選擇記得歡樂的情事，則是彌補心靈空虛、暫時尋得安頓的一種方式。不過，愈是沉醉於樂事，更見離愁之深重。而故意將它忘記，不表示哀傷就不存在，它只是埋藏在心底，愈積愈深。

下片寫醒後的醉態，以及因此次離別而觸發的生涯漂泊之感。酒醉剛醒，頭巾歪在一邊，扇子墜落艙板，人癱在藤床上，無法控制好身子，反覺藤床特別滑溜。原本可以藉夢忘懷現實世界的，但現在連夢也不能安住。「覺來幽夢無人說」，這幽渺的夢境是怎樣的內容？既然身旁無人可說，或者說了別人也不懂，那就乾脆沉默，獨自體會那「別是一般滋味在心頭」（李煜詞句）的感受了。這樣無端生出的孤寂感，加上人在船上，搖晃擺動的感覺，遂觸發了他「此生飄蕩何時歇」的悲涼感嘆——這一生難道就像蓬草一般到處飄蕩？這樣漂泊不定的生活什麼時候才能結束？東坡的悲慨，累積了許多年，此時一併發洩了出來。「家在西南，常作東南別。」東坡是四川人，四川在西南方，自從離家以後，似乎便結束了安穩的生活，此後經常在東南方的江浙一帶往返，每到一處與朋友見面不久就要告別，這種離合聚散的生活，短暫匆促，難以自主，如果一生都如此，到處奔波，怎不令人悽惶？而西南方的家鄉，便變得更遙不可及了。

家，是讓人心安的原鄉，但長期漂泊在外的人，不斷的客中送客、別中有別，更增無家之感，心神便不得安寧，身體彷若遊魂一般，終日如夢如醉——東坡取〈醉落魄〉一調為詞，所謂「落魄江湖載酒行」（杜牧詩句），不正反映了此時飄蕩落魄的心境？東坡此詞，筆調頗為直切，情思卻是曲折，讀來令人低回不已。

【注解】

京口：即今江蘇鎮江市。京口是六朝長江下游軍事重鎮。東漢建安年間，孫權治此，稱為京城；及遷建業，改名京口。

巾偏句：謂頭巾歪了，扇子掉了，藤床感覺特別滑溜。形容在搖晃的行船上醉後入睡的情形。

家在西南二句：東坡家在四川眉州，而官於杭州，已是遠別故鄉了，而居杭期間，又因事往來於常州、潤州、蘇州等地，遷徙不定，則是別中有別。眉州在西南，杭州在東南，故云。

少年遊 潤州作，代人寄遠。

去年相送，餘杭門外，飛雪似楊花。今年春盡，楊花似雪，猶不見還家。 對酒捲簾邀明月，風露透窗紗。恰似姮娥憐雙燕，分明照，畫梁斜。

熙寧六年（一〇七三）十一月，東坡由杭州赴潤州賑饑，出餘杭門。本篇作於熙寧七年（一〇七四）。序稱「代人寄遠」，乃仿照傳統詩歌的「代擬」體，借模擬閨婦思念遠方行人之口吻，述說自己行役在外想念在杭親友的心情，或許所代之人就是東坡的妻子，假想她的心情而作此詞，這種將心比心的敘寫方式可看出東坡溫柔體貼的一面。

上片以寫女子盼情郎還家，表達了冬去春來、人猶未歸的感慨。論者多指出東坡這裡係仿用《詩經・小雅・采薇》篇中「昔我往矣，楊柳依依；今我來思，雨雪霏霏」的句法，但用意不同。其實，此段今昔對照的手法更像范雲、何遜〈范廣州宅聯句〉一詩中的構思——「洛陽城東西，長作經年別。昔去雪如花，今來花似雪。」不過，此詞是思婦的口吻，與前詩之以行者之心情著筆也不大相同。作者很巧妙的採冬天的飛雪、春日的楊花兩種景物的類喻與交替，具體呈現了時間的推移與離思之蔓延。飛雪與楊花，因為都有輕柔、潔白的質性，所以能互相借喻。由冬及春，似乎都沒什麼變化，外在的景物不論是雪花或楊花，彷彿都是迷迷濛濛、紛紛亂亂的一片；但在這看似不變的景象中，季節已不知不覺地暗中偷換。楊花是柳絮，往往與離愁相關。去年在餘杭門外送別，飄飄飛雪恰似楊花點點，天地間彷彿充滿著離愁別緒，令人觸景傷情。今年春天將要過去，楊花似飛雪，還不見親人回家。門外柳絮飄綿，似曾相識，更增物是人非之感。而且情人不歸，女子孤寂的世界便無春日的溫馨，反而如在雪中一般的冰冷——所謂「楊花似雪」，意在言外，讀者需細細品味。

下片也用間接的方式敘寫思婦孤寂的心境。獨飲無味，邀月作伴，風露透過窗紗，送來陣陣涼意。但惱人的是邀來的月光卻置自己於不顧，只明亮地照耀著屋梁上的巢穴，特別憐惜那雙燕子。月中的嫦娥本身也是孤獨的，為什麼不與一樣是孤獨的我相互憐愛，反而照著那雙宿雙棲的燕子？用雙燕，反襯思婦的孤單寂寞，是詩詞中常用的手法。此詞寫邀月為伴，月卻憐雙燕而不憐己，情節更曲折，寫孤寂更深一層。而月照雙燕，容易使人生妒，但何嘗不會令人羨慕，更增相思相望更相親之情？

中國讀書人向來很少寫夫妻間的情感，而寫夫妻思念之情，最為人樂道的是杜甫的〈月夜〉詩。它之所以特別感人，是因為詩人不從個人的角度表達自己思念妻兒的心情，卻從對面寫來，娓娓述說妻子的孤單寂寞和殷殷期盼，更見作者思念之切，體情之深：「今夜鄜州月，閨中只獨看。遙憐小兒女，未解憶長安。香霧雲鬟濕，清輝玉臂寒。何時倚虛幌，雙照淚痕乾。」而東坡此詞，擬寫思婦別後相思之情，雖不能確指是代妻寫作，但東坡當時的實際經驗與詞中的情境相似，令人不禁懷疑東坡是以「擬人述情」的方式委婉曲折地寫出了自己思念妻子之情，如同杜詩一樣，因為遲遲未返，心中難免牽掛，更感無法於良夜相伴而有所愧歉。即使這首詞作非關本人情事，東坡以男性的角度，真切的寫出了閨婦形影相弔之淒怨，自可見證作者溫柔體貼的同理心。

【注解】

潤州：州名，治所在丹徒，今鎮江。轄境相當今江蘇鎮江市、丹徒、丹陽、句容、金壇等地。

代人寄遠：古代女子寄詩給在外的丈夫，叫做寄遠。所謂代人，或是託辭。

餘杭門：杭州城北門之一。

楊花：即柳絮。

姮娥：即嫦娥，此指月亮。

畫梁：雕有花紋的屋梁。

二、古今如夢，何曾夢覺——密徐湖時期

東坡離開杭州歌舞歡樂與朋友頻繁互動的寫作環境，他填詞的境況便有所不同。無論是密州、徐州等地，已非昔日的繁華都市，酒筵歌席的盛況大不如前，面對年華漸老，政治形勢險惡，施行地方政務時有力不從心之感，東坡在寂寥中行吟歌詠，少了些人為的樂律約束，多了些個人的情緒抒發，他的詞手法更自如，內容更豐富，意境更有開創性。此期作

品，注入了詩的特質，自成一家；兼豪放與婉約，既深情又清曠；抒懷感事如見其人，贈妓酬唱別有風味，掀開了東坡文學新的一頁，乃其詞之成熟階段。貫徹這時期的東坡詞有一深沉的時空憂患意識——「人生有別」、「歲月飄忽」——面對這樣的時空之感，東坡入乎其內，出乎其外，我們讀他此時的作品往往可以見到他以理導情、自我紓解的一番努力。因此，觀察東坡這一段創作歷程，可以深刻體會一種抒情文體與作家內在生命的緊密關係——東坡因詞而識情、悟理，詞亦因東坡而體尊、境闊。以下略依時序，介紹東坡詞風的發展：

（一）由杭赴密——以詞「抒情」、「言志」所形成的清婉與雄豪詞風

東坡於熙寧七年（一〇七四）秋末離杭，十二月到密州任。由杭赴密途中，先後會見了湖州、蘇州、潤州、揚州、海州等地的舊雨新知，他們多數是因不滿新法而補外的；東坡一站走過一站，客中送客，聚散匆匆，倍增宦遊漂泊之感。東坡由杭赴密詞，道出了「行役之苦況，家國之痛感，仕途之浮沉，人生之悲涼」（引薛瑞生語）。而歲月飄忽之感尤其濃烈，此時的詞出現了許多「老」「病」之嘆。不過，當東坡情感掉入悲傷的泥沼，他理智的機制會自動作調和疏導，不致沉陷不返。這當中有兩首詞值得留意：一是〈沁園春．赴密州早行馬上寄子由〉，一是〈永遇樂．孫巨源以八月十五離海州……〉。兩首皆為長調，是東

坡早期詞難得出現的體製。剛好一仍前面所述的兩種風格拓展，一言志，一抒情；一表現為雄豪，一表現為清婉；前者文筆揮灑，鋪敘、描寫、議論交錯運用，於詞中直抒襟抱理想，後者細膩，人我兼寫，今昔映照，娓娓道出婉約的深情。

（二）密州時期——由豪婉到清曠

豪、婉詞風的確立——上述兩種情、志的表現，到密州後仍有發展。夏敬觀〈手批東坡詞〉曾分辨東坡的兩種風格，說：「東坡詞如春花散空，不著跡象，使柳枝歌之，正如天風海濤之曲，中多幽咽怨斷之音，此其上乘也。若夫激昂排宕，不可一世之概，陳無己所謂『如教坊雷大使之舞，雖極天下之工，要非本色』，乃其第二乘也。」「清婉」與「激昂」的詞風，大抵是在密州時期正式形成。東坡此時寫了兩首〈江城子〉詞，分別展現了兩種風貌。

東坡初到密州，正是年終歲末。密州，位於山東半島西南，治所諸城。子由形容此處是「風俗朴陋，四方賓客不至」的地方。一向愛朋友、樂山水的東坡，驟然面對困窘的環境，心情難免低落。熙寧八年（一〇七五）元宵佳節，東坡寫下了到密州後的第一首詞〈蝶戀花．密州上元〉，對照杭州燈節「明月如霜，照見人如畫。帳底吹笙香吐麝，更無一點塵隨馬」的景象，此處則是「火冷燈稀霜露下，昏昏雪意雲隨野」的低迷、陰暗的意境，「寂寞山城人老也」的感慨尤其深切；偏處山城，人老不中用，東坡此時所體會的寂寞是相當深沉的。順著這份情緒，東坡於五日後寫出了悼念亡妻之作〈江城子・乙卯正月二十日夜記夢〉。生離的傷痛，東坡已長期領受，如今又添上死別之思，則更加無底。其實，在這詞裡正糾結著夫妻之情與故鄉之思，它哀悼的是一份徒然失落的青春歲月和理想。另一首〈江城子・密州出獵〉，風格則大異其趣。此詞由射虎打獵寫到抗敵保邊，抒發老而能用的壯懷，語意十分激昂。前首之哀傷婉淒，後首的清勁豪邁，皆非平和的聲籟，兩者其實都隱藏著時光流逝的焦慮感，或流露出「塵滿面，鬢如霜」的無奈感嘆，或表現為「鬢微霜，又何妨」的對抗意氣。東坡實在無法長期處於這兩極的狀態，此後不久，他嘗試以較客觀、理性的態度紓解因時間變化、空間距離產生的感傷情緒。

清曠詞風的形成——東坡密州詞有兩首〈望江南・超然臺作〉，因景生情，並有意識的要做出「超然物外」的表現：「休對故人思故國，且將薪火試新茶。詩酒趁年華。」也能從農村生活中，享受閒逸的野趣，和感受到春去夏來的蓬勃生機：「微雨過，何處不催耕。百舌無言桃李盡，柘林深處鵓鴣鳴。春色屬蕪菁。」此時，東坡已將詞由閨幃世界擴展到自然風光和田野生活的書寫，語調也變哀婉為清宕。到寫作〈水調歌頭・丙辰中秋，歡飲達旦，大醉，作此篇，兼懷子由〉一詞時，東坡先是認知人的局限，無法長住於孤冷的世界，轉而接受塵世間的歡樂：「起舞弄清影，何似在人間。」接著更能以理導情，超脫世間事物的相對性，肯定人間情誼既真實又恆久的意義：「但願人長久，千里共嬋娟。」能從離恨之愁苦怨懟中轉為溫馨美麗的祝願，指出向上一路，東坡詞已初步展現出清曠的意境。

（三）徐州詞的新境界

東坡於熙寧十年（一〇七七），移守徐州。徐州在今江蘇西北，以彭城為行政中心。徐州詞大抵延續密州時期的風格，但因兄弟既相逢又相別，地方救災恤患之事纏身，情緒更為波動，感慨特別深刻，詞中多了些蒼茫空漠之感。

首先出現在徐州詞的是兄弟之情。六年不見，東坡居然有機會與子由相從百餘日，直到在徐州過中秋後，子由才趕赴南都新職任。多年期盼兄弟同度中秋，但此夜的東坡卻有著十分複雜的情緒，相逢的歡樂相對的更加深了天涯漂泊、生命無常之感。東坡賦〈陽關曲〉道：「此生此夜不長好，明月明年何處看。」語調顯得無奈又悲傷。沒想到子由的反應更為激烈，平常不填詞的他，竟然藉〈水調歌頭〉一調寫出他與兄長重逢之喜悅及離別的哀傷，最後則說出了永難再遇的深憂：「但恐同王粲，相對永登樓。」東坡此時即意識到作為兄長的他不能任由這種情緒擴散，因此他追和子由的詞，明確表達「以不早退為戒，以退而相從之樂為慰」，試圖用更理性的方式化解離愁。東坡詞境的轉變，詞情的跌宕，可見他真誠面對人生，出入其間的一番努力。

子由離去後不久，徐州水患，東坡親率軍民築堤，成功保全了這一座古城。然而，辛勞過後，環伺彭城樓臺，俯仰古今，對照自己新建的黃樓，東坡頓然生出無常的感嘆：「水繞彭城樓，山圍戲馬臺。古來豪傑地，千載有餘哀……他年君倦游，白首賦歸來。登樓一長嘯，使君安在哉？」在時間巨流裡，世間事物一切都去而不返，誰又能成為永恆的主人呢？東坡將這份時間意識中最深層的焦慮，寫入詞中，就成就了〈永遇樂．彭城夜宿燕子樓夢盼盼〉一詞的意境。〈永遇樂〉吟出了人生虛妄的感思——「古今如夢，何曾夢覺，但有舊歡新怨。異時對、黃樓夜景，為余浩歎！」此詞藉燕子樓中一夢，夢醒後重尋無處發端，時間不斷擴散，由個人生離的經驗，推及數百年後的今天「佳人何在」的詠嘆，又從憶往事而思來者，感嘆一切都如在大夢中不知何時能醒覺，這是東坡時空主題的詞作中最深沉悲鬱的一首。後來經歷「烏臺詩案」，東坡果真體驗了現實政治的殘酷，死亡的恐懼，怎樣面對因此而帶來的更深刻的時間焦慮，那是他貶謫生涯中最重要的人生課題，東坡黃州及其後的詞亦多有真實與虛妄、變與不變等方面的內容。

此外，徐州詞作中另有一系列〈浣溪沙〉詞，寫農村情景，筆調閒遠，頗有宋詩風味。這些題材與風格表現，都可見東坡開拓創新之功。

密州詞的寂寥之感，徐州詞的無常之慨，到了湖州（浙江吳興），則多猶疑不安的情緒，更深層的寂寞。數首〈南歌子〉表面雖輕吟著「淡雲斜照著山明，細草軟沙溪路馬蹄輕」、「且將新句琢瓊英，我是世間閒客此閒行」的自在，卻難掩「盡日行桑野，無人與目成」、「卯酒醒還困，仙村夢不成」、「老去材都盡，歸來既未成」的無奈，這些否定、疑問的語句，反映了內心的焦慮不安。不久，即發生了「烏臺詩案」，不但改寫了東坡的政治生涯，更將東坡詞境推往新的階段，賦予更深刻豐富的生命意涵。

密徐湖州詞代表作：

一、由杭赴密詞：〈阮郎歸・一年三過蘇……〉，〈醉落魄・蘇州閶門留別〉，〈采桑子・潤州甘露寺多景樓天下之殊景也……〉，〈醉落魄・席上呈楊元素〉，〈沁園春・赴密州早行馬上寄子由〉，〈永遇樂・孫巨源以八月十五日離海州……〉。

二、密州詞：〈蝶戀花・密州上元〉，〈江城子・乙卯正月二十日夜記夢〉，〈江城子・密州出獵〉，〈望江南・超然臺作〉二首，〈水調歌頭・丙辰中秋歡飲達旦大醉作此篇兼懷子由〉，〈江城子・東武雪中送客〉，〈蝶戀花・暮春別李公擇〉，〈雨中花慢・初至密州以累年旱蝗齋素累月……〉。

三、徐州詞：〈陽關曲・中秋作〉，〈水調歌頭・余去歲在東武作《水調歌頭》以寄子由……〉，〈浣溪沙・徐門石潭謝雨道上作五首〉，〈永遇樂・彭城夜宿燕子樓夢盼盼〉，〈江城子・別徐州〉。

四、湖州詞：〈西江月・平山堂〉，〈南歌子・湖州作〉（雨暗初疑夜、帶酒衝山雨）二首。

選讀作品

永遇樂

孫巨源以八月十五日離海州，坐別於景疏樓上。既而與余會於潤州，至楚州乃別。余以十一月十五日至海州，與太守會於景疏樓上。作此詞以寄巨源。

長憶別時，景疏樓上，明月如水。美酒清歌，留連不住，月隨人千里。別來三度，孤光又滿，冷落共誰同醉。捲珠簾，淒然顧影，共伊到明無寐。　今朝有客，來從濉上，能道使君深意。憑仗清淮，分明到海，中有相思淚。而今何在，西垣清禁，夜永露華侵被。此時看，回廊曉月，也應暗記。

這是東坡第一首通篇繞著月亮寫作的詞。一輪明月，跨越時空，見證人間情誼，可以說是〈水調歌頭〉「但願人長久，千里共嬋娟」的前奏。

孫巨源，揚州人，原在朝中諫院做官，也因反對王安石新法，自請外調，出任海州知州。熙寧七年（一〇七四）秋，東坡由杭赴密北上時，孫巨源正好也將由海州知州內調回朝廷任新職。回京之前，他先回揚州老家。揚、潤一水之隔。十月間，東坡走到潤州，遂與孫巨源相遇，同遊多景樓、甘露寺等地，作詩填詞，暢談甚歡。離開潤州，二人正好同路，一起走到楚州才分手。東坡赴密，故離開大運河，往東經漣水，北折會路過海州；而孫巨源還朝，則西入洪澤湖，轉淮河水系以赴京師。十一月十五日，東坡到達海州，與新任知州陳某相會於景疏樓，想到三個月前，孫巨源在同一地方告別，一時想念不已，便寫了這首詞寄給他。

詞的上片寫面對景疏樓的月色，想起之前在這裡的孫巨源，對照出今日在此地之我，沒有好友相伴的寂寞。懸想三個月前的八月十五日，孫巨源在景疏樓上設座宴別的情景：「明月如水，美酒清歌」，多麼令人陶醉；此情此景，巨源想必不願離開，卻也無法留下，月亮就這樣隨著他到千里之外的京師去了。千里的空間，自然帶出相對的時間變化——三個月後的今天，第三度月圓之夜，東坡同樣在景疏樓上，只是好友不在，感到有點清冷寂寞，不知與誰同醉？酒宴後，捲起珠簾，淒然地回顧月光下孤單的身影，一直陪伴月亮到天明，終夜無法入睡。這半闋詞裡，既寫出了物是人非的感嘆，也表達了作者思念故人的不渝之情。

這夜為何有這樣的情緒？下片一開始，作者倒敘當日白天發生的事況：原來有客人從濰上來，途中曾遇見北返京師的孫巨源，兩人閒聊間說到東坡，於是他與東坡見面時能傳達出巨源想念友人的深厚情意。這番情意，東坡用了具體的意象來形容：這相思之情，化作點點清淚，再溶入滾滾江水中，由濰水借淮水經大海流到自己身邊。此水有多長，相思便有多悠長。而將無情的江水，想像為有情之物，這江水便不是冰冷的水滴，而是充滿著熱淚，代表溫暖的情誼。此處所謂「東流到海」，海州在東海之側，無論專指或泛稱，一語相關。這幾句，化虛為實，讓人體味不盡，可見東坡發思之奇，用語之妙。

客人已來到海州，這時候巨源想必也到達汴京。順著客人代轉「使君深意」，可以推想他思念故人之情也應不會斷絕。今夜，東坡望月懷人，而將心比心，巨源在另一邊難道不會一樣嗎？「而今」以下六句，從對面著筆，回應上片的月夜情景，使全篇勾連一氣，彼此呼應，更增迴盪之意韻。東坡懸想：巨源任職中書省，在宮中值宿，漫漫長夜，天氣寒冷，露水滲透入被，他也徹夜難眠；這時候，巨源看著迴廊上清曉的月色，也應默默想起過去的種種——不久之前，宴別景疏樓，與東坡在潤州相遇，同行至楚州等往事。上片由己及人，下片由人及己，處處結合月與樓，分別寫出了自己想念友人與友人想念自己的相對情懷，由實寫到虛擬，使原本的孤單望月變成相思相望的情景，東坡用情之深切，於焉可見。

與之前的情詞相較，此詞有兩個特色：一是全詞貫串著月光書寫，由八月十五日寫到十一月十五日，由海州景疏樓寫到京師的中書省，月亮超越了時空，依然明淨，藉此表達了時空雖變、此情恆在的意念；一是此詞採用對面寫情的手法，由東坡此時此地此情，推想遠方好友孫巨源同時也應暗憶自己。詞中敘寫這種往復回環的思緒，時空交織，別饒情味。作者抒寫個人之際，推知對方亦正用情，不能說是一廂情願，而應由此見出人對情感的執著與信賴。東坡不諱言自己「多情」，要深切了解東坡的生命境界，這方面須細加體會。

【注解】

孫巨源：孫洙（一〇三二－一〇七九），字巨源，揚州人。未冠舉進士。熙寧初，任海州知州。熙寧七年秋離任返京，任修起居注（記錄皇帝日常言行）、知制誥（替皇帝擬稿）。

海州：古屬東海郡，今江蘇連雲港。

景疏樓：在海州東北，宋人葉祖洽為景仰西漢東海人疏廣、疏受叔侄的賢德而建。

楚州：今江蘇淮安。

太守：此稱當時海州知州，姓陳，曾任眉山縣令。

伊：第三人稱代詞。指月亮。

濰：濰水，發源於河南開封附近。濰上，猶言汴京方向。

使君：知州的代稱。此指孫洙。

憑仗三句：濰水經安徽入江蘇流入泗水，再流入淮河而匯入大海。東坡此時身居東海之側，所以想像孫巨源的相思之淚由濰水借淮水經大海流到自己身邊。憑仗，憑藉、依靠。

西垣：中央行政官署中書省的別稱。唐以中書省稱西臺，以別於門下省之稱東臺、御史之稱南臺。西臺也稱西掖、西垣。宋沿唐制，這些名稱也照舊。

清禁：指皇宮。皇宮幽深肅靜，警戒森嚴，所以稱清禁。孫巨源任修起居注、知制誥，屬中書門下，在宮中辦公。

夜永：夜長、夜深。

沁園春

赴密州，早行，馬上寄子由。

孤館燈青，野店雞號，旅枕夢殘。漸月華收練，晨霜耿耿；雲山摛錦，朝露團團。世路無窮，勞生有限，似此區區長鮮歡。微吟罷，憑征鞍無語，往事千端。　當時共客長安，似二陸、初來俱少年。有筆頭千字，胸中萬卷，致君堯舜，此事何難。用舍由時，行藏在我，袖手何妨閒處看。身長健，但優游卒歲，且鬥尊前。

熙寧七年（一〇七四）十一月下旬，東坡打算繞道先去齊州（山東濟南）探望久別的弟弟（蘇轍時在齊州掌書記），再赴新任所密州。但因河道凍合，未能如願，只好由海州北上，直接前往密州。就在赴密途中的一個早上，東坡作了這首詞，寄給子由。

這應是東坡第一次以詞體的形式和弟弟述說心情。上片，寫冬日早晨離開旅館，踏上征途的所見所感，充滿著淒清、苦悶的氣氛，引申出許多人生的感喟。起首三句，便寫出了「早」的實貌——在孤寂的旅館，被雞鳴聲吵醒，空餘殘夢，但見旅店裡亮著青熒的燈光。作者用「孤」、「野」、「旅」三個修飾詞放在每句之前，不只寫出了旅途中棲身荒村驛館之事實，也強調了作為過客在荒涼的處境中的孤苦心情。溫庭筠〈商山早行〉：「雞聲茅店月，人跡板橋霜。」對仕途奔波或官場失意的人來說，冬日早行是件苦差事。詞人在夢中驚醒之餘帶著悵然的心情上路，外面月光微暗、霜色明淨，更增愁悶、淒冷的況味。此詞用一個「漸」字帶出描述早行途中所見景象的四句。這是一個「領字」——位在一段完整長句的最前頭，用來帶領全段意思的虛字（指名詞以外的各種詞類）。長調多有領字，小令很少用。領字，必為虛字，且多為仄聲，去聲更好也最常見。它的效用在安排一些強有力的虛字，在曲中轉折換氣的地方，用來承上轉下，作成許多關紐，產生曲折跌宕之勢，讓整段意思自然貫串起來。此外，領字可省略語句，也可變換語序，產生更緊湊的節奏感，能凸顯語意、聲情的效果。這裡用一個「漸」字，特別喚起一種時間意識，就是說眼前所見種種，不是單一時空下的景象，而是隨著時間變化逐漸呈現的——空間變換與時間推移是相對的現象。東坡詞的一大特色，就是能順著物態，依著人情，具體掌握景物與心境的變化歷程。作者漸行漸遠，景物隨著時間轉換，歷歷在目。讀者跟著詞人的描述，彷彿也被邀請參與這一趟旅程，身歷其境一般。詞人剛上路時，月光應該還很亮。隨著旅途延伸，走了一段時間，月亮漸漸收起皎潔的光芒，這才發現：原來大地上鋪著一層明淨的霜雪。因為在明月照耀的雪地上，白茫茫一片，有時會弄不清楚那是月光、那是霜。但當月光黯淡，天色微明之時，地上的霜色漸漸明朗，便清晰可辨了。再往遠處看，破曉時分，雲霞繚繞遠山，漸漸地，好像給天邊鋪展了美麗的錦緞。而道路兩旁的露水也漸漸變多了。旅途（空間）愈行愈遠，時間也跟著不停的推移。看著遠近之景，在俯仰之間，詞人的思緒也隨之而翻動。雲山渺渺，似是看不盡的旅途之景；團團朝露，則如虛幻不實的短暫人生。由此引出東坡對生命的感嘆：以有限的生命如何去追求無窮的功名，像這樣的執迷不悟，自然辛苦勞累，難怪總是缺少歡樂了。作者低聲吟嘆後，倚在馬背上，沉默不語，千頭萬緒的往事，不斷在心裡翻騰，心情實在難以平靜。

下片，由此千端的往事中，作者回憶當年和弟轍初到汴京應試時的情況。宋仁宗嘉祐元年（一〇五六），兄弟兩人隨父出川赴京，第二年皆中進士。當時，東坡年二十二，弟十九，兄弟聯名中榜，名動京師，與晉時陸機、陸雲兄弟同入洛陽的情形相似。他們不但年齡相仿，二陸之深受西晉文壇元老張華之推重，和二蘇之得到北宋文壇領袖歐陽修之激賞，情形也一樣。東坡與子由亦滿懷自信，相信憑藉淵博的學識、敏捷的才思，必能輔助君王達到堯舜的境界。所謂「此事何難」，可見當時銳氣，以為心中的理想輕易便能實現。如今東坡三十九歲，離開京師已三年，現正奔波於赴密的途中，不但「致君堯舜」的理想落空，兩兄弟也因輾轉遊宦而多年不能相見。回憶當時，對照今日，深感人生實難，遂生無限感慨。

喚起當年的記憶，在感嘆之餘，東坡亦體悟到一種自處的態度：「用舍由時，行藏在我，袖手何妨閒處看。」一個人之能否被重用，是由外在的時勢所支配，不會因個人主觀的願望而有所轉變。然則，人難道就完全無法自我作主嗎？其實不然。東坡以為出來做事或隱居獨處是自己可以決定的，心態上可稍作調整，不要身心都陷入憂愁苦悶中，有時不妨悠然閒處，當個旁觀者。這樣一來，人便能從生活的桎梏中得到解脫，心境會曠達得多。至於處閒之時，應如何自處呢？東坡認為只要身體強健，終其一生悠閒度日，且能飲酒取樂，那就不錯了。其實，這表面的灑脫，難掩心中壯志難酬的失落之感。

此詞是東坡早期作品中難得一見的長調，文筆揮灑，敘述與議論交錯運用，於詞中直抒胸臆，成就了一種意態抑揚的體式。東坡赴密州，期盼與弟晤面，本來帶著失意落寞的心境，當意識到正朝那方向走去，愈行愈近之際，東坡心裡必然想著應以如何的心情面對多年不見的弟弟。當時年少，意氣風發，致君堯舜的理想如今何在？東坡試圖喚起這想法，旨在提振自己，不往下墜。另一方面，想起弟弟，東坡自然意識到作為兄長的責任，自不能沉湎於悲哀之中，希望能以一種看開的心境，調整自己，同時也可寬慰對方。兄弟之情，在東坡心中，聯繫到一份理想、一種承擔，是理性與熱誠的來源。因此，在東坡文學裡，對子由的懷想，情感中通常會寓有理、志的成分。從〈沁園春〉之作，可以看到東坡以理（志）導情的努力。

【注解】

月華收練：月色漸漸收起皎潔的光芒。練，潔白的絲綢，這裡形容皎潔的月色。

耿耿：微明貌。

雲山摛錦：雲彩繚繞的山色就像舒展開的織錦一樣。摛，鋪展。

團團：同漙漙，形容露水甚多。

世路三句：謂功名的路途漫漫無際，勞累的生命短暫有限，以有限追無窮，像這樣的辛苦追求，日子永遠鮮少歡樂。區區，辛苦。

長安：以唐朝京城長安借指北宋都城汴京（河南開封）。

二陸句：晉陸機、陸雲兄弟，頗有才名。二人由吳中到晉都洛陽，為名學者張華器重，人稱「二陸」。時陸機年二十，陸雲年十六。蘇軾蘇轍兄弟於嘉祐元年初到汴京應試時，蘇軾二十一歲，蘇轍十八歲，不僅與二陸入洛年齡相當，而東坡與子由在汴京受知於歐陽修，少年聲望，亦略似二陸。

有筆頭二句：說兄弟兩人皆博學能文，並有輔君濟世的崇高理想。化用杜甫〈奉贈韋左丞丈二十二韻〉：「讀書破萬卷，下筆如有神。」「致君堯舜上，再使風俗淳。」以表達當時才學抱負。

用舍二句：謂被任用與否由時勢安排，出仕不出仕則由自己決定。《論語．述而》：「用之則行，舍之則藏。」

優游卒歲：悠閒地度過一生。優游，悠閒自得。卒歲，終其身之意。《左傳．襄公二十一年》：「優哉游哉，聊以卒歲。」

且鬥尊前：且在酒筵上取樂。鬥，喜樂戲耍之辭。化用杜甫〈絕句漫興〉：「莫思身外無窮事，且盡生前有限杯。」及牛僧孺〈席上贈劉夢得〉：「休論世上升沉事，且鬥尊前見在身。」

江城子　乙卯正月二十日夜記夢

十年生死兩茫茫。不思量，自難忘。千里孤墳，無處話淒涼。縱使相逢應不識，塵滿面，鬢如霜。　夜來幽夢忽還鄉。小軒窗，正梳妝。相顧無言，惟有淚千行。料得年年腸斷處，明月夜，短松岡。

東坡的第一任妻子王弗，眉州青神人，鄉貢進士王方的女兒，少東坡三歲，十六歲時嫁給東坡。她頗知書，能記誦，性情敏而靜，嫁入蘇家後，侍奉翁姑恭謹。婚後二年，東坡隨父進京考試，王弗留在家鄉侍奉婆婆。次年，程夫人去世，東坡奔喪回家。母喪期滿，東坡兄弟隨父返京，王弗和子由妻史氏也隨行。自此，兩人開始品嘗甜蜜的夫妻生活。王弗精明幹練，明白事理，她尊敬東坡，也欣賞他的才華，但卻也擔心他心直口快，太容易相信人。東坡在鳳翔當簽判時，每有客人來訪，王弗總是站在屏風後傾聽他們的談話，如發現說話模稜或刻意逢迎的客人，他就會勸東坡疏遠他們，東坡非常佩服妻子的識見與眼光。然而，這樣恩愛的日子維持了沒幾年。英宗治平二年（一〇六五）五月，東坡還京才三個月，王弗在京師病逝，享年二十七歲，留下一個兒子邁。東坡在悲痛中，暫時將她安厝在汴京城西。次年蘇洵逝世，東坡兄弟護父喪還鄉，同時亦將王弗歸葬眉山。服除，東坡續娶王弗堂妹閏之為妻。十年後，四十歲的東坡剛到密州不久，在正月二十日的晚上夢見前妻，寫下了這首真摯動人的悼亡詞〈江城子〉。

「十年生死兩茫茫」，夫妻生死相隔，彼此十年來都沒對方的消息。杜甫〈哀江頭〉所謂「去住彼此無消息」，也同樣是寫幽明兩隔的狀況。十年的時間如此漫長，卻不因茫茫而釋然。「不思量，自難忘」——這看去很平淡的六個字，似是矛盾（「不」與「自」），卻蘊含著深摯的情意。不必刻意去思念，自是無法忘懷，因為妻子已成為生命的一部分，自然永存心中，再也忘不了。以前朝夕與共，無話不說，如今孤墳遠在千里之外，連到墳上向你訴說自己淒涼的心境也不可能了。但退一步想，「縱使相逢應不識，塵滿面，鬢如霜。」假設兩人能見面了，可能帶來更深的悲痛。妻子去世時二十七歲，時間在她身上就停佇在那一刻，活在想念她的人的腦海中永遠是那青春容顏，不曾老去。然而，人世間的東坡卻無法不受時間推移的影響而有所變化。即使兩人能再相逢，我還認得你，但恐怕你怎也認不出我了。因為這十年來，生活折磨，歲月摧殘，我已變得太多了，不只容顏變老，心志也非昔日，有什麼可以告慰的呢！

縱然知道相見不如不見，但終究難以遏止思念的深情。日有所思，夜有所夢。下片寫夢中情境，鮮明如在目前。「忽還鄉」的「忽」字表現得多麼驚喜。「小軒窗，正梳妝」，妻子的家居生活一如往日，這也許是東坡夫妻甜美生活的一個縮影，一入夢便自然浮現。但東坡似乎無法改變現有的身心入夢，以年輕的自己與青春如故的妻子晤面，因此，換來的是「相顧無言，惟有淚千行」的情況。或許，這正是東坡所意識到的「相逢應不識」的情狀，在夢中依然作用。最深的愛，最淒涼之情，千頭萬緒，不知怎樣用語言形容，只得無言以對，默自體會；最後，化為千行之淚，這當中包含著多少人世的辛酸。夢醒了，回到現實世界，依然是恆久的傷痛：年年歲歲，每當想起明月照耀的晚上、一片矮松的山岡的畫面，那是千里孤墳之所在地啊，總叫人為之腸斷。在前面的作品中，我們讀到了東坡思鄉的淚、別恨的淚，至此為亡妻而流下的淚，則更深化為無盡的哀傷。這種哀傷，只能藉年年的思憶去彌補，明明如月是永恆的見證。

悼亡詩始於潘岳，透過節物的描述、居室遺物的鋪寫、亡妻聲容的記憶，表現出一種睹物思人的情懷。元稹的〈遣悲懷〉，敘述貧賤夫妻的哀愁，也表現了對亡妻的愧疚之情。東坡這首悼亡詞，寫王弗逝世十年後重新觸發之傷痛，情緒之起伏不如元詩激切，而悽愴之感則似過之。東坡剛到密州這座「寂寞山城」，即有「人老也」的感嘆。其實，在離杭赴密途中，東坡詞裡已充滿著慨嘆老病之語。到密州不久，突然寫下這首〈江城子〉，悼念亡妻，其實何嘗不是藉此以哀悼一份徒然失落的青春歲月與理想。

【注解】

乙卯：宋神宗熙寧八年（一〇七五），東坡四十歲，時任密州（今山東諸城）知州。

十年句：十年來，生死隔絕，彼此都不知對方的情況。按：東坡妻王弗卒於宋英宗治平二年五月二十八日，年二十七，至此時正是十年。兩茫茫，謂彼此幽明相隔，互不相知，渺無音訊。茫茫，不明貌。

不思量、自難忘：不用刻意去思念，自然無法忘懷。量、忘二字，皆屬陽平，國語讀第二聲。

千里孤墳：王氏病逝的第二年，遷葬於眉山東北彭山縣安鎮鄉可龍里蘇洵及其妻墓之西北八步，距密州遙遠，故云千里。

塵滿面兩句：風塵滿面，兩鬢已經白如秋霜。自傷奔走勞碌和衰老。白居易〈東南行一百韻〉：「相逢應不識，滿頷白髭鬚。」

小軒：小室，代指閨房。此指夢中王弗之臥室。

料得：料想，想來。

短松岡：遍植松樹的小山岡。這裡指王弗的墓地。

江城子　密州出獵

老夫聊發少年狂。左牽黃，右擎蒼。錦帽貂裘，千騎卷平岡。為報傾城隨太守，親射虎，看孫郎。　酒酣胸膽尚開張。鬢微霜，又何妨。持節雲中，何日遣馮唐。會挽雕弓如滿月，西北望，射天狼。

熙寧八年（一〇七五），東坡任密州知州，這年冬天，他到常山祭祀，歸途中與同官梅戶曹會獵於鐵溝，一時興起，作了這首滿懷豪情的詞。

古人四十而稱老，是很平常的事。但此時四十歲的東坡，自稱「老夫」，卻是對老有實際深刻的感受。東坡自去年秋末離杭，一直到密州任所，即有濃烈的歲月飄忽之感，他的詞出現了許多「老」「病」之嘆：「情未盡，老先催。人生真可咍」、「蒼顏華髮，故山歸計何時決」、「多情多感仍多病，多景樓中。尊酒相逢，樂事回頭一笑空」、「偶然相聚還離索。多愁多病，須信從來錯」。如此消沉的意態，在東坡前此的文學中不曾出現。所謂「老夫聊發少年狂」，東坡想藉一些表現來證明自己猶未老、尚能有所作為的意圖相當明顯。怎樣表現少年狂放之態？東坡親自帶領部屬打獵，由個人的英姿、場面的盛大，寫到效法孫權射虎以喻自己之豪壯，上片的語調氣勢都顯得朗暢而激昂。左手牽著黃犬，右手擎著蒼鷹，東坡顯示出一派英偉的神氣。眾多頭戴錦蒙帽、身穿貂鼠裘的隨從，千騎齊出，席捲平緩而遼闊的山巒，這是詞的世界裡從未出現的大場面。不僅此也，連全城的百姓都來圍觀，整個畫面更是熱鬧、歡騰。在這樣的情況下，無疑更激起東坡的豪情——「親射虎，看孫郎」，以報答大家的盛情厚意。

由射虎的表現，東坡於下片則更進一步表達了老而能用的壯志。打獵歸來，再痛飲幾杯，胸襟更開闊，膽氣更開張。東坡認為自己兩鬢雖稍微有些斑白，年紀也不少了，又有什麼關係呢？當年馮唐年邁仍能拿著符節到雲中郡，並任車騎都尉，而自己比馮唐年輕，何嘗不能出使邊關，督導國防工作，報效國家？那時侯，他定當使勁拉開弓箭，不是射虎，而是奮力擊退犯邊的敵人。宋代外患頻仍，朝廷一直採取軟弱的守勢，常常割地賠款了事，但像遼國與西夏卻仍貪得無厭，依舊不時入侵。東坡曾撰〈教戰守策〉，主張要積極對抗。

東坡填了這闋詞，頗為自豪。〈與鮮于子駿〉說：「近卻頗作小詞，雖無柳七郎（柳永）風味，亦自是一家。呵呵！數日前獵於郊外，所獲頗多。作得一闋，令東州壯士抵掌頓足而歌之，吹笛擊鼓以為節，頗壯觀也。」可見東坡有意為詞，自覺地要在柳永所代表的婉約詞風外別創一家——不寫兒女婉媚之情貌，暢言才士雄豪之心聲。東坡此詞，不拘限於格律形式，不用小詞妍鍊修飾、含蓄委婉的手法，而是緣情述懷，一任自然，以輕快激昂的節奏，表達心中的豪情壯志，既直接又痛快，於正宗「婉約」詞風外，開創了「豪放」的變格，在詞史上別具意義。

這首〈江城子〉，由射虎打獵寫到抗敵保邊，抒發老而能用的壯懷，語意激昂；這可以說是前面〈沁園春〉一詞的進一步揮灑，更見東坡的意志。東坡說：「老夫聊發少年狂」，「鬢微霜，又何妨」，顯見他始終在意歲月催人老的事實。而已有年華漸衰之感嘆，又有不甘牢落而意欲奮起的鬥志，一上一下之間，身與心的衝突對抗，展現出一種氣韻，跌宕出一份豪情，因此成就了這首詞。但這種抗老的執拗態度，容易造成精神緊張，而過度流蕩激情必然暗指生命的摧折，東坡實在無法長期負荷。畢竟，這只是東坡一時氣盛之作，豪放終非東坡的個性特質。夏敬觀〈手批東坡詞〉說：「若夫激昂排宕，不可一世之概，陳無已所謂『如教坊雷大使之舞，雖極天下之工，要非本色』，乃其第二乘也。」東坡這類作品其實數量也不多。

【注解】

左牽黃二句：左手牽黃狗，右臂擎蒼鷹。《梁書．張充傳》：「值充出獵，左手臂鷹，右手牽狗。」黃，黃狗。蒼，蒼鷹。兩者用以追捕獵物。

錦帽貂裘：頭戴錦蒙帽，身穿貂鼠裘。漢代羽林軍著錦衣貂裘，這裡用以形容東坡和隨從打獵時所穿的戎裝。錦帽，錦蒙帽。貂裘，貂鼠裘。

千騎句：謂出獵的隨從人馬席捲平緩遼闊的山巒。千騎，暗示知州身分，因古代「諸侯千乘」，知州略等於諸侯。卷，席捲。平岡，平坦的山岡。

為報句：為了報答全城百姓跟隨太守觀看打獵的盛意。報，報答、酬謝。傾城，全城的意思。太守，本為戰國時對郡守的尊稱，漢景帝時改郡守為太守，是一郡的最高行政官員。東坡當時擔任密州知州，其職位相當於漢代的太守。

孫郎：指孫權。這裡是東坡自喻。《三國志．吳志．吳主傳》：「（建安）二十三年十月，權將如吳，親乘馬射虎於庱庭（亭）（今江蘇丹陽東）。」

酒酣：酒喝得很多，興致正濃。

胸膽句：胸懷更開擴，膽氣極豪。尚，更加。

持節：帶著傳達命令的符節。節，符節，古代使者所持以作憑信。

雲中：漢郡名，今內蒙古托克托東北。

馮唐：漢文帝時郎官。《史記．張釋之馮唐列傳》記載，漢文帝時魏尚為雲中太守，抵禦匈奴，頗有戰功。卻因上報戰果數字有出入，獲罪削職。馮唐向文帝勸諫，文帝便指派馮唐持節去赦免魏尚的罪，仍舊使魏尚擔任雲中守，而拜馮唐為車騎都尉。按：東坡乃以馮唐自比，喻老而能用也。俞平伯《唐宋詞選釋》：「這裡蓋以馮唐自比，兼採左思〈詠史〉『馮公豈不偉，白首不見招』及王勃〈滕王閣序〉所謂『馮唐易老』等意，承『鬢微霜，又何妨』來，亦即上文所謂『老夫』。其實作者年方四十。馮唐在武帝時，年九十不能為官，亦見本傳，他在文帝朝，持節赦免魏尚時，也並不太老，用在這裡似乎不太合適。但詞人遣詞每不拘。古代文士又有嘆老嗟卑的習氣，年未半百則已稱老……近來注家，或釋本句為作者以魏尚自比。按史所載，魏尚時因有罪，下吏削爵；東坡於元豐七年（一〇八四，按：應是熙寧七年（一〇七四））自杭州通判調密州太守，是升官，非貶職，更非有罪下獄，與魏尚事不合。其另一面，史載馮唐其時不但持節為使者，且做車騎都尉，帶了許多兵，也和本詞下文『挽雕弓』『射天狼』等等意思得相呼應。審文意，仍以自比馮唐為較愜當。」

會挽句：謂如獲朝廷重用，當致力經營邊防，抗擊西北方的遼夏強敵。會，當也，將要，假定的口氣，有預期意。雕弓，飾有彩繪的弓。如滿月，形容拉弓如滿月一樣圓。弓形似半月，盡力拉弦則成滿月形，射箭更有勁道。

天狼：星名，即狼星。古代傳說，狼星出現，必有外來侵掠。《楚辭．九歌．東君》：「舉長矢兮射天狼」，王逸注：「天狼，星名，以喻貪殘。」《晉書．天文志》：「狼一星在東井南，為野將，主侵掠。」從「西北望」看，指西夏；從寫作時間和地點看，此年七月，宋朝割地於遼，密州又處宋遼邊地，則天狼亦可兼指遼國。

望江南　超然臺作

春未老，風細柳斜斜。試上超然臺上看，半壕春水一城花。煙雨暗千家。　寒食後，酒醒卻咨嗟。休對故人思故國，且將新火試新茶。詩酒趁年華。

此詞作於熙寧九年（一〇七六）春，登超然臺作。既登超然臺，自應表現出「無所往而不樂」、「超然物外」的心情——東坡顯然是帶著這意識創作此詞的。

東坡剛到密州，心情十分鬱悶，感覺此處什麼都不如杭州。〈超然臺記〉說：「予自錢塘，移守膠西，釋舟楫之安，而服車馬之勞；去雕牆之美，而庇采椽之居；背湖水之觀，而行桑麻之野。始至之日，歲比不登，盜賊滿野，獄訟充斥；而齋廚索然，日食杞菊，人固疑予之不樂也。」一年後，東坡習慣了這裡的生活，愛上當地純樸的風俗，心情漸佳，身體也變好了，於是開始整理園圃，將園北靠著城牆而建的舊臺稍加整修，作為他與賓客遊宴休憩的地方。超然臺，在官邸園內的北面，南望馬耳、常山，東邊是盧山，西望穆陵關，北邊是濰水，極盡登覽之勝。子由為之取名「超然」，當然是希望他的兄長能隨遇而安、超然物外，心靈得到真正的快樂。

這首詞寫作於「超然臺」修葺完成的第二年寒食節過後。這時正是暮春三月初，春天還沒過盡，所以說「春未老」。春色依舊在，柳條在微風吹拂下斜斜飄蕩，作者便在這背景下登臺遊賞——「試上超然臺上看」。登上超然臺，眼前的景致是「半壕春水一城花，煙雨暗千家」。底下的護城河流著半溝碧綠的春水，遠處城裡處處開著美麗的春花，而迷濛的煙雨籠罩著千戶人家。這溫靄而又淒迷的景象，最易觸動離人的鄉思，尤其意識到這時正是寒食時節，不久就是清明。

「寒食後，酒醒卻咨嗟。」喝酒，只為澆愁，然酒醒後依然感嘆不已，因為「思故國」的心情一時難以排解。但站在超然臺上的東坡，這時也許是因「超然」二字的刺激，遂改以理性的態度紓解「咨嗟」之情，表現為「休對故人思故國，且將新火試新茶。詩酒趁年華」的方式。故人難得相遇，何必因自己思鄉的情緒影響今日的歡聚？舊火已除，新火方生，取水烹茶，正可品嘗剛焙製的火前茶，一切都是新的開始，更要趁著這青春年華盡情地吟詩飲酒，莫要辜負眼前美好的時光。這樣的結尾，化愁苦為歡樂的態度，是唐宋詞中很少出現的情節，可以看出東坡積極面對生活的態度——不讓自己陷溺於悲傷的情懷裡，反而能以理導情、自我調適，為小詞帶來新的意境。

【注解】

超然臺：在今山東諸城縣郊，原為據北城而建的廢臺。東坡任密州知州的第二年（熙寧八年，一〇七五）底，修葺官廨園北城上舊臺，蘇轍為之取名「超然臺」。東坡〈超然臺記〉說：「以余之無所往而不樂者，蓋游於物之外也。」

壕：護城河。

寒食：寒食節，冬至後一百零五天，大約在清明前一日或兩日。《荊楚歲時記》：「去冬節一百五日，即有疾風甚雨，謂之寒食，禁火三日。」

咨嗟：感嘆聲。

故國：指故鄉。

新火：舊俗寒食禁火三日，寒食後再舉火，稱新火，又叫改火。

新茶：指寒食節禁火前採製的茶，又叫火前茶。《苕溪漁隱叢話》前集卷四十六引《學林新編》云：「茶之佳品，造於社前；其次則火前，謂寒食前也；其下則雨前，謂穀雨前也。」

水調歌頭

丙辰中秋，歡飲達旦，大醉，作此篇，兼懷子由。

明月幾時有，把酒問青天。不知天上宮闕，今夕是何年。我欲乘風歸去，惟恐瓊樓玉宇，高處不勝寒。起舞弄清影，何似在人間。　轉朱閣，低綺戶，照無眠。不應有恨，何事長向別時圓。人有悲歡離合，月有陰晴圓缺，此事古難全。但願人長久，千里共嬋娟。

熙寧九年（一〇七六），東坡於中秋夜通宵暢飲，大醉，同時想起了在濟南的弟弟子由，寫下了這首名篇。由來寫中秋的詩詞甚多，東坡的〈水調歌頭〉卻是最為人所喜愛的，因為它不只文辭優美，情意跌宕有致，更重要的是它傳達了一種溫煦與充滿希望的情懷，寬慰了許多離人的心靈——「但願人長久，千里共嬋娟」的祈願，永遠與中秋相連。

我們讀此詞之前，須注意三點：東坡選填〈水調歌頭〉，而此調原是悲傷的樂曲（見前〈虞美人〉「水調誰家唱」的解說），他以此為詞，心情可想而知。又東坡性不嗜酒，〈書東皋子傳後〉說：「予飲酒終日，不過五合，天下之不能飲，無在予下者。」緣何此夜卻「大醉」，真的是「歡飲」嗎？所謂「兼懷子由」，彷彿思念子由只是填作此詞的附帶原因，但仔細讀來，卻會發現：這份思念之情才是此詞之所以創作的主因。東坡與子由已五年不見，當初他自請來密州，原本是以為可以與弟重逢，沒想到事與願違，東坡心情之鬱悶，可以想見，尤其中秋此夜，「每逢佳節倍思親」，東坡思弟的情懷無法宣洩，遂借酒澆愁，以哀傷的樂曲抒發情緒，是可以理解的。

此詞上片寫「中秋，歡飲達旦，大醉」的逸興與感思，下片因景及情，寫「兼懷子由」的情事。由望月興感寫到懷念子由，表達了時間推移、空間契闊的主題。

「亦知人生要有別，但恐歲月去飄忽」，這是東坡二十六歲時第一次與子由分別時寫下的詩句。過了十五年，東坡的體會更深刻，對人生許多問題更感無奈。「明月幾時有，把酒問青天」，他所探問的不是外在的知識，也不純然是醉中之狂想，而是一直潛伏在心裡的生命存在的問題。不知天上月宮，今晚是怎樣的情境？東坡想追問的不僅僅是實際的時間（「何年」——月亮何時誕生），而真正想了解的應是那天上的世界會是怎樣的存在形態。「人間」與「天上」是相對的情境：「人間」代表有限，變化是它的本質，生老病死、悲歡離合是人生難以避免的事情；「天上」則代表了永恆，那裡是沒有煩惱的理想世界。東坡是因為經歷了太多苦惱，遂生出這樣的奇想：是否脫離了凡軀，乘風歸去，就能夠住在那永恆的境地？從此得到真正的自由，再沒有煩惱？然而，就在此刻，東坡的理性出來了。他隨即意識到：「惟恐瓊樓玉宇，高處不勝寒。」那美麗的天上世界，有比人間更難忍受的事物——那絕對的淒冷叫人如何承受得了？李商隱〈嫦娥〉說：「嫦娥應悔偷靈藥，碧海青天夜夜心。」嫦娥得到了永恆的生命，可是她在廣寒宮裡卻過著永遠孤獨寂寞的生活，這值得嗎？東坡終究對人間有愛，無法採取逃離的方式。因此，他打消那不切實際的想法，重新審視眼前的美好：「起舞弄清影，何似在人間。」在月光下開懷暢飲，帶著酒意邀月同歡，與月下的清影共舞，這樣的快樂與自在豈不也如天上神仙，又哪像在人間呢？東坡以為人間是我們唯一的生存處所，怎樣逃避也逃避不了，倒不如積極地、歡喜地接納它；真正的自由不在外面，而在心裡，如能保持精神的自由，人間亦是天堂。一直以來，東坡都有著相當強烈的入世情懷，當遇到人生挫折時，他可以藉釋道思想，憑天縱的才華、豐富的學識、寬大的襟抱，化解人間的苦悶，表現為曠達的人生觀，但他從不曾真正有飛升遠引之想——人世間始終是他的福地，能安心於此便是他永遠的家。東坡之有「起舞弄清影，何似在人間」的體悟，不是無因由的。

東坡此夜，藉著酒意，抒發奇想，表面看來好像過了一個頗不錯的佳節，但當夜深人靜，面對著清冷的月色：「轉朱閣，低綺戶，照無眠」，東坡再也無法隱藏心中的痛楚。一夜將盡，月亮隨時間轉動，低低照著通宵未眠的東坡，他不禁詰問：月亮不應對人有怨恨的，但為什麼偏偏在人離別時團圓呢？月圓而人不圓，多麼令人惆悵啊。歐陽修說：「人生自是有情癡，此恨不關風與月。」明月無情，長照離人，怎不叫人生恨？東坡將自己的恨意說成月亮有恨，其實是個人對情的癡執，與明月何關？然而，人若完全陷溺於這樣的負面情緒當中，那是很痛苦的事。接著，東坡稍稍緩和了情緒，試圖用理性思辨的方式，透悟一番道理，以化解因空間相隔而帶來的悲感：「人有悲歡離合，月有陰晴圓缺，此事古難全。」人無可避免的會有悲歡離合的情況，而月亮總是循環著陰晴圓缺的現象，世間事物都有其相對性，很難配合得那麼完美，自有不可填補的缺憾，宇宙人生的真相便是如此，我們又何必耿耿於懷、執迷不悟呢？我們唯一能肯定的就是人間情誼。今夜人雖千里，只要彼此健康無恙，抬頭共看明月，那麼美麗的月光就是交會著人間情愛的共體，人們可以藉月光知道彼此的心意，此情便能跨越時空，彼此得到慰藉。東坡於此為天上的明月賦予了深刻的意義——月，不再是冰冷孤絕的世界，而是人情相親之處，充滿著溫馨、美好的感覺。

東坡在這一首詞裡充分融合了感性與理性，由感性的激問，到理性的安頓，文辭抑揚跌宕，意境婉麗而清遠。這可以說是「詩」與「詞」的最佳結合。東坡填詞至此，已打通詩詞的界限，指出向上一路，提升了詞的語言和情意之境界。東坡的密州詞，由〈江城子〉「十年生死兩茫茫」一首之淒婉和〈江城子〉「老夫聊發少年狂」一首之雄豪，發展為〈水調歌頭〉之清曠，可以看到東坡以理導情、自我紓解的一番努力。

【注解】

丙辰：為宋神宗熙寧九年，東坡年四十一，在密州任。東坡弟子由，時在濟南。

明月二句：語本李白〈把酒問月〉：「青天有月來幾時，我今停杯一問之。」把酒，端起酒杯。

天上宮闕：指月宮。宮闕，宮門前的望樓。

瓊樓玉宇：用美玉做的樓宇，指月中晶瑩剔透的亭臺樓閣。

不勝：禁不住，承受不了，難以忍受。

起舞二句：謂月下跳舞，清影隨人，這快樂的情境哪裡像在人間，簡直是天堂一般。此化用李白〈月下獨酌〉：「我歌月徘徊，我舞影零亂」詩意。

轉朱閣三句：謂月光轉過紅色的樓閣，低低地照進雕花的門窗，照著失眠的人。照無眠，或謂照著有心事的人，使其不能安眠。

不應二句：是說月亮不應對人有恨意的，但又為何偏在人逢離別時卻團圓呢？俞平伯《唐宋詞選釋》：「指月而言，言月不知有人世的愁恨，它自己忽圓忽缺也就是了，為什麼偏在離別時團圓呢。」

此事句：指月之盈虧與人心情之起伏從來就不容易配合得那麼完美。

嬋娟：色態美好也，稱人稱物均可，此則指明月。語本謝莊〈月賦〉：「美人邁兮音塵絕，隔千里兮共明月。」

雨中花慢

初到密州，以累年旱蝗，齋素累月。方春牡丹盛開，不獲一賞。至九月，忽開千葉一朵。雨中特為置酒，遂作。

今歲花時深院，盡日東風，輕颺茶煙。但有綠苔芳草，柳絮榆錢。聞道城西，長廊古寺，甲第名園。有國豔帶酒，天香染袂，為我留連。　清明過了，殘紅無處，對此淚灑尊前。秋向晚、一枝何事，向我依然。高會聊追短景，清商不假餘妍。不如留取，十分春態，付與明年。

熙寧八年（一〇七五），東坡知密州。密州幾年來屢遭旱蝗天災，民生多受影響。東坡治災、處理政務之餘，又特地齋戒數月，遠離詩酒歌舞、出遊玩賞的生活，希望以此莊重虔敬之心打動神明，為下民祈福。而這段齋素期正逢春末牡丹花盛開之時，因此東坡就錯過了各種賞花盛會，無緣一睹牡丹芳姿。沒想到九月入秋，在綠葉叢中竟開出了一朵牡丹！於是，東坡在濛濛秋雨中特意置酒賞花，並寫下這首〈雨中花慢〉，以無比深情記錄了這段與牡丹花的特殊因緣。

〈雨中花慢〉一調，平韻體始自東坡，仄韻體始自秦觀。東坡此詞，乃秋日雨中詠花而作，內容與詞調名稱相關，可以看出東坡選調填詞之用心，彷如作詩因題賦詠一般。

上片寫因旱蝗災禱而謝絕詩酒盛會，面對寂寂春光，不免遙想牡丹花姿的心情。在繁花盛開的季節裡，公餘閒暇的東坡卻只能靜坐深院之中，任東風盡日吹過，看裊裊茶煙隨風飄颺，而眼前景色就只是「綠苔芳草，柳絮榆錢」，春光顯得黯淡，生活似乎寂寥。相對來說，外面的世界熱鬧美麗得多了。聽說在城西，古寺的長廊外、富貴人家的園林裡，緋紅色、貢黃色的牡丹正自盛開，且遲遲不謝，應是多情等待我前去觀賞──「為我留連」句，不說自己辜負花開，未能及時賞花，卻說牡丹多情留戀，遲遲不謝，是為等候自己到訪。如此一寫，遂自然而然帶出那入秋才開的一朵牡丹，當然是「向我依然」，專程為我而開了！

下片先寫終究未能及時賞花的遺憾，接著寫喜出望外的心情轉折。清明過了，花紛紛謝了，春天遠離，半點殘紅都不曾留下。此時東坡齋戒期滿，重新回到酒筵歌席之間，所面對的卻已是春去花空的景象。東坡不禁悲從中來，在酒席之前潸然淚下──原來他終究與花無緣，而今春的一切美好事物竟在他來不及參與之前，就這樣結束了！然而，沒想到九月深秋時，竟不知何故「忽開千葉一朵」──在不是花開的季節裡，在原本只剩層層綠葉之間，一朵牡丹忽然在秋風裡盈盈綻放！為什麼春日牡丹竟為我這錯過花期的人而在秋天裡開呢？彷彿花朵亦知我心中遺憾，竟特地給了我一個驚喜！「為我留連」、「向我依然」，東坡移情於物，寫牡丹而賦予深情，溫馨動人，饒有韻味。不過，雖則陶醉在此刻，東坡卻也同時意識到好景不常的自然規律：此花開在九月，天氣漸冷，恐怕花期也不可能多長。因此，縱使秋雨綿綿，東坡也要為它置酒高會，細細觀賞，暫且留住這短短的美麗時光；畢竟四季輪迴，花開花落自有規律，秋風既起，百花自然要被吹落，即使眼前這為我遲開的牡丹也一樣不容半點寬貸啊！然則東坡並未因此陷入感傷，徒然哀悼美麗的事物從此一去不返。相反的，跨越時序猶自開花的牡丹不獨彌補了他錯失花期的遺憾，更讓他意識到生命的韌性及其延續的意義——「不如留取，十分春態，付與明年。」東坡與牡丹今年相見恨晚，但愛賞名花的心情卻絲毫未減。他真誠的期盼：與其對抗凋零的命運，牡丹不如保留自身的美麗，等待明年春來，再盡情綻放——這何嘗不是東坡對未來生活的憧憬？

東坡此詞寫牡丹，卻非純粹詠物之作，而是藉物敘事以抒懷，透過與花的因緣際會，寫出年來的生活實感和心境變化，語意跌宕有致。全詞沿著時間的脈絡書寫，上片寫齋素生活，空間由近及遠；下片寫意外得賞牡丹之情事，時間由春及秋；結尾再由今秋擬想明春，寫出賞愛牡丹的深情與對來年的盼望。此詞情思婉轉，語調閒雅，娓娓道來，自有一種特殊韻致，鄭騫〈成府談詞〉推為「韶秀舒徐」代表作之一。

【注解】

輕颺茶煙：用杜牧〈題禪院〉：「今日鬢絲禪榻畔，茶煙輕颺落花風」句意，寫齋素生活，只能在庭院中烹茶。颺，飄起。

榆錢：即榆莢。《本草綱目．木部》：「榆白者名枌，其木甚高大。未生葉時枝條間先生榆莢，形狀似錢而小，色白成串，俗呼榆錢。」

長廊古寺：蓋即密州之南禪寺、資福寺。

甲第名園：豪門宅第之著名園林。此指城北蘇氏園，此園原是後周宰相蘇禹珪別墅所在地，花卉繁盛。

國豔二句：語本唐李正封詩：「國色朝酣酒，天香夜染衣。」牡丹有「花王」之稱，是中國最名貴的賞玩植物。「國豔帶酒」指緋紅色牡丹，今名「醉貴妃」。「天香染袂」指貢黃色牡丹，今名「御袍黃」。

高會句：言應當置酒高會，欣賞牡丹，抓住這即將逝去的短暫時光。高會，盛會。追，不放過，留住。短景，短暫的時光，指花期。

清商：秋風也。潘岳〈悼亡詩〉：「清商應秋至。」李善注：「秋風為商。」商，古代五聲之一。古代以宮商角徵羽五聲與金木水火土五行相配，商為金；與春夏秋冬四時相配，商為秋。此取商為秋意。

不假餘妍：謂秋風不因牡丹難得在秋日仍開花而稍予寬貸。

不如三句：言不如且留著春容，等待來年再開放。取，語助詞，猶「著」。

浣溪沙

軟草平莎過雨新。輕沙走馬路無塵。何時收拾耦耕身。　日暖桑麻光似潑，風來蒿艾氣如薰。使君元是此中人。

熙寧十年（一〇七七）七月，黃河決堤，徐州水患，時任知州的東坡率軍民築堤抗洪，保住城池。次年春天，徐州又遭旱災。東坡詩說：「東方久旱千里赤，三月行人口生土。」可見災情嚴重。東坡按當地人說法，到城東石潭祈雨。不久，天降甘霖，東坡於是又到石潭謝雨。他在途中用〈浣溪沙〉一調寫了五首詞，序曰：「徐門石潭謝雨，道上作五首。潭在城東二十里，常與泗水增減，清濁相應。」這組詞活潑生動的記敘了道上見聞的村野景象，也透露了作者對農民生活的關切情懷。這是其中的第五首，由沿路風光的刻畫，自然氣息的感受，寫到了一己對歸耕生活的嚮往之情。

東坡詞寫自然風光，往往能呈現出行進中的景物變化，好像一位實地採訪的記者，將其所見所聞如實地記錄下來，讓人有置身其境的感覺。前四首〈浣溪沙〉分別從不同角度寫出得雨後的農村景象與人物風情。這是最後的一首，著重於敘述巡視田家生活時的深切感受，有收束整組詞的作用。

上片首句寫田野間的莎草，鋪展眼前，既柔軟又平整，經雨沖洗後顯得格外清新。久旱得雨，大自然又重新展現了生命，當然令人欣喜。而雨後泥土濕潤，作者騎馬踏在鬆軟的沙地上，一路塵土不揚，自是十分愜意。想起多年來在仕途上奔波，無端沾惹許多是非，弄得身心俱疲，已好久沒有如此輕鬆自在的心情了，東坡不禁自問：什麼時候才能換回農夫的身分，歸耕田園，重拾過去農家生活的美好時光呢？

下片寫視覺與嗅覺的景象：「日暖桑麻光似潑，風來蒿艾氣如薰。」是東坡寫景詞句中的佳句。新雨後的桑麻葉子，在暖暖的陽光照耀下，光澤油亮，如水澆潑過一樣，而陣風送來蒿艾的氣味，則像薰香一般。鄭騫〈永嘉新札〉有一段話分析這兩句的互文作用，說：「桑麻之葉經日射而發光，經風吹而葉面轉動，其光有如潑水；蒿艾之薰氣，吹送之者為風，雨後蒸發之者則為日。上下兩句，風日交融。」這兩句其實也寓含了剛下過雨的消息。

東坡置身於風日交融的景致中，自是陶醉不已。而眼前的一草一木，都是似曾相識的景物，許多久已忘懷的記憶，藉著感官的刺激，一一被喚起。東坡說：「使君元是此中人。」強調自己是農家出身，也表達了對田園生活那種寧靜、純樸生活的嚮往。「使君」的身分與現實處境，和「此中人」的生活與理想世界，兩者如何取得和諧？一直是東坡最感苦惱的人生課題。

蘇家世居眉山，非一般士族，向以務農維生。東坡在鄉間長大，對農村生活不陌生，所以他常愛說「我昔在田間」、「我是田中識字夫」一類的話。東坡〈題淵明詩二首〉也說：「陶靖節云：『平疇交遠風，良苗亦懷新。』非古之偶耕植杖者，不能道此語；非余之世農，亦不能識此語之妙也。」在擾攘的官場中，東坡不時會懷想田間生活的寧謐、自然與美好。可是，心雖嚮往之，但基於現實的考慮和儒家用世的理想，東坡一生始終無法按心中想法真的能歸隱田園，只有貶謫黃州與瓊州時，不得不為了生計而暫時實現了「收拾耦耕身」的夢想，並以陶淵明為效法對象。

東坡這一組〈浣溪沙〉，描寫村野農家的景色，文筆平淡而流暢，格調清新，頗饒生活的氣息，在內容上是一大突破，而其中的宋詩趣味可說是延續了之前密州的兩首〈望江南・超然臺作〉。後來在黃州時期的農村詞，則因由旁觀者改為真正的「此中人」，遂添加了更多的主觀情意，呈現了新的風貌。請參考下文所選釋之〈江城子〉（夢中了了醉中醒）一首。

【注解】

平莎：平整的莎草地。莎，多年生草本，地下有紡錘形細長塊根，稱香附子。

收拾：安排，收取，得到。

耦耕：兩人並耜而耕，泛指耕種。《論語．微子》：「長沮、桀溺耦而耕，孔子過之，使子路問津焉。」

日暖句：陽光照在桑麻上，顯得光澤鮮亮，就像潑上了水一樣。

風來句：風吹來蒿艾的氣味，像聞到薰香一般。蒿，青蒿，叢生水邊，開小頭狀綠黃色花。艾，野草，花淡黃色，小頭狀花序。薰，香草，又名蕙草，此指如薰之香氣。

使君：古代州郡長官的稱呼，常用以稱太守，此處乃作者自謂。

元是：即原是、本是。

永遇樂　彭城夜宿燕子樓夢盼盼

明月如霜，好風如水，清景無限。曲港跳魚，圓荷瀉露，寂寞無人見。紞如三鼓，鏗然一葉，黯黯夢雲驚斷。夜茫茫，重尋無處，覺來小園行遍。　天涯倦客，山中歸路，望斷故園心眼。燕子樓空，佳人何在，空鎖樓中燕。古今如夢，何曾夢覺，但有舊歡新怨。異時對，黃樓夜景，為余浩歎。

此詞作於元豐元年（一〇七八）秋，東坡四十三歲，任徐州知州。前一年東坡與徐州軍民共抗水患，水退後，又親自參與增修城牆，並向朝廷申請撥款修建大堤，完成種種治水工作。今年二月他另在彭城（徐州城）東門新建一樓臺，以黃泥塗壁，命名「黃樓」。這座黃樓既有剋水之意，也用以紀念徐州官民同心戰勝洪水的事蹟，同時無疑也見證了東坡在徐州的功業。而在此之前，徐州城另有一座著名的古蹟：燕子樓，是唐代的徐州刺史為愛妾盼盼而建。兩座樓建於不同世代，一為美人情意，一與百姓福祉、東坡治績相關。樓有新舊，建築目的亦各自不同，然東坡由今思昔，自昔見今，卻體悟了此間永恆不變的生命困境。因此，在詞序裡，他自述「夜宿燕子樓夢盼盼」，然整篇詞作卻未曾詳細敘述夢見盼盼情事，反而是藉夢起興，引發出人生如夢的感嘆。

這闋詞開頭三個句組，都是「四言對句＋一個單句」。對句是「二、二」的句式，節奏舒緩，再以一單句收結，則有說明、總結段意的作用。「明月如霜，好風如水」，一寫月色，一寫秋風，用「霜」、「水」比擬，既呈現了月色之銀白與秋風緩緩吹拂的舒徐，也予人「清冷」的感受。於是乃有「清景無限」一句，綜合明月與好風，說眼前一片無限清幽的景象。「曲港跳魚，圓荷瀉露，寂寞無人見」，曲曲折折的港灣，時有魚兒自水面躍出，撲通一聲又落回水中，一圈圈的漣漪便兀自散開；而圓圓的荷葉上凝結了露珠，夜風拂過，荷葉輕翻，露珠自葉上滑下，咚的一聲落入水中，於是，漣漪再度緩緩盪開……荷葉圓，港灣曲折，遠近的構圖錯落有致；而魚兒與露珠一上一下間，此起彼落，水紋盪開的畫面不斷擴散。這首詞的世界，彷彿就從一點開始，逐漸擴大、加深我們的時空感受。五句寫來盡是「寂寞」之境，而所謂「無人見」，是說從未有人見過？還是如此夜色如此園景卻空無一人，縱然是作者的身影亦不在其中？東坡似乎是讓景物自然呈現，而不讓人為動作、人為意識進入景中（如同今日攝影之「空景」）——若非絕對的自然的寧靜，我們是不容易看到、聽到這樣的景致的。就在如此靜謐的環境裡，突然，「紞如三鼓，鏗然一葉」，遠近傳來輕重不一的聲響，打破了此間沉寂。「紞如」二字語音略沉，有著撞擊、敲破前面清幽之景的效果；「鏗然一葉」，則以金屬之音寫一片梧桐葉落下的清脆聲響，生動的強化了「夢雲驚斷」的感受！從幽邈夢境中驚醒，意識猶自迷惘，而環繞身邊的是茫茫夜色。東坡在這裡故意用了重語、疊字（「黯黯」、「茫茫」），增加了一種蒙昧不清、醒後茫然迷惑的感覺。「覺來小園行遍」，醒來後再也無法重新入睡的詞人走遍了整座園子，尋尋覓覓，卻又「重尋無處」，怎麼找都再也找不著了。他尋找的是什麼？失落的夢境？而夢境又是什麼？是剛才「明月如霜，好風如水」的景象嗎？還是，他現在醒來走遍小園，所看到的才是前述清幽之景，而遍尋不著的是另一個迷濛、模糊、連自己也分不清的夢境？然則，最初六句所寫是夢是真，一時之間，我們竟也分不清了……東坡於此似乎製造了模稜兩可的狀態，把人生如夢的感覺隱隱呈現。夢如真，真如夢，但是一覺醒來，轉瞬之間，方才如真的世界皆成過往，無論再怎樣的努力，也都回不去了！晏殊〈玉樓春〉說：「長於春夢幾多時，散似秋雲無覓處。」春夢短暫易醒，秋雲聚散無常，人生在本質上與此又有什麼差別？空間的流轉和時間的推移永不停歇，我們的一生能比一場春夢長多少？而一生也不可能永遠停留於一時一地，其間種種生離死別如同雲聚雲散，一旦變換，便已是不同的時空世界了。

由露水凝結、掉落的夜間幾刻鐘，到夜之將盡、新的一天即將開始的三更時分，再到葉落知秋的歲時更迭，時間不斷擴散、拉長，詞之下片更進而推到了生離、死別情狀下的十餘年、過百年，乃至是過去、現在、未來的時間長流，並歸納在「古今如夢」的概念裡。

夢醒了，誰能重回夢境？所謂「重尋無處」，尋不回的何止是夢境？離家之後，同樣是再也不易回到往日的時空。遠在天涯的倦客面對遙遠的歸鄉之路，恐怕只能「望斷故園心眼」——不論是舉目欲見或內心思盼，那故園已經是想看也看不到、盼也盼不得了——這是「生離」之嘆。更進一步想，「燕子樓空，佳人何在？空鎖樓中燕」，空蕩蕩的燕子樓，當年曾是盼盼的居所，而今呢？美人深情，卻也終究難敵歲月悠悠。到頭來，燕子樓留不住佳人，留不住一代風華，徒然只剩年年來去的燕子、無人見的寂寞。而燕子年年歸來，卻更對照出了「人去樓空」的悲涼。這是「死別」之嘆。

無論「天涯倦客」之離家千里，「佳人」之死後多年，不論「生離」或「死別」，都一樣無法克服時空之差距，離家的無法重返故園，離世的再難回到人世。最後東坡點出了人生的宿命：古往今來，如同一場大夢，誰能從夢中真箇醒來？《莊子．齊物論》說：「方其夢也，不知其夢也。夢之中又占其夢焉，覺而後知其夢也。且有大覺而後知此其大夢也。」當我們在夢中時，不論遭遇為何，我們都會隨其喜怒哀樂，一點也不會感覺是夢。必須等到醒來，才會發現原來剛剛無比真實的一切，竟然只是虛幻的夢境。那麼，深入一層思考，我們為之悲為之歡喜的人生種種，是否也是一場尚未醒來的大夢？只是，要能自此「大夢」中「大覺」，並非易事，於是，我們困在生離死別之中，困在歡喜悲怨之中，「但有舊歡新怨」，永遠糾纏在相對的情緒之中，終身不得安寧！而古往今來，我們不斷循環著夢中的情節，東坡說：「現在我來到燕子樓憑弔盼盼，想起她的愛情故事，不勝感慨；多年以後，人們若登上徐州黃樓，面對此間夜景，憶起我今日的功業，那麼，『為余浩歎』，應該也會為我讚歎不已吧！」這段話乍看頗有自得之色，但細思卻也令人感傷。「後之視今，亦猶今之視昔」，這是王羲之〈蘭亭集序〉的一段話，意思是說以後的人看我們，就如同我們現在看以前的人一樣——現在我們憑弔前人，感嘆物換星移，人事全非；後人不也將睹物思人，悵然追憶消失於時間長流中的我們？這似乎是人生的宿命，輪迴不已的悲哀。

此詞吟出了「古今如夢」的深悲。詞以對比的美感為基調，而相對的情懷中，又以真與假、夢境與現實之間的對比最為強烈。若非外在遭逢極大的困挫，有著極痛的感受，而內在卻依舊對人世多所眷戀，有著執著不悔的情意，又豈能激盪出如此深切的人生如夢之感呢？東坡一生多變，在入世與出世間掙扎徘徊，感受既多且深。此時的東坡，抗退洪水，建立事功，得到百姓的信賴，自信可留名於千古；然而，夜深人靜，面對徐州的歷史陳跡——人去樓空的燕子樓——思前想後，卻頓生人間空茫之感。美人韻事俱成過往，官宦事功又何嘗不是轉眼皆空？東坡由此體悟人生彷如一夢，而人之所以沉醉於夢境之中，無法醒轉，主要是因為有一份情在。詞，唱出了這「剪不斷，理還亂」的情思，因此就譜成了永恆的哀歌：舊歡不再，新怨不斷，抑揚跌宕的情感節奏中，迴盪著歲月飄忽、別恨無窮、今不如昔的旋律。此詞，在清麗舒徐的風格中有著深刻的生命體驗和無窮的感嘆。

【注解】

燕子樓：唐代檢校工部尚書張建封之子張愔任徐州刺史時為其愛妾盼盼所建之樓。白居易〈燕子樓三首並序〉云：「徐州故尚書有愛妾曰盼盼，善歌舞，雅多風態。予為校書郎時，游徐、泗間。張尚書宴予，酒酣，出盼盼以佐歡……繢之（張仲素）從事武寧軍累年，頗知盼盼始末，云：尚書既沒，歸葬東洛，而彭城有張氏舊第，第中有小樓名燕子。盼盼念舊愛而不嫁，居是樓十餘年，幽獨塊然，於今尚在。」有人認為這是張愔的父親張建封的事，但張建封卒於貞元十六年（八〇〇），而白居易貞元二十年（八〇四）始為校書郎，可證這種說法不正確。張愔嘗官徐州刺史，元和中召為工部尚書。

紞如句：謂三更鼓聲紞然響起。紞如，猶紞然。紞，音ㄉㄢˇ，擊鼓聲。如，助詞。《晉書．鄧攸傳》引吳人歌：「紞如打五鼓，雞鳴天欲曙。」

鏗然句：寫夜靜葉落聲清晰可聞。鏗然，本形容金石發出的清脆聲，此用以形容秋葉墜地之聲，應指秋夜梧桐葉落。

黯黯句：謂幽暗不清的夢境被驚醒。夢雲，形容夢如雲般，散滅後便難重會。

天涯倦客三句：是說自己倦於作客遠方，很想沿著山中歸路返鄉，可是故鄉渺遠，怎樣看都看不見，怎樣盼也盼不到了。望斷句，劉若愚《北宋六大詞家》：「如果以散文寫，這一行應作：『望故鄉而心眼斷』，就現在句法而言，『故園』形容『心』和『眼』，而此二字又皆為『望斷』的受詞，所以這一行的意義是：『我凝望著直到我看裂想斷我那向著家鄉的心和眼。』較之散文的筆法，這句詞所表達的是多麼豐富啊！」

異時對三句：他日後人對著黃樓夜景憑弔今日之我時，應該也會為我長嘆。黃樓，在徐州城東門上，東坡守徐時拆霸王廳建之。作此詞前一年（熙寧十年，一〇七七）八月，黃河決堤，殃及徐州，東坡親率民眾擊退洪水，並於第二年二月在城東門上建樓，樓壁塗上黃土，取五行中土剋水之意，因名曰「黃樓」。

西江月　平山堂

三過平山堂下，半生彈指聲中。十年不見老仙翁，壁上龍蛇飛動。　欲弔文章太守，仍歌楊柳春風。休言萬事轉頭空，未轉頭時是夢。

東坡於熙寧四年（一〇七一）由汴京赴杭州通判任，及熙寧七年（一〇七四）由杭州赴密州知州任，都經過揚州。元豐二年（一〇七九）四月，東坡由徐州赴湖州知州任，第三次到揚州，再登平山堂，緬懷恩師歐陽修，即席於知州鮮于侁宴上賦此詞。釋德洪〈跋東坡平山堂詞〉云：「東坡登平山堂，懷醉翁，作此詞。張嘉甫謂予曰：時紅妝成輪，名士堵立，看其落筆置筆，目送萬里，殆欲仙去爾。」可見在眾人圍堵下，東坡揮毫寫作時凝神入妙的風采。

東坡於歐陽修有說不盡的感念。此時四十三歲的東坡，在起伏變化的生涯中，更感時間的飄忽；而將近半百的人生，倏忽間三過平山堂，可見與恩師歐陽修的緣分。東坡最後一次看見歐陽修，是九年前的往事了。如今再到歐陽修在揚州興建的平山堂，見到當年歐公在壁上所題的字，依然龍蛇飛舞，如晤故人一般，既意識到恩師精神之不朽，但也流露出傷逝之情。欲要憑弔這位一代文豪，此時此地最好就是傳唱他昔日送劉敞出守揚州所賦的〈朝中措〉詞：「平山闌檻倚晴空，山色有無中。手種堂前垂柳，別來幾度春風……」歐陽修很喜歡平山堂，常來此地遊賞，還曾親自在堂前栽種一棵柳樹，人稱「歐公柳」。歐公調離揚州後，一直不能忘懷，可惜無緣重返故地。從〈朝中措〉詞中可以看出當年歐公對平山堂有著無限依戀，今日楊柳春風依舊，更增後人對歐公的懷念。憑弔歐公，唱他的詞，而他當年作詞時的情景轉眼間已如夢幻般逝去。東坡之前在徐州作〈永遇樂〉詞已有「古今如夢，何曾夢覺」的感嘆。這個時候也延續著這番體認。他針對白居易「百年隨手過，萬事轉頭空」的說法，翻進一層，認為不是臨終時才能體悟萬事皆空的，其實活在人世的當下都如一夢，虛幻不真。所謂「休言萬事轉頭空，未轉頭時是夢」，這當然不是文字的爭辯，而是他實際的生命感受。東坡這些年來幾經憂患，他不但不如歐公之能以詩酒自寬，反而墮入更憂傷的境地，頓感浮生若夢。

此詞的意態是相當低沉的。不過，接著發生的「烏臺詩案」，才真正讓東坡對如夢的人生有更痛切的體味。歐陽修不忘平山堂，其實，東坡亦何曾忘懷？東坡貶謫黃州時，賦〈水調歌頭〉說：「長記平山堂上，攲枕江南煙雨，渺渺沒孤鴻。認得醉翁語，山色有無中。」他不禁想起平山堂的美景，終於能體會歐陽修詞句「山色有無中」的意義。在變幻的人生中，平山堂彷彿聯繫著一種不變的精神，見證了人情的美好，也讓人領悟到自然的真諦。

【注解】

平山堂：在今江蘇揚州大明寺側，慶曆八年（一〇四八）歐陽修知揚州時所建。地勢甚高，江南諸山拱列堂檐之下，似可攀取，故曰「平山堂」。

彈指：佛教義，以手作拳，屈食指，以大拇指捻作聲，表示許諾、讚歎、憤怒、告誡等。因以喻極短時間。佛經說二十念為一瞬，二十瞬為一彈指。

十年句：東坡於熙寧四年赴杭州通判任，拜謁歐陽修於潁州，第二年歐陽修病逝。從熙寧四年至此時元豐二年凡九年，此言十年乃舉成數。

壁上句：指歐陽修在平山堂壁上留題的墨跡，如龍蛇飛舞。李白〈草書歌行〉：「怳怳如聞鬼神驚，時時只見龍蛇走。」傅幹《注坡詞》：「文忠公墨妙，多著平山堂。『龍蛇飛動』，言其筆勢之騰揚如此。」

文章二句：謂悼念歐陽修，並唱他的詞。歐陽修〈朝中措．送劉仲原甫出守維陽〉：「平山闌檻倚晴空，山色有無中。手種堂前垂柳，別來幾度春風。文章太守，揮毫萬字，一飲千鍾。行樂直須年少，尊前看取衰翁。」按：歐陽修曾任滁州、揚州、潁州等地太守，又以文章顯名當世，故稱「文章太守」。

萬事轉頭空：白居易〈自詠〉：「百年隨手過，萬事轉頭空。」轉頭，謂死去。

三、也無風雨也無晴——黃州時期

烏臺詩案後，東坡責授黃州，這是他士宦生涯的最大挫折，然而卻是他詞作的巔峰期。東坡因詩文惹禍，這時雖沒有完全停止詩文的創作，但他已盡量去掉議論時政、捭闔縱橫的筆調，而生活中的幽邈情思，內心世界更深層的體驗，則多藉抒情詞體來表現。東坡黃州詞充分反映其在貶謫生涯中生命情懷如何由餘悸猶存到隨緣自適的轉變歷程，其中有現實的挫折感、生命的無常感嘆，也能呈現出曠達的胸襟、歸耕的閒情，由沉痛悲涼變為清遠曠達，東坡生命境界的提升於焉可見。而其運筆構篇，大多圓融無痕，揮灑自如，雖偶不合律，卻天趣獨成。詞境或清麗韶秀，或雄健俊逸，或超曠平和，俱見東坡之才情與襟抱。

黃州時期，東坡以詞為抒情主調，不是沒有原因的。劫後餘生，經歷了生死交戰，人生際遇顛倒翻覆所形成的對照感，生活的拮据，心靈的創傷，時間的焦慮，這些深沉抑鬱、迂迴曲折的情緒，都與詞的回環往復的哀怨旋律相應和。

「烏臺詩案」，是東坡政治生涯中的一次驚濤駭浪，彷如一場噩夢，比〈永遇樂〉人生如夢的感喟，有著更真實的況味。這一場夢，東坡也不知何時能醒來？如何自處於身心煎熬的貶謫歲月，是東坡黃州時期最要面對的難題。黃州時期，理想與現實之間的衝突更為激烈，生死禍福難測的遭遇更加深了他人事無常的感慨，人生如夢之感尤其深刻。〈西江月．黃州中秋〉說：「世事一場大夢，人生幾度新涼？」這是他以真實的生命歷驗所體證的人生虛幻、歲月無情的感受。剛到黃州，東坡內心餘悸猶存，面對現實生活更感無奈悵惘。〈卜算子〉寫孤鴻「驚起卻回頭，有恨無人省」，正是東坡心境的寫照。年餘之後，東坡已漸適應逐客生活，心情平靜了許多。但時間推移的哀感，仍隨時襲上心頭。

謫黃第三年的元豐五年（一〇八二），是東坡黃州時期最關鍵的一年。這一年，四十七歲的東坡，心境變化極大，情緒最為複雜，由苦悶、不安、悲嘆，漸趨舒緩、平靜、放曠，在閉門自省、歸田躬耕、憂心國是、訪友閒吟、放浪山水的生活中，對時間推移、生命無奈之感特深，而相對地，希望回歸平淡、嚮往閒適生活之情尤切，如是，在夢與醒之間，情與理之際，由悲哀到曠達，轉折跌宕的情思，一一都記錄在東坡的詩文詞裡，留下了許多不朽的名篇。是年初春，東坡躬耕於「東坡」，休憩於「雪堂」，感到滿意自適，以為與陶潛隱居生活的意境相似，心嚮往之，作〈江城子〉一詞以明志，充滿期待的喜悅。詞云：「夢中了了醉中醒。只淵明，是前生……都是斜川當日景，吾老矣，寄餘齡。」在人生的大夢中，不願再任由擺布，求得自我的清醒，決定生命的取向，可見東坡正以積極進取的態度迎接新的一年。不料，天不從人願，連下兩個月的雨，他的心情跌落了谷底。〈寒食雨〉二詩，前首寫雨中海棠凋謝，自己謫居臥病，兩相對照，惜花自憐，無限傷感；次首寫居家生活的危愁苦困，苦悶隔絕的生活中竟忘了身邊的歲月，結語四句發出了極為沉痛的哀鳴：「君門深九重，墳墓在萬里。也擬哭途窮，死灰吹不起。」所謂報國無門，歸家不得，進退失據，陷入了絕境。這是東坡最淒然絕望的詩篇。三月七日，東坡沙湖道中遇雨，不久放晴，作〈定風波〉一詞，寫出了悠然自得於雨中的心情，及超越了人世風雨晴陽，達到寵辱皆忘、得失不縈於懷的坦然自在的境地：「回首向來蕭瑟處，歸去，也無風雨也無晴。」這是東坡於人生風雨的困境中走出，自我惕勵的心聲。其實，東坡此時仍未真正能平定人生的波瀾，了然無罣礙。因為他始終仍在意時序之遷移、年華之流逝。〈浣溪沙〉說：「誰道人生無再少？門前流水尚能西，休將白髮唱黃雞。」由反常的現象，抒發理趣，看似幽默自在，此中實有時間憂懼之感存焉。是年夏日，東坡想起四十年前在家鄉的童年舊事，作〈洞仙歌〉一首；整首詞所關心的仍是時間的主題：「但屈指西風幾時來，又不道流年，暗中偷換。」寫花蕊夫人納涼情景，百年往事，依稀目前，細細回味中，時間不曾停歇。東坡借事述懷，流露出韶光暗逝的哀嘆。面對時間飄忽，難以自持的感嘆，東坡入秋以後所賦〈念奴嬌．赤壁懷古〉一詞表現更為深刻。周瑜之以盛年在赤壁創造不朽的功業，對照自己之將近半百卻貶謫於此，東坡頹然失落的悲感則可想而知。他說：「多情應笑我，早生華髮。」是極沉痛的自嘲之語。詞，作為一種抒情文體，加上字句韻律回環往復的特質，實在有它的限制，要藉此紓解內心結糾的情愁，不易達到理順意暢的境地。東坡在這年秋冬之際，針對這矛盾難解的心情作前後〈赤壁賦〉，藉著轉換文體，鋪敘展衍，見證了他調整心態，誠懇面對生命的態度。東坡由詞而賦；由格律到散體；由感性抒情到理性思辨，由理念陳述到行動顯示；由個人到歷史，由歷史到自然；表現了由窄往寬處寫的曠達情懷。東坡誠然為文體賦予了更深廣的生命意義。

元豐六年（一〇八三）及其後，東坡的心境與詞境顯然已有變化。在形式上，東坡詞多了些散行的語句，結構更明暢自然。而內容則更多樣化，意境也更平易廣遠。從〈臨江仙．夜歸臨皋〉開始，寫出一種自我觀照的精神，由醉及醒，進而體悟了「小舟從此逝，江海寄餘生」的超曠。東坡此時已逐漸走出陰霾，「不以謫為患」，重新肯定自我，〈水調歌頭．

黃州快哉亭贈張偓佺〉所謂「一點浩然氣，千里快哉風」，即展現出坦然自在，無往而不適的心境。詞的氣象，更是博大開闊。東坡能忘卻人間得失，身心閒而能適，他的感官世界開拓了，而詞中聲色氣味的意象更是豐富鮮活了許多。〈鷓鴣天〉「林斷山明竹隱牆」一首正寫出了一派悠然閒逸的意態。該詞結語就此番閒遊作總結云：「殷勤昨夜三更雨，又得浮生一日涼」，意謂此時的閒情何嘗不是因現實的失意而得來的呢？這番體悟充分展現出一種寬宏的氣度，一種正向積極的人生觀。而與之配合的舒徐筆調，隨意寫來，頗能呈現東坡黃州後期日趨淡遠的心境。

黃州詞代表作：

一、黃州前期：〈卜算子．黃州定慧院寓居作〉，〈西江月．黃州中秋〉，〈南鄉子〉（晚景落瓊杯），〈浣溪沙．十二月二日雨後微雪……〉（覆塊青青麥未蘇、醉夢昏昏曉未蘇）二首，〈滿江紅．寄鄂州朱使君壽昌〉，〈水龍吟．次韻章質夫楊花詞〉（見詠物詞）。

二、黃州中期：〈水龍吟．閭丘大夫孝終公顯嘗守黃州作棲霞樓為郡中絕勝〉，〈江城子．陶淵明以正月五日游斜川……〉，〈滿庭芳〉（蝸角虛名），〈定風波．三月七日沙湖道中遇雨……〉，〈浣溪沙．遊蘄水清泉寺寺臨蘭溪溪水西流〉，〈西江月．頃在黃州春夜行蘄水中……〉，〈洞仙歌．余七歲時見眉山老尼……〉，〈念奴嬌．赤壁懷古〉，〈念奴嬌．中秋〉，〈南鄉子．重九涵輝樓呈徐君猷〉。

三、黃州後期：〈臨江仙．夜歸臨皋〉，〈水調歌頭．黃州快哉亭贈張偓佺〉，〈鷓鴣天〉（林斷山明竹隱牆），〈西江月．重陽棲霞樓作〉，〈滿庭芳．元豐七年四月一日余將去黃移汝……〉。

選讀作品

卜算子　黃州定慧院寓居作

缺月掛疏桐，漏斷人初靜。誰見幽人獨往來，縹緲孤鴻影。　驚起卻回頭，有恨無人省。揀盡寒枝不肯棲，寂寞沙洲冷。

東坡於元豐三年（一〇八〇）二月一日至黃州貶所，初寓居定慧院（一作定惠院，在黃州城東南清淮門外）；五月遷臨皋亭（在黃州城南長江邊）。此詞的詞題說是「黃州定慧院寓居作」，則當作於本年初到黃州時，二月至五月間。

東坡初到黃州，心情極為沉鬱悲痛。士大夫淑世濟民的理想落空，面對從未有過的貶謫生活，身心煎熬，是十分嚴厲的考驗。此時，家人尚未團聚，只有長子邁陪侍在側，暫時借住僧舍，心裡充滿著惶惶不安的情緒。東坡詩說：「飢寒未至且安居，憂患已空猶夢怕。」他想隨遇而安，但家人到來後更窘迫的物質生活，東坡其實何嘗不擔憂；而因詩案牽連眾多親友，讓他們受累，東坡也始終耿耿於懷。他在書信中不斷說「多難畏人」，是極沉痛的心聲。雖意識到詩案已結束，可是心中餘悸猶存。

〈卜算子〉一詞所寫的就是這挫折後的驚悸、憂憤與強烈無悔的情緒。這闋詞的題目交代了寫作的地點，作品本身則運用象喻的手法，抒發此時的心境。首二句寫眼前景：一彎殘缺的月亮掛在葉子稀疏的梧桐樹上，夜已深，人語漸歇，四周一片寂靜。「缺月」、「疏桐」、「漏斷」，這些詞彙強烈呈現了殘敗淒清的景象，在東坡詞中是很少見的，這正是他初貶黃州時心境的投影。「誰見幽人獨往來」？猶疑彷彿之間，好像有人在晃動，但仔細一看，啊，原來是遠處孤鴻掠過的身影。所謂「幽人」，何嘗不是東坡的自稱，強調自己離群索居的幽獨？而所謂「誰見」，則表達了無人知曉的寂寞。「縹緲孤鴻影」，是眼前所見的景象還是借孤鴻以喻獨往來的幽人那清高又失意的感受？似虛亦實，似有意若無意，讓讀者有自由聯想的空間。

此詞上片寫幽人，下片則直接就孤鴻發揮，不像一般詞採統一的敘述觀點，章法奇特，別是一格。黃蘇《蓼園詞選》曰：「此詞乃東坡自寫在黃州之寂寞耳。初從人說起，言如孤鴻之冷落。第二闋專就鴻說，語語雙關。格奇而語雋，斯為超詣神品。」孤鴻受到驚擾而飛起，不時回頭探看，心中似有許多憾恨，卻無人能明白理解。這流露出牠失卻伴侶後，對網罟的憂懼，和失群的哀傷。牠最後揀盡寒枝，不肯棲居其上，寧願停息在一片清冷的沙洲上——用語相當決絕，而東坡的自信和不易被摧折的傲骨，卻也表露無遺。東坡此時仍是待罪之身，初到黃州，寓居僧舍，生活很不穩定，心中猶有餘悸，不正是那含恨驚飛、寒枝不棲的孤鴻的心境與處境？此詞以孤鴻自喻，既表現出孤高自賞的態度，憂憤深廣的情緒，同時也呈現了不願與世俗同流的情操。

東坡此篇不似婉轉有情的歌詞，而像借物述懷的詩篇。作品運用了傳統詩歌的比興手法，因此作意在似有還無間，黃庭堅評為「語意高妙，似非吃煙火食人語」，其意境之高遠處正在於此。然而，明清以來頗多穿鑿附會之說，於虛處作實解，如張惠言《詞選》說；「『回頭』，愛君不忘也。『無人省』，君不察也。『揀盡寒枝不肯棲』，不偷安於高位也。」字比句附，實不足取。鄭騫《詞選》謂此詞：「穆而近木，在詩中亦非佳境，何況詞乎？」然自宋以來，此詞膾炙人口，真正的原因恐怕是其中鬱勃的神氣、堅忍自持的氣節，塑造了知識人可敬可佩的典範，遂超越了它直率無韻的缺失，得到文人的青睞。

【注解】

漏斷：謂漏盡也，是說漏壺中的水已滴盡，表明夜已很深。漏，指漏壺，古代計時器具，用銅製成，有播水壺和受水壺兩部分。播水壺上下分為數層，上層底有小孔，可以滴水，層層下注，最後流入受水壺。受水壺內有立箭，箭上畫分一百刻。箭隨蓄水上升，逐漸露出刻數，用以表示時間。到深夜時，壺水漸少，滴漏的聲音已很難聽到了，所以說是漏斷。

幽人：離群獨居的人。一說幽人指囚禁之人。

縹緲：指恍惚有無之意，或形容隱約高遠之貌。

無人省：猶言無人能理解。省，察覺、了解。

揀盡二句：謂孤鴻選遍了凋零淒冷的樹木，卻不願隨便停歇在空枝上，而寂靜的沙洲則顯得一片冷清；後一句，或謂孤鴻尋不到合意的樹枝，最後寧可棲宿在寂寞寒冷的沙洲上，亦可。按：鴻雁棲宿之處，本是田野葦叢，而不是樹枝。這句用「揀盡」、「不肯」等字樣，含有良禽擇木的意思，表達了一種擇善固執的決絕精神。沙洲，江河中由泥沙淤積而成的陸地。

西江月　黃州中秋

世事一場大夢，人生幾度新涼。夜來風葉已鳴廊，看取眉頭鬢上。　酒賤常愁客少，月明多被雲妨。中秋誰與共孤光，把琖淒然北望。

東坡寫過幾首中秋詞，望月興懷，頗多感嘆，而這首〈西江月〉大概作於元豐三年（一〇八〇），寫貶謫生涯裡過中秋的悲苦處境和淒寂心情，最是沉痛。

這首詞一起筆便是淒涼無奈的心聲：「世事一場大夢，人生幾度新涼。」東坡人生如夢的感慨，經過「烏臺詩案」之後，已有深刻的體會。功名之得失變化，如此巨大的轉折，好像夢境情節，看似真實，卻是虛幻。這是東坡對年來種種情事的回顧，彷彿有諸緣盡捐的了悟，其實是劫難之後，悵然無奈，感到無從把握生命的哀嘆。這份無奈因著下一句而更形傷悲。詞人不只暗傷往事，也更憂心未來。「人生幾度新涼」，充滿了詞人面對時序變化的驚悸之疑。一年容易又涼秋，如此美好佳節，我們又能度過幾回？現實的打擊使東坡頓感理想的追求彷如一夢，夢醒卻無痕；而不知何時終了的貶謫生活，則更加深他徒然虛度歲月的憂懼，對季節的變換尤其敏感。「夜來風葉已鳴廊」，寫歲月的流轉，秋風颯颯，落葉蕭蕭，由廊廡間傳來，聲聲可聞。這悲戚的秋聲最易觸動離人的愁懷。感時傷逝，年華搖落亦如秋葉——「看取眉頭鬢上」，眉頭鬢髮已斑，正值人生屆秋的階段，美好的歲月實在也不多。

上片流露了東坡遭遇挫折後，面對時間的無奈感嘆，下片則敘述實際生活的不堪，以及一己孤獨而堅執的心情。此地物價不高，「酒賤」自然不愁無待客之資；今日中秋之夜，「月明」亦自是應節的美景。有酒有月，本是人生樂事，然而，一則「常愁客少」，一則「多被雲妨」，人間天上不和諧之事，一至於此，真教人無奈。這兩句固然是實景實情，同時也反映了東坡心中強烈的挫折感。東坡好客，但負罪謫居於黃州，想與親朋故友相聚已不可能，更何況他們多因詩案而被牽連，東坡內心難免有愧疚。明明如月，象徵詞人美好的理想和高潔的品格，但忠而見謗，因詩惹禍，形成生命的暗影，一如流雲遮月，何時能復見朗朗的光彩？故人遠隔，理想落空，「中秋誰與共孤光」一句充分流露了東坡經此挫敗後最深沉的孤獨寂寞之感。前此，東坡與子由在徐州同度中秋時，已有「此生此夜不長好，明月明年何處看」（〈陽關曲．中秋作〉）的感喟，沒想到沒幾年兄弟倆卻同遭貶謫，隔州望月，自是無限感傷。東坡當年隨父與弟離開家鄉，懷抱著理想投入政治洪流，在驚濤駭浪中，險些送了性命，如今兩鬢微斑，廢居陋邦，在這中秋月圓之夜，獨自望著冷冷的月光，東坡於孤獨悽愴之中，依然不減尊主澤民的深情——「把琖淒然北望」，向北遙望迢迢千里的京華，正是他永不屈服的執著熱誠，和面對逆境卻始終不改其忠厚氣節的表現。

【注解】

人生句：謂人生能過多少次中秋佳節？八月中秋，已見涼意，所以稱新涼。

夜來句：夜風吹樹，已有落葉響聲傳於廊間。

看取句：看著眉頭鬢上也染了秋色，皺紋漸多，白髮頻生。

酒賤句：謂此地酒價雖便宜，卻常因過客少而發愁。

把琖：舉起酒杯。琖，同盞，淺而小的杯子。

水龍吟

閭丘大夫孝終公顯嘗守黃州，作棲霞樓，為郡中絕勝。元豐五年，余謫居黃。正月十七日，夢扁舟渡江，中流回望，樓中歌樂雜作。舟中人言：公顯方會客也。覺而異之，乃作此詞。公顯時已致仕，在蘇州。

小舟橫截春江，臥看翠壁紅樓起。雲間笑語，使君高會，佳人半醉。危柱哀絃，豔歌餘響，繞雲縈水。念故人老大，風流未減，空回首、煙波裡。　推枕惘然不見，但空江、月明千里。五湖聞道，扁舟歸去，仍攜西子。雲夢南州，武昌東岸，昔游應記。料多情夢裡，端來見我，也參差是。

古人相信可以藉夢超越時空、打破生死而與想念的人重逢。心魂相守，是精神最好的狀態。然而守在體魄內的精魂，卻會在幾種情況下消散於外，造成神不守舍、失魂落魄的現象：酒醉、病重、悲傷或思憶過度，都會讓人精神與體力失去平衡，容易喪失理性，難以管束那體內的魂。另外就是做夢了。古人認為在入夢之後，魂會離開身軀，稱作夢魂。這夢魂是有知覺的，它遊走在天地間，所見所感，便形成我們的夢中景象。然而，要將魂導向特定的彼方，而不至於渺無頭緒，須以情感做指引。所謂日有所思，夜有所夢，就是這緣故。不過，此時亦須對方的魂有著同樣的情意，相思相盼，才能產生美好的遇合。古人亦相信，人死後的魂也是有知覺的，因此無論是生魂或死魂，都可在情的互應下於夢中出現。杜甫作客秦州時，李白流放夜郎，當時有人妄傳李白墮水而死，杜甫因而積思成夢，作〈夢李白〉詩二首，云：「故人入我夢，明我長相憶。」「三夜頻夢君，情親見君意。」分別敘述了兩方相對的情意，構成了頻頻的夢境，如東坡〈蝶戀花〉所說：「我思君處君思我。」那是對人情的信任，亦是夢中能與故人相見的憑藉。

東坡與閭丘先生交誼甚深。他曾說：過蘇州，不遊虎丘，不謁閭丘，是兩大憾事，所以每過蘇州，必與閭丘留連數日。元豐五年（一〇八二）正月十七日，東坡在黃州夜夢故人閭丘公顯，醒後賦詞，敘寫此一夢境，表現了東坡深情的一面，也隱約透露了他在貶謫生涯中的孤寂與不安。

上片以真切生動之筆寫夢中情景，給人歷歷在目、真實不虛之感：小船橫渡長江，東坡臥於船上，仰看翠綠的峭壁上聳立一座紅樓（棲霞樓），而「樓中歌樂雜作」，樓中人笑語自雲間飄下，樂妓的琴韻如行雲流水，看來閭丘先生年歲不小，卻風流未減。然而相對於故人依然自在，沉醉於歡樂之中，東坡則已非昔日心境，此際（在夢中）他獨自棲身於小舟，遠望棲霞樓，遙聞隱約樂聲，卻無法躬逢其會，只能憑空想像樓中樂事，彷彿流露了與人遠隔的心理。徒然回首瞻望，一切如在渺茫的煙波中，既清晰卻又迷離，轉瞬已逝，渺不可即。彷如秦觀〈滿庭芳〉所述：「多少蓬萊舊事，空回首，煙靄紛紛。」既寫出了江面迷濛的實境，也反映了心境的悵然，更蘊含著風流雲散之意。

鄭文焯《手批東坡樂府》說：「上闋全寫夢境，空靈中雜以淒麗。過片始言情，有滄波浩渺之致，真高格也。」過片以「推枕」二字結束夢境，並與之前的「臥看」二字呼應，行文至此，情辭空靈而又淒麗，確有恍惚迷離之感。下片主要是擬想故人不忘己之深厚情誼，由夢醒後空闊江面上的「月明千里」，聯繫蘇州與黃州；明月遍照分隔的兩地，彷彿就是人間友情的見證。東坡想像友人退休後的生活，瀟灑風流如故，多麼令人羨慕。而今「故人入我夢」，東坡遂設想閭丘先生歸隱家鄉之後，應該仍時刻惦念著昔日任黃州知州時的宴遊生活，不然，便不會如此清晰的化入東坡的夢境中。接著，東坡進一步推想：閭丘多情，因情入夢，果然在夢中來見我，其情形大概就像我夢見他一樣吧。東坡採用慣常使用的從對面寫情的手法，設想故人多情，其實正是作者多情的表現，而從對方落筆，寫來更曲折動人，也充分表達了「我思君處君思我」的一種對情的執念，或許也只有這樣才能讓人心裡感到踏實，相信變幻的人生中仍有此情可依憑。

東坡此詞，誠如鄭文焯所評「有滄波浩渺之致」的高格。但不要忘記，東坡黃州貶謫時期「多難畏人」的處境。對至親好友因被牽連受罪的深深愧疚，與對人間情誼的深信不疑，交織於心，自然形成無以名狀的不安與無奈情緒。此詞出入在虛實之間，夢中景象既親近又遠隔，有參差猶疑之語，也有始終不渝之情，語意跌宕，在清遠空靈的筆調下，有著淒麗的意境、深沉的寂寞。

【注解】

閭丘大夫孝終公顯：複姓閭丘，名孝終，字公顯，蘇州人，曾為朝議大夫、黃州知州。范成大《吳郡志》：「閭丘孝終，字公顯，郡人。嘗守黃州。蘇文忠公……經從，必訪孝終，賦詩為樂。孝終既掛冠，與諸名人耆艾為九老會。」熙寧七年（一〇七四）五月，東坡自潤州、常州返杭州時，經過蘇州，有〈蘇州閭丘江君二家雨中飲酒二首〉記在閭丘家宴飲事，詩中說「五紀歸來鬢未霜」，知其時已年過六十，且已退休家居。熙寧十年（一〇七七）東坡任徐州知州時，閭丘孝終經過，東坡有〈浣溪沙〉詞，題為「贈閭丘朝議，時過徐州」，可見二人交誼。

棲霞樓：宋初王義慶創建，閭丘孝終任黃州太守時重建，位於赤壁之上。王象之《輿地紀勝》卷四十九〈黃州・景物下〉：「棲霞樓，在儀門之外西南，軒豁爽塏，坐挹江山之勝，為一郡奇絕。」陸游《入蜀記》卷三記載：「下臨大江，煙樹微茫，遠山數點，亦佳處也。」

致仕：交還官職，即辭官退休。

截：直渡。

危柱：絃樂器上有縛絃的柱（絃枕木），可以轉動，使絃繃緊或放鬆。危柱是說把柱擰緊，使絃音升高。

哀絃：指絃上發出哀婉感人的樂聲。

繞雲縈水：形容樂聲高亢迴旋，優美動聽，如行雲流水般。

故人老大：言老朋友閭丘年老。老大，年歲不小。

五湖三句：傳說范蠡佐勾踐滅吳後，攜西施，乘舟泛於五湖。此以喻閭丘公顯退居蘇州。龔明之《中吳紀聞》卷五〈閭丘大夫〉條謂孝終：「後房有懿卿者，頗具才色。」或謂作者此處乃以西施比喻懿卿。五湖，即太湖及其附近的胥、蠡、洮、滆四湖。

雲夢南州：指黃州，在古雲夢澤之南。

武昌東岸：亦指黃州。今湖北鄂城，與黃州隔江相對。此處長江由南流轉向東流，故武昌在西岸而黃州在東岸。

多情：多情的人，指閭丘。

端來：準來，真來。特來。

江城子

陶淵明以正月五日游斜川，臨流班坐，顧瞻南阜，愛曾城之獨秀，乃作〈斜川詩〉，至今使人想見其處。元豐壬戌之春，余躬耕於東坡，築雪堂居之。南挹四望亭之後丘，西控北山之微泉，慨然而嘆，此亦斜川之游也。乃作長短句，以〈江城子〉歌之。

夢中了了醉中醒。只淵明，是前生。走遍人間，依舊卻躬耕。昨夜東坡春雨足，烏鵲喜，報新晴。

雪堂西畔暗泉鳴。北山傾，小溪橫。南望亭丘，孤秀聳曾城。都是斜川當日境，吾老矣，寄餘齡。

東坡是陶淵明的隔代知音，他既喜歡淵明，也有點愧對淵明，晚年卻又覺得淵明亦有不如己之處。蘇轍作〈子瞻和陶淵明詩集引〉，載錄東坡自己的話：「吾於淵明，豈獨好其詩也哉？如其為人，實有感焉。淵明臨終，疏告儼等：『吾少而窮苦，每以家貧，東西游走。性剛才拙，與物多忤。自量為己必貽俗患，黽勉辭世，使汝等幼而饑寒。』淵明此語，蓋實錄也。吾今真有此病，而不早自知，半生出仕，以犯世患。此所以深愧淵明，欲以晚節師範其萬一也。」唐宋以來，追求功名的仕宦中人，遭讒害而貶謫，或因挫折而罷職，想到陶淵明之能維護生命的尊嚴，及早辭官歸隱，任真自然的表現，大概都會感到有點慚愧。但閒暇時讀到他的〈歸去來辭〉、〈歸田園居〉、〈讀山海經〉等詩裡所寫的那種簡樸自然、悠閒沖淡的生活意境，又心懷喜悅，心生仰慕。所以他們在愧對淵明之餘，總會進一步而喜淵明。但像東坡那樣尚友淵明，還「前後和其詩，凡百數十篇」，卻不多見。

東坡對陶淵明的認識，可分為三個階段：貶謫黃州時是初識，略有體會，但不深刻；回朝復官，任地方要職時，沒有相契的環境，與淵明便有點疏遠了；最後再遭貶謫，遠放瓊州（海南島），再與陶潛相遇，遍和陶詩，此時更知淵明的為人與處境。這有如禪學得道之三進境：「見山是山、見山不是山、見山又是山」的歷程。

東坡在徐州的一系列〈浣溪沙〉詞，延續密州時兩首〈望江南〉帶宋詩韻味的手法，描寫農村景色，突破了詞的寫作範圍，但這些作品都是就眼前景物抒寫，偶然引發「使君元是此中人」之感，卻仍未有身在其間的深切感受，更不用說體會陶淵明的生活與心境了。

東坡生平最大的打擊，莫過於因烏臺詩案而謫居黃州。元豐三年至五年間，政治生涯的挫折，加上現實生活的艱困，東坡的心境頗不寧靜，既有憤懣不平的情緒，又有失意沮喪的心情，時而經過理性的思辨而轉復平靜，有時卻又掉落情緒當中而顯得不安。東坡在黃時期，不得不忍受離群索居的寂寞，又不能不面對生活的壓力，而接受墾田耕種的事實，那樣的心情，那樣的處境，自然令他想起了東晉隱逸詩人陶淵明。元豐四年（一〇八一）二月，馬夢得為他申請到營地數十畝，取名為「東坡」，躬耕其上，次年二月，築「雪堂」，始自號「東坡居士」。這一名號的選擇，寓含了重新界定身分和生存形態的意義。此時開始引與世乖違、躬耕力田的陶淵明為知己，表達自己與陶淵明心靈相通，其實，有借古人以確認自己生命抉擇的意味；而且在這一身分認同的過程中，透過話語的方式，人我溝通，使心理隔絕的狀態得到紓解，重新認識自己，也得到內在意識的整合，這是在困苦中自我尋求解脫的一種方式，有著正向的生命意義。

元豐五年（一〇八二）二月，東坡於黃州作這首詞，是一種新的生活形態的宣示，亦是首度引陶淵明為知己的表現。詞的開頭即云：「夢中了了醉中醒。只淵明，是前生。」東坡認為他是淵明的轉世，因為他們都能於醉夢人生中保持著明白清醒的頭腦，不隨波逐流，而最後有著同樣的歸宿：「走遍人間，依舊卻躬耕」。東坡不是隨意附會，這是經歷人世間各種相對情景，在進退得失之間的一番省悟。誠如傅幹《注坡詞》所說：「世人於夢中顛倒，醉中昏迷，而能在夢而了，在醉而醒者，非公與淵明之徒，其誰能哉？」這是在「多難畏人」的情境下，重新界定一己生命意義的方式。接著，寫農村生活的美好：「昨夜東坡春雨足，烏鵲喜，報新晴」，東坡耕地昨夜一場雨後，烏鵲報喜，陽光也出來了，一切都準備好迎接豐收，而眼前的山水景色好像當日陶淵明五十歲所作〈游斜川〉詩中描寫的斜川境況：「雪堂西畔暗泉鳴，北山傾，小溪橫。」四望亭所在的高阜，孤秀聳立如「曾城」一樣，東坡因而認定自己也能如淵明一樣找到安身之所，可以終老於此：「都是斜川當日境，吾老矣，寄餘齡。」

這首詞寫景述懷，出語自然，筆調輕鬆，在平淡的字句中實則寓含感慨。東坡撰作此詞，立意構篇，處處扣合與淵明的關係，意圖相當明顯。起筆先確認「只淵明，是前生」，而後由淵明之躬耕，聯繫到自己躬耕於東坡，再由東坡牽引出雪堂，由雪堂周遭的景色遙想淵明筆下的斜川，最後回應陶淵明〈游斜川〉之「開歲倏五十，吾生行歸休」，而有「吾老矣，寄餘齡」之想，迤邐道來，環環相扣。當日陶淵明棄官歸隱，在田園山水中尋得生命的安頓，詩文中所呈現的適性自在的生活意境，令人悠然神往。東坡雖視淵明為其前生，並以一己身處之景與淵明當日之境相彷彿，遂嚮往此中生活，準備在此度過餘生，但兩人的處境與心情畢竟不同。淵明因與世相違、天性淡泊而作出歸田的抉擇，躬耕生活雖然困乏，心情時有矛盾，但在淵明心中正是求仁得仁，遂表現為一種能擔負、能忍耐的定力，從苦悶、寂寞中冶鍊出悠閒冲遠的情調，以及獨往獨來而能與外物旁人相調和的氣象。至於東坡，則是以罪人的身分貶謫黃州，為了生計而不得不挽起衣袖作農人，但用世之心猶在，不平之氣未熄，身不由己的苦悶實在難以消除。此時的東坡心裡應明白，他仍未能如淵明那樣賞玩那寂寞，達到悠閒寧靜的生命意境。

除了個人因素外，外在環境更不是東坡所能控制的。東坡寫作此詞時，充滿期待的喜悅，他真的想追攀淵明，過亦耕亦讀的生活。可是，老天卻不從人願，好像要更嚴厲的考驗他。雨後放晴不久，接著竟連下將近兩個月的雨，這對東坡的打擊實在太大了，他的心情跌落了谷底——三月初三作〈寒食雨二首〉，是東坡這時期最淒然絕望的詩篇：

> 自我來黃州，已過三寒食。年年欲惜春，春去不容惜。今年又苦雨，兩月秋蕭瑟。臥聞海棠花，泥污燕脂雪。暗中偷負去，夜半真有力。何殊病少年，病起頭已白。
>
> 春江欲入戶，雨勢來不已。小屋如漁舟，濛濛水雲裡。空庖煮寒菜，破灶燒濕葦。那知是寒食，但見烏銜紙。君門深九重，墳墓在萬里。也擬哭塗窮，死灰吹不起。

前首寫雨中海棠凋謝，自己謫居臥病，兩相對照，惜花自憐，無限傷感；次首寫居家生活的危愁困頓，苦悶隔絕的生活中竟忘了身邊的歲月，結語四句發出了極為沉痛的哀鳴。所謂報國無門，歸家不得，進退失據，陷入了絕境。此時，在這內外交逼的情況下，喜淵明之心恐怕已不復見，換來的應是更深的愧疚。

【注解】

陶淵明：名潛，晉潯陽（今屬江西）人，曾為彭澤令，因「不能為五斗米而折腰」，棄官歸隱。所作田園詩，質樸自然，意境高遠，被譽為隱逸詩人之宗。淵明於晉安帝隆安五年（四〇一）正月五日，與二三鄰里同遊斜川，有詩並序記其事。

斜川：在陶淵明家鄉江西九江附近，今江西省星子縣與都昌縣之間的湖渚中。

班坐：列班而坐，依次而坐。班，排列。陶潛〈游斜川〉：「氣和天惟澄，班坐依遠流。」或解作布草而坐，在地面上鋪上植物的柔枝為席而坐。班，布也。

南阜：南面的山巒。南山，指廬山。

曾城：又作層城，傳說中崑崙山的最高層。此指斜川的落星寺。一說，指廬山北、彭蠡澤西的鄣山。

元豐壬戌：即元豐五年。

東坡：蘇軾在黃州請得之耕地，在黃州城東南隅。蘇軾〈東坡八首〉序云：「余至黃州二年，日以困匱。故人馬正卿哀余乏食，為於郡中請故營地數十畝，使得躬耕其中。」又詩題下施注曰：「東坡在黃岡山下州治東百餘步。」《黃州府志》卷三：「東坡在城東南隅，宋蘇軾居此，號東坡居士。」陸游《入蜀記》卷四：「自州門而東，岡壟高下，至東坡，則地勢平曠開豁，東起一壠，頗高。」

雪堂：東坡於東坡旁搭建的堂屋，凡五間房，建成於元豐五年二月。東坡〈雪堂記〉云：「蘇子得廢圃於東坡之脅，築而垣之，作堂焉，號其正曰雪堂。堂以大雪中為之，因繪雪於四壁之間，無容隙也。起居偃仰，環顧睥睨，無非雪者。蘇子居之，真得其所居者也。」

挹：牽引，此作連接。

四望亭：在雪堂南邊高阜上，唐人所建，為當地名勝。

北山：即聚寶山，在府城之北。

了了：明白、清楚。

前生：過去的一生。佛教有輪迴之說，謂人有「三生」，即前生、今生、來生。

定風波

三月七日，沙湖道中遇雨。雨具先去，同行皆狼狽，余獨不覺。已而遂晴。故作此詞。

莫聽穿林打葉聲，何妨吟嘯且徐行。竹杖芒鞋輕勝馬，誰怕，一蓑煙雨任平生。　料峭春風吹酒醒，微冷，山頭斜照卻相迎。回首向來蕭瑟處，歸去，也無風雨也無晴。

元豐五年（一〇八二）三月七日，東坡寫作〈寒食雨〉後不久，雨勢稍微緩和，他終於可以踏出臨皋亭住家，心情也好轉。東坡與朋友一起去黃州東南三十里處的沙湖看田地。在人群中的東坡，比起之前因雨發愁的他，顯得更有精神。這趟出遊，一路行來，原以為天氣應該穩定了，他們便先叫人帶走雨具，不料途中竟又下起雨來，同行的朋友莫不感到狼狽，而東坡卻渾然不覺。沒多久雨停了，天空放晴。途中遇雨，是很尋常的事，東坡卻能從中領悟一番道理，發現生活的意義。張淑香〈日常生活中的靈視——淺談東坡詞中的一種經驗結構〉說：「靈視詩學強調取材於一般日常生活的小事件或情況，使尋常生活經驗搖身一變顯現為發光的靈視，這種轉化的力量，是靈視詩學的核心，強調是來自詩人心智的內在之光。東坡詞充滿了濃厚的生活氣息與對日常生活的記錄，成為自我書寫的寫照。其中有些作品，在日常化與平易疏放之中，更時時顯現高曠的靈視妙悟，衝破塵雜的縈繞，登高望遠，精神高翔在另外一度超越的空間。」東坡的思想，主要融合了儒家、道家和佛學。他吸收各家思想的精粹，與實際生活結合，化為深刻自然的生命智慧，不尚空談。他對探索高深的學理無多大興趣，也不喜歡在空泛的概念上打轉，他的學問多切人事，學思所得總希望能在現實人生中發揮作用。更重要的是，東坡的心智，有一種異於常人的靈視觸覺和感悟能力，因此，常能在紛雜的事物、片刻的遭遇中，發現妙理與逸趣，透悟整個人生的意義。東坡寫日常生活的詩文，往往寓含一番禪意；他的詞，也有類似的妙悟。尋常遇雨，在人生路上，如突然而來的逆境，這首〈定風波〉，顧名思義，何嘗沒有藉此表現平定人生風波橫逆的態度，有「風定波止」之寓意在？

要了解這首詞的意境，不妨比較東坡之前在往湖州途中所寫的〈南歌子〉：

> 帶酒衝山雨，和衣睡晚晴。不知鐘鼓報天明。夢裡栩然蝴蝶、一身輕。　老去才都盡，歸來計未成。求田問舍笑豪英。自愛湖邊沙路、免泥行。

同樣寫遇雨和雨後放晴，就意境言，〈南歌子〉一首意氣未平，似曠而實豪。「雨」在這裡象徵人生的橫逆挫折，因此遇雨所反映的態度，正是遭逢逆境時的態度。「帶酒衝山雨」，流露了與現實正面對抗的精神，使得下一句的悠閒意味頓減，反而增添了一份掙扎衝突後的寂寞與疲倦。而夢裡一句是遺忘現實，才能得到的舒徐，並非莊周參透虛實真幻的境界。回到真實的世界又如何？下片首兩句，清楚流露了現實人生進退無方的悲鬱和無奈。而所謂「求田問舍……免泥行」，蘊含著孤絕的、與現實不諧和的情緒，是強作開脫語，非真能達觀。鄭騫先生分析東坡的性格說：「然天資既高，豪邁之氣不能自掩，每以文字詼諧開罪於人；屢遭遷謫，非盡由於政爭也。」東坡在政治上一向扮演反抗者的角色，如遇外在強大的壓力，也會堅守立場。〈南歌子〉一詞充分表現了東坡這種態度。可是，東坡雖想潔身自愛，不願同流合污，但政治的烏煙瘴氣仍是惹上身來，不久即發生「烏臺詩案」。謫居黃州的第三年，從春天開始，東坡一直與雨水糾纏。先是「昨夜東坡春雨足，烏鵲喜，報新晴」，充滿著躬耕的喜悅。然而雨卻下不停，〈寒食雨〉二首，寫出了東坡最沉重悲愴的心聲。彷彿把最底層最晦暗的氣體吐盡，〈寒食雨〉之後，東坡的心境漸趨平和，幾天後所寫的這首〈定風波〉，見證了他灑落悲哀以求曠達的一番努力。

面對突然而來的風雨，東坡的態度是「莫聽穿林打葉聲，何妨吟嘯且徐行」。首先，不要受到外在環境的影響。穿過樹林打在葉片上的雨聲，有點虛張聲勢，相當嚇人。但既然已在雨中，就不要一直被這聲籟困擾，倒不如打從心裡接受它，不躲雨，不衝雨，放鬆心情，以雨聲為節拍，邊行邊吟嘯，並且不要忘記雨中路滑，慢慢行走，穩住每一步，那是踏實而自在的表現。而走在雨中，也不能一空依傍，手拿竹杖，腳穿草鞋，雖然只是簡單樸素的裝備，但是能夠擺脫外在繁縟的束縛，悠然自得，自有一種比騎馬還來得舒適輕快的感覺。東坡於此領悟到處窮和面對逆境的態度：經過一番風雨的洗禮，更應有一份自信的坦然，縱使一生都在煙雨的困蹇中又何妨，又有什麼好害怕的呢？「一蓑煙雨任平生」，代表了他對現實的體認：個人與社會之間未必都能取得和諧，往往存在著種種矛盾，不可視而不見，也無須刻意避免，那麼，何不以寬廣的心胸迎向它、包容它呢？

下片寫雨過天晴。「料峭春風吹酒醒，微冷」，突然之間風回雨止，身體略感微寒，觸動了更敏銳的知覺。這裡的「酒醒」，寓有從醉夢人生中轉醒之意——經過現實打擊，有所覺悟之後，一種清冷、寂寞的感受，這已經不同於「寂寞沙洲冷」的悲愴、孤絕。而「山頭斜照卻相迎」，雨後放晴，格外溫馨，呈現了「守得雲開見月明」的欣喜。這裡創造了一個溫暖、平靜的情境，象徵迭經風雨都不更易的人間溫情，也是人類前瞻時，希望的寄託。結筆三句：「回首向來蕭瑟處，歸去，也無風雨也無晴。」偶然回首，曾經走過的風雨路途，可警惕自己，勿忘初衷，但不要過分耽溺於往日情懷中，隨時得轉身，繼續人生未竟之志。所謂「也無風雨也無晴」，既寫雨晴之後夜幕降臨的景象，也喻託不受悲喜情緒影響的超然心境。這三句是東坡於人生風雨的困境中走出，自我惕勵的心聲——超越人世的風雨晴陽，達到得失不縈於懷的坦然自在的境地。

劉永濟《唐五代兩宋詞簡析》說：「東坡時在黃州，此詞乃寫途中遇雨之事。中途遇雨，事極尋常，東坡卻能於此尋常事故中寫出其平生學養。上半闋可見作者修養有素，履險如夷，不為憂患所搖動之精神。下半闋則顯示其對於人生經驗之深刻體會，而表現出憂、樂兩忘之胸懷。蓋有學養之人，隨時隨地，皆能表現其精神。」東坡於元豐五年有這番體驗，可見他意欲超脫的胸懷，但真正要做到來往於現實的得失禍福，而又了然無罣礙，卻需要更多的人生歷練。東坡晚年貶至海南所作的〈獨覺〉詩，亦有：「回首向來蕭瑟處，也無風雨也無晴」句。那時的恬澹心境，比這首〈定風波〉所表現的，應該有更豐富的精神內涵。

【注解】

沙湖：鎮名，在湖北沔陽縣東南。東坡〈書清泉寺詞〉云：「黃州東南三十里為沙湖，亦曰螺師店，予將置田其間，因往相田。」

已而：過一會兒。

吟嘯：吟歌嘯叫，表示意態瀟散。《晉書．謝安傳》：「嘗與孫綽等汎海，風起浪湧，諸人並懼，安吟嘯自若。」

芒鞋：草鞋。

誰怕句：謂儘管一生都在煙雨中也不畏懼。蓑，用草或棕櫚葉做成的雨具。任，任憑，儘管。

料峭春風：帶幾分寒意的春風。料峭，風寒貌。
向來：表示時間的詞，可遠可近，此處指剛才。
蕭瑟處：指遇雨之處。蕭瑟，寂靜冷清。

浣溪沙　游蘄水清泉寺。寺臨蘭溪，溪水西流。

山下蘭芽短浸溪。松間沙路淨無泥。蕭蕭暮雨子規啼。　誰道人生無再少，門前流水尚能西。休將白髮唱黃雞。

《東坡志林》記述：黃州東南三十里為沙湖，亦名螺師店，東坡要到那裡去買田，不料前往看田時生病了。聽聞附近有位耳聾的名醫龐安常（名安時），便去找他求診，經過幾天的治療，結果病真的好了。龐安常雖然聽不見，但他絕頂聰穎，看人用手指點畫數字，就已深刻了解人意。東坡和他開玩笑說：「余以手為口，君以眼為耳，皆一時異人也。」東坡身體好了，和他一起同遊清泉寺。寺在蘄水郭門外二里餘，有王羲之洗筆泉，水極甘美。下臨蘭溪，溪水西流。東坡〈浣溪沙〉這首詞即賦此事。這闋詞的寫作時間，一般都編在〈定風波〉之後，也是在元豐五年（一〇八二）三月。

東坡寫山水田野，喜歡用〈浣溪沙〉一調，尤其是敘述行旅中的所見所感。〈浣溪沙〉上片，三句三韻，很好用來逐句描述眼前景象，東坡每每都用這樣的方式來鋪陳，而每句每景之間，看似孤立，其實是有關聯的——歌詞配合樂律，而音樂自有推衍前進的歷程，因此詞的時空情景的排序，往往呈現由遠而近、由外到內、由景及情的模式，而因景生情，關鍵在時間意識的知覺。東坡在〈浣溪沙〉上片三句所安排的情景，就好像一位導遊沿路的記錄，帶領讀者進入他觀賞的世界，我們看見一幅一幅的畫面流動著，隨著節奏的推進，自能感受到景中有情的律動美。

這首詞的上片由三個意象組成。「山下蘭芽短浸溪」，於溪水間可看見剛發芽的蘭草。此乃點出寺臨蘭溪之意。接著，由下眺水中景象回到行人身邊之所見：「松間沙路淨無泥」，寫散步松林間，沙石小路乾爽清淨。兩句之間，由水色的明淨透亮，寫到林間的清朗舒爽；而空間的拓展，相對地，也寓含著時間的推移。果然，下句就是「蕭蕭暮雨子規啼」。明朗的、清淨的空間不見了，天色漸暗，黃昏到來，而雨也來了，在淒涼寒意的雨中，傳來的是同樣令人感到黯然的杜鵑啼聲。這是「情隨景轉」的手法。而情緒的產生，是因為日之將盡，更由鵑鳥之啼鳴而知悉春天也快結束了。因為有這時間意識，才興起下片意圖化解的妙想。

下片抒發理趣，作意就在「溪水西流」這個「反常」的現象。東坡〈八月十五日看潮五絕〉亦有「造物亦知人易老，故教江水向西流」之句。誰說人老了不能重返少年，看門前溪水不是也可以反方向倒流向西？中國河流多自西向東流入海，因此，中國古人習以江水東流為正，若江水西流就視為逆向、反常，蘭溪即是自東向西流。因此東坡藉此為例，說明事物未必有固定必然之勢，未嘗不可有反常的現象發生。他進而由此體悟到老與不老其實是一種心境而已，人生其實有諸多可能。因此，就不要像白居易那樣意識到年老髮白時猶唱黃雞催曉的歌曲，徒然增加傷感。

這是東坡病癒與友出遊，歸來所賦的詞篇。整闋詞的意境，緣景興情，觸處有感，理趣橫生，展現出一種由窄往寬處去看待人生的態度，這和東坡當時的身體狀況，同遊共樂的情境有關。詞的上片以「子歸啼」作結，下片則是「唱黃雞」，同樣是聲籟，從實境到虛擬，也暗含著時間推移的意識：黃昏到清曉。情景的轉折，反映了心境的調整；於此，可以看見東坡化解時間壓力的用心——放寬懷抱，幽默以對，表現為一種「指出向上一路」的精神意態。

【注解】

游蘄水等句：蘄水，舊縣名，今湖北浠水縣，在黃岡東。清泉寺，《黃州府志》卷三：「筆沼，俗名洗筆池，在縣東二里清泉寺。世傳王羲之洗筆於此，今池畔小竹猶漬墨痕。」蘭溪，《黃州府志》卷三：「在縣西南四十里，多出山蘭。唐以此名縣，今改作鎮。」

山下句：謂於溪水間可看見剛發芽的蘭草。此乃點出寺臨蘭溪之意。

松間句：寫散步松間小路，塵泥不驚，一片乾淨清新。曾敏行《獨醒雜志》卷二：「徐公師川嘗言：東坡長短句有云：『山下蘭芽短浸溪，松間沙路淨無泥。』白樂天詩云：『柳橋晴有絮，沙路潤無泥。』『淨』、『潤』兩字，當有能辨之者。」

子規：即杜鵑鳥，相傳是古代蜀帝杜宇之魂所化，故亦稱杜宇或杜主。其聲淒婉，能動旅客之鄉思，古代詩詞常借以抒羈旅之情。

休將句：謂不要徒然感嘆歲月流逝，自傷衰老。語本白居易〈醉歌示妓人商玲瓏〉：「罷胡琴，掩秦瑟，玲瓏再拜歌初畢。誰道使君不解歌，聽唱黃雞與白日。黃雞催曉丑時鳴，白日催年酉前沒。腰間紅綬繫未穩，鏡裡朱顏看已失。玲瓏玲瓏奈老何，使君歌了汝更歌。」人們慣用「白髮」、「黃雞」形容歲月匆促，光景催年，人生易老。這裡說「休將」，乃否定語，反用詩意。謂不要因為年老而唱起那種「黃雞催曉」、朱顏已老的悲觀消極的調子。休將，不要。白髮，指老年。

黃雞，羽毛茶褐色的雞。

西江月

頃在黃州，春夜行蘄水中。過酒家飲，酒醉。乘月至一溪橋上，解鞍曲肱，醉臥少休。及覺已曉。亂山攢擁，流水鏗然，疑非塵世也。書此語橋柱上。

照野瀰瀰淺浪，橫空隱隱層霄。障泥未解玉驄驕。我欲醉眠芳草。　可惜一溪風月，莫教踏碎瓊瑤。解鞍攲枕綠楊橋。杜宇一聲春曉。

詞，也可寫一種生活情趣，一種愛美的心情。夜遊溪邊，明月映照，東坡當時已甚陶醉。發而為詞，回味一段美好的記憶，歷歷在目。後來再撰題記，補述前後境況，詞文互應，情理（趣）相生，融合敘事與抒情於一體，創造了新的記遊書寫。

詞作為一種抒情文體，它的敘述方式，常常展現一種即時即景的臨場感，極富渲染的效果。詞，原是配合樂曲而歌唱的詩篇，它本身具有向人傾訴心聲的特性，彷彿要把所見所感的都端在眼前，讓人同時具體感知，因此，它能將記憶中的情事如實顯現和演繹，而且變成一種能使人確切想像，仿若置身其中的動態畫面；如是，每回聆賞、閱讀，這記憶中的歷程都可被喚起，如同一幅永恆的圖像。

東坡此詞就是寫當下溪邊賞景、夜臥橋上、至曉方醒的情境。先是眼前景象：月光照見原野溪流泛著瀰瀰淺浪，隱隱層雲橫亙天際；兩句在上下之間，高低映照，展現了高遠、遼闊且充滿動態的景致，雲水或緩或急的飄著、流著。然後寫馬和人的對照：馬兒披掛著鞍韉，神氣活現，但人則酒醉，想就地躺下；這也是高低意態的對比，馬欲前進，人卻醉倒，形成一種跌宕。詞的上片結束在「我欲醉眠芳草」，換頭轉到下片，詞的氣脈卻又似斷不斷——寫一己之所以不讓馬兒前進，除了生理的因素之外，還有心理的因素：「可惜一溪風月，莫教踏碎瓊瑤。」為了憐惜月色風光之美好，就不能騎馬渡河，把映照在溪面上如玉一般美麗的月光踏碎。作者明明是不勝酒力，卻煞有介事的說出一番道理，表現了一種怡然陶醉的愛美心情，文意又作了一層翻轉，搖曳生姿。如是，遂解下馬鞍，彎著胳膊當枕頭，醉臥綠楊橋上，酣然入睡，直到第二天清晨才被杜鵑鳥喚醒；最後兩句，意態上也安排了一番抑揚。全詞由夜晚寫到早上，由醉意到轉醒，語調輕快諧暢，辭情起伏有致，創造了不一樣的詞境。詞本多以哀怨為主調，東坡此詞卻純然寫一種生活情趣，在題材內容和語言表現上開拓出新的境界。不受文體的制限，能以賞玩的心情看待周遭的世界，從而發現生活美好的一面，不正反映了東坡心境的靈動和自由？

東坡此詞的書寫聚焦在一個特別又普遍的時空，緣景述情，敘說一段發現美的歷程，傳達出一種可知可感的體驗。它本身就是可獨立存在的美感經驗。事後東坡補敘一段紀錄，交代填寫這首詞的前因後果，用散體娓娓道來，亦別饒趣味。他說：最近在黃州，一個春天的夜晚，沿著蘄水走。經過酒家，喝了幾杯酒，有點醉意，便趁著月色走到溪橋上，解下馬鞍，曲起手臂當枕頭，稍事休息。誰知一覺醒來，天已亮了，一睜眼看見群山環繞，流水聲清脆悅耳，彷彿間，懷疑這不是凡塵俗世，不知身在何處。詞作本身係敘述走到溪橋及躺臥橋上那一段，主要環繞「江月」敘寫，正切合詞調〈西江月〉之意。東坡之後回味此夜此晨，意猶未盡，遂補寫天亮之後的情景。如果不是偶然際遇，身在野外，又如何能得見得聞這特殊景象？因為身躺橋上，抬望群山，感覺山勢欲來湊聚，而溪澗在橋下流動，淙淙水聲彷彿就在耳際——那是從未有過的觀點與體驗；還未意識到為何於此，便疑是水雲繚繞，不在塵世——那是一種無心的發現，意外的喜樂。

【注解】

蘄水：即今湖北浠水縣。此指浠水，是傍城河，縣因得名。浠水流經縣境，至蘭溪入長江。

曲肱：彎曲手臂。《論語·述而》：「曲肱而枕之。」肱，音公，胳膊從腕到肘的一段。

少休：稍事休息。

攢擁：聚集環抱。

瀰瀰：水漲滿而流動的樣子。

層霄：層雲。

障泥：馬薦，用來墊馬鞍，兩旁垂下以擋塵土，布或錦製成。

玉驄：毛色青白相雜的馬，駿馬的一種，又稱菊花青。此用作「馬」的代稱，未必真是這種駿馬。

瓊瑤：美玉，此喻倒映溪中的明月，水光波影之美。

攲：傾斜、倚靠。

杜宇：即杜鵑鳥，相傳為古蜀帝杜宇之魂所化，故稱。

洞仙歌

余七歲時，見眉山老尼，姓朱，忘其名，年九十餘。自言：嘗隨其師入蜀主孟昶宮中。一日大熱，蜀主與花蕊夫人夜納涼摩訶池上，作一詞。朱具能記之。今四十年，朱已死久矣，人無知此詞者，但記其首兩句。暇日尋味，豈〈洞仙歌令〉乎？乃為足之云。

冰肌玉骨，自清涼無汗。水殿風來暗香滿。繡簾開、一點明月窺人，人未寢，攲枕釵橫鬢亂。

起來攜素手，庭戶無聲，時見疏星渡河漢。試問夜如何，夜已三更，金波淡、玉繩低轉。但屈指西風幾時來，又不道流年，暗中偷換。

元豐五年（一〇八三）夏日，東坡想起四十年前在家鄉眉州的童年舊事，作〈洞仙歌〉一首。整首詞所關心的仍是時間的主題：「但屈指西風幾時來，又不道流年，暗中偷換。」寫後蜀花蕊夫人納涼情景，百年往事，依稀目前，細細回味中，時間不曾停歇。東坡借事述懷，流露出韶光暗逝的哀嘆。

這闋詞在詞序中雖從童年記憶說起，但詞的內容卻不是稚幼東坡當日的經驗事況，著墨書寫的反倒是今日東坡的詮釋觀點與態度。詞序中的時間敘述有點複雜：四十七歲的東坡，想起四十年前，自己七歲時在家鄉認識的一位九十多歲的朱尼，聽她說早年曾跟隨師傅進入後蜀孟昶宮中，聽過蜀主與其愛妃花蕊夫人夏日納涼摩訶池所賦的詞，並且熟記在心，不曾稍忘，經過蜀亡降宋，多年以後，老邁的她還能完整的唸給年幼的東坡聽。四十年後，東坡貶謫黃州，為何想起這件事？為什麼對那闋詞的首兩句留下那麼深刻的印象？對離家在外的遊子來說，愈有時空流轉之感，通常都會有深切的思鄉愁緒，而童年往事就是一種情感依托。宮廷掌故，貴妃情事，而且出自一老尼之口，在幼年的東坡世界裡應該充滿著奇幻的色彩，令人遐想；而明明是夏夜納涼，花蕊夫人卻「冰肌玉骨，自清涼無汗」，更是令人難以想像——這真是當年朱尼口述的詞句，還是東坡日後修改的記憶圖像？將童年點染如夢幻的色澤，也許可成為保有青春不變的一種方式。因此，我們有理由相信，東坡已把存放在心裡的美女形象虛幻化，彷彿遙不可及的仙靈一般，象徵曾經有過的純真歲月，而〈洞仙歌令〉詞調中「洞仙」一語暗暗貼合東坡的想像，遂據以填詞，這是不難理解的。想像中花蕊夫人那高貴的形貌，如冰似玉的軀體，與凡俗遠隔的心靈，何嘗不是現實生活裡充滿挫折感的東坡，咸自矜持，意欲對抗凡塵俗世價值顛倒的情況下，在內在世界所塑造的一種孤高形象？以心靈之潔癖保住人格精神之不墜，這是傳統詩人自我重新肯定的一種方式，像屈原（〈離騷〉）、陶淵明（〈閒情賦〉）作品中的美人意象，就都寓有此意。然而在這自我肯定的意識中，東坡對生命本質的體認卻仍有著深沉的悲感，那就是一直以來的時間推移的焦慮——東坡此時賦予花蕊夫人的內在精神，已融合了個人的生命體驗。

東坡作〈洞仙歌〉，具現了當時朱尼所述花蕊夫人夏夜納涼的情景，且聚焦在花蕊夫人的體貌特質，進而寫出她的內在意蘊——一種對時間無情消逝的深幽寂寞之感。東坡用現在的心情來詮釋這個故事，賦予回憶以現在意義。整首詞的情調氣氛，就從東坡猶能記憶的「冰肌玉骨，自清涼無汗」兩句推衍鋪染，奠定一種高格響調，展現了出塵脫俗的姿態。暑熱逼人，方需納涼，而寫此納涼之夜，東坡卻奇特出筆，不染半點膩人熱氣，直接就說美人的肌骨清淨潤澤，如冰似玉，本來就不會出汗。這有點像《莊子．逍遙游》所塑造的神人形貌：「藐姑射之山，有神人焉，肌膚若冰雪，綽約若處子。」這樣的女子在「水殿風來暗香滿」的環境中更凸顯她綽約之態——她住在種滿荷花的摩訶池上的宮殿裡，她的地位不正像擺落群芳的花中仙子一般？這無形中也解釋了所謂「花蕊夫人」此一名號的高貴特質。盈盈荷花，淡淡香氣，既寫出了花之多，也寫出了風之細，充溢著富麗卻不失清雅的情調，帶出了後面夫妻攜手出外的浪漫情節，也呼應了納涼的故事主題。東坡詞針線細密處，可見一斑。詞中寫花蕊夫人出場，更是用筆靈妙：「繡簾開，一點明月窺人，人未寢，攲枕釵橫鬢亂。」不直接描寫她的樣貌，而是採取如電影運鏡一般，從高處傾斜的角度慢慢推進，再聚焦在美人身上。簾幕輕掀，月光照進室內，彷彿攝影時精心打燈，柔美的光線正映照著尚未就寢的女子。在這裡，東坡以擬人的手法，用一「窺」字，彷彿連美麗的明月（月中仙子）也想來偷看這人間女子的美貌。隨著明月，東坡帶引我們一起窺見的是一位有著欲待人來、惹人憐愛的慵懶之姿的美人——「人未寢，攲枕釵橫鬢亂」。月光下映入讀者眼中的不是錦衣華服、正襟危坐的貴婦人，而是斜靠枕頭、鬢髮頭飾有點凌亂的女子——這是東坡一向欣賞的美，有著自然樸素、不假修飾的本質的美，正呼應「冰肌玉骨」，擺落凡俗美豔之特質。下片接著寫納涼的故事。「起來攜素手」，作者沒多談孟昶，只間接用他來做引渡，牽起花蕊夫人白淨的手，從室內帶到室外去。面對的是「庭戶無聲，時見疏星渡河漢」的情景——門庭內外一片寂靜，悄然無聲的世界似乎也終止了周遭的變動，此刻攜手的幸福彷彿可以長長久久，然而舉首望向夜空——「時見疏星渡河漢」，不時總有一顆兩顆星星滑過天際，掠過銀河的一端，也劃開了靜止不動的氛圍——空間的變動，相對的便諭示了時間的推移。原來一切都在無聲中變動著，之前東坡〈陽關曲〉說：「銀漢無聲轉玉盤。」也是此意。時間被意識後，下文即從花蕊夫人的探問，寫出了她心中的憂慮——「試問夜如何，夜已三更，金波淡，玉繩低轉。」夜有多深呢？她看到月色慢慢黯淡、玉繩星低轉到某個角度的時候，就推知大概已三更了。東坡的月夜作品，很喜歡寫三更之時。三更是晚上十一時至凌晨一時，正是一天要結束另一天將開始的階段，可藉此暗示生命意識的轉折。從一天即將過去，再將時間推想到更遠一點，「屈指西風幾時來」？現在是夏天，屈指一算，還有多少天會吹起秋風？如果秋天到，風來了，暑氣不就可消褪？人活在難熬的日子，當然想快點結束，預約一份美好的期待，似可解今日之苦。但這期待本身是有代價的。「又不道流年，暗中偷換。」當我們屈指計算多少天後就到秋天時，時間就在不知不覺中偷偷已經變化了，我們根本掌握不了確切的時間，它就如流水一樣的溜過我們的指縫，抓也抓不牢。這是花蕊夫人的體悟，還是東坡最後的按語？其實已混為一體。整首詞關心的顯然不是花蕊夫人浪漫的故事，也不是作者童年及家鄉的種種，而是時間本身。周汝昌評論這首詞說：「當大熱之際，人為思涼，誰不渴盼秋風早到，送爽驅炎？然而於此之間，誰又遑計夏逐年消，人隨秋老乎？……流光不待，即在人的想望追求中而偷偷逝盡矣！當朱氏老尼追憶幼年之事，昶、蕊早已無存，而當東坡懷思製曲之時，老尼又復安在？當後人讀坡詞時，坡又何處？」九百多年後，我們讀東坡此詞，何嘗不會興起「流年偷換」的感嘆？

透過〈洞仙歌〉一詞，可體察東坡如何以當下的時空意識喚起童年往事，並賦予回憶以現在意義。羅洛・梅（Rollo May）說：「記憶不僅僅是過去的時間在我們腦海中刻下的印記，它是一個守護者，守護著那些對於我們最深切的希望和恐懼而言有意義的東西。」〈洞仙歌〉以清徐的筆調抒惆悵之懷，是因流年無情、暗中偷換所引起的感傷，是另一種淒涼的弔古情懷。從〈永遇樂〉到〈洞仙歌〉，東坡詞已導向人與歷史對照的命題。透過對往事的追憶，思索人生的定位與去向，體認生命意義的真實與虛妄。這樣的時空意識所形成的傷感基調，與之後〈念奴嬌〉、〈赤壁賦〉等一系列的創作，可以說是一脈相連。

【注解】

孟昶：五代後蜀國主，在位三十一年（九三四—九六五），國亡降宋。《十國春秋》稱其好學能文，亦工聲曲。

花蕊夫人：孟昶貴妃，徐姓，或云姓費，別號花蕊夫人，國亡，隨昶入宋。吳曾《能改齋漫錄》卷十六：「徐匡璋納女於孟昶，拜貴妃，別號花蕊夫人，意花不足擬其色，似花蕊之翾輕也。」

摩訶池：建於隋代，在成都。五代前蜀時，改名龍躍池、宣華池；其後浚廣池水，於水邊築殿亭樓閣，改名宣華苑。今四川成都郊外昭覺寺，傳是它的故址。摩訶，梵語，有大、多、美好等義。

洞仙歌令：據與東坡同時的楊繪《本事曲》載，原詞為：「冰肌玉骨清無汗。水殿風來暗香滿。簾開明月獨窺人，攲枕釵橫雲鬢亂。　起來瓊戶啟無聲（三更庭院悄無聲），時見疏星度河漢。屈指西風幾時來，只恐流年暗中換。」依律實為〈玉樓春〉。可是，沈雄《古今詞話》認為這首詞是「東京人士隱括東坡〈洞仙歌〉為〈玉樓春〉，以記摩訶池上之事」。看來孟詞可能另有一首，未傳下來。

乃為足之：謂在原作兩句的基礎上補寫完畢。

冰肌玉骨：形容肌骨像冰一樣的清淨，像玉一樣的潤澤。

水殿：建築在水上的宮殿。

暗香：此指荷花香味。徐陵〈奉和簡文帝山齋〉：「荷開水殿香。」王昌齡〈西宮夜怨〉：「芙蓉不及美人妝，水殿風來珠翠香。」李白〈口號吳王美人半醉〉：「風動荷花水殿香。」

河漢：銀河，天河。

夜如何：夜有多深。《詩．小雅．庭燎》：「夜如何其，夜未央。」

金波：指月光。《漢書．禮樂志．郊祀歌》：「月穆穆以金波。」形容月光如泛金的波流。

玉繩低轉：表示夜深。玉繩，兩星名，在北斗第五星玉衡的北面。低轉，位置低落了些。

不道：不覺。張相《詩詞曲語辭匯釋》卷四：「不道，猶云不知也；不覺也；不期也。」

念奴嬌　赤壁懷古

大江東去，浪淘盡、千古風流人物。故壘西邊，人道是、三國周郎赤壁。亂石崩雲，驚濤裂岸，捲起千堆雪。江山如畫，一時多少豪傑。　遙想公瑾當年，小喬初嫁了，雄姿英發。羽扇綸巾，談笑間，強虜灰飛煙滅。故國神游，多情應笑我，早生華髮。人生如夢，一尊還酹江月。

元豐五年（一〇八二）秋，東坡作〈念奴嬌．赤壁懷古〉，係以最能抒時間感傷之情的詞體譜寫他的對照古今、由人及己的悲慨。此詞有雙重的對比性，形成更激越的悲劇感：以不變的江河對照短暫的人生，更覺渺小與虛幻；在雄偉的江山面前，緬懷英雄事蹟，慨嘆自己功名未就，壯志不酬，對比性愈強，感傷愈重。「大江」，在這裡，是時間流逝的象徵，而且是自然永恆不變的形貌。對照個人與歷史：人歌人哭，朝代更替，江河依舊長流不息。個人之於歷史，歷史之於自然；它們各別的對比性，意境實有大小之別。個人如何從歷史的悲慨中走出，從相對的情懷中醒來，重回自然的懷抱，這是東坡此詞最後想臻至的境界。

〈念奴嬌〉一詞，明白地強化了時空、人我、情理的對比性特質，最合詞體抑揚跌宕的情感結構，形成既雄壯又悲慨的風格，最為人所稱道。時間的感傷，仍是此詞的主題意識。而詞的美感特質既在其情韻，東坡臨赤壁而生遐想，緣情興感，選詞以揮灑其豪慨之懷，所以這首詞主要仍在抒情，不在議論。

這首詞一開始就以一股鬱勃的氣勢潑灑出生命無常的感嘆。大江東去，水流不斷，它穿越了時間，見證了歷史的興衰成敗。「千古」以來多少「風流人物」，企圖在歷史的舞臺上建立豐功偉業，以生命的努力拒抗時間的推移，但終究敵不過無情歲月的摧殘，時間的巨浪最後還是捲走了這一切。這是人類可悲的命運。李澤厚〈蘇軾的意義〉說：「這種整個人生空漠之感……無所希冀、無所寄託的深沉喟嘆，儘管不是那麼非常自覺，卻是蘇軾最早在文藝領域中把它透露出來的。」（《美的歷程》）東坡一方面有這空漠之感，另方面依然嚮往英雄事業的追求。「三國周郎赤壁」，由千古而三國，由三國而集中於周瑜一人，則公瑾屹立於歷史最高峰的地位可見。眼前所見的赤壁，不是一般自然風光之地，而是「三國周郎」

建立偉大戰功的古戰場——赤壁之戰的「赤壁」。順著作者高昂激越的情緒，讀者彷彿也被邀請，進入時光隧道，目擊當時的戰況——「亂石崩雲，驚濤裂岸，捲起千堆雪」。這不是現時的實景描述，應是作者投入熱切情懷下所擬想的當日驚天動地，如萬馬奔騰般的戰爭氣勢。轟轟烈烈的一場大戰，為英雄人物在歷史的軌跡上刻鏤下永不磨滅的記痕，而這番功業覆天蓋地而來，順勢便把過往一些風流人物比下去了，如長江巨浪推壓淺淺波濤，不留痕跡。大江東去所代表的時間之流，是人無法抵抗的宿命；然而，能在時間的水勢中捲起千堆雪，則是英雄豪傑力挽狂瀾的奮勇表現，傳達了人類不俯首於命運、不甘於寂寞的可歌可泣的心聲。不過，這兩者對一般平凡人而言，卻形成了雙重的壓力——如何能抵擋時光流逝，又怎能與這樣傑出的英雄相比？當東坡平靜下來，對著「如畫江山」，這景致過去如此，未來也應如此，但與此相對，「一時多少豪傑」，如今又何在？東坡於此不自覺又掉落今昔對照、物事人非的詠嘆中。

下片，擺落「一時多少豪傑」的感嘆，燃起對周公瑾這位真英雄的讚詠：雄姿英發，美人相伴，三十四歲即能領大軍，面對強敵，不失冷靜而輕鬆自在的贏得了這場戰爭——「談笑間、強虜灰飛煙滅」。東坡帶著欽羨的心情進入公瑾的英雄世界，細數佳談，娓娓道來，如晤故人一般。然而，愈說愈興奮，興致愈高昂時，一股淒然寂寞之感，隨即湧上心頭。公瑾何人也？我亦何人也？有為者應若是，但此刻已四十七歲且處於貶謫生涯中的自己又如何？從歷史的幃幕中，重返現實，回過神來——「故國神游，多情應笑我，早生華髮」——東坡即意識到自己不復少年，而在放逐中所有雄心壯志也消磨殆盡，與公瑾相比，判若雲泥，自已能成就些什麼？東坡自我解嘲說：「多情應笑我。」這「多情」應是東坡反省過去一生成敗得失最關鍵的因素。因為多情，便有許多眷戀與執著；因為多情，便有許多不捨與無奈；明知不可為卻為之，明知不應有卻難斷；皆因情多，難逃責任，總願承擔，弄得進也不能，退也不是，左右為難中，便生無窮困惑；有時雖悔情多，卻是難捨；如此癡執，憂愁悔恨遂終身不絕。這情，帶給東坡的，就是身心的創傷——壯志消沉、早生華髮。這情形想要求取不朽的事業，想與時間抗衡，都是妄想了。人力既不可為，東坡遂退回之前（「大江東去，浪淘盡、千古風流人物」）的宿命觀，並化作「人生如夢」的論述：夢中世界，不過是相對的世界，昔日公瑾，今日東坡，或貴或賤，得意失意，真真假假，都屬虛幻，又何必掛懷？世間唯一不變的是江上的明月，面對自然的真實，我們應以虔敬的心，「一尊還酹江月」，放開懷抱，忘懷得失，融入其中，宇宙多廣大，此心便多廣大，人生於此便得到真正的安頓。

東坡此情，藉詞表露，充滿著無常的悲慨。辭情抑揚起伏，看得出他的掙扎與無奈。整首詞都在傷情，雖欲調適，往寬處走去，卻不自覺又陷落。東坡借題興感，本來就糾結在情緒之中，以詞之抒情獨白體尋理志意之開拓，較論的層面不夠深廣，情理交涉的空間有限，不易將事理廓清，此情終究難解。加上詞體韻律字數的限制，情意約束在小小的空間裡，要處理這樣的大題目，真不容易，會有顧此失彼之感。此詞由自然而歷史而人物，對照生命的無常與個人失志之悲，最後想回歸現實加以紓解時，篇幅已不甚足夠。最後幾句，意多轉折，辭氣急切，結語讀來頗感突兀，收篇顯得有點倉卒。作者已知曉要從「人間如夢」的虛妄感，化入「一尊還酹江月」的境地，生命才得以安頓，但這些概念卻明而未融；換言之，東坡似已提出一種解決之道，卻未深加體證，變成生命的內涵。

〈念奴嬌〉之後，東坡改用長於鋪敘的賦體，作前後〈赤壁賦〉，可見他繼續處理這一人生課題的認真態度。由詞而賦；由格律到散體；由感性抒情到理性思辨，由理念到行動；由個人到歷史，由歷史到自然——正是東坡心境與詞境的一段演進歷程，也充分表現了他「由窄處往寬處看」、「由窄處往寬處寫」的「曠達」精神。

（按：欲進一步理解東坡對此人生課題的體悟，可參見拙著〈東坡赤壁文學中的文體抉擇〉，《詞學文體與史觀新論》（臺北：里仁書局，二〇一〇），頁六五—一〇〇。）

【注解】

赤壁：詞意所懷者，乃周瑜破曹操之所在，實即黃州黃岡城外之赤壁磯也。按：鄭騫《詞選》云：「周瑜赤壁破曹及大小二喬事，世所習知。赤壁山有四，皆在今湖北省境。一在嘉魚縣東北，長江南岸，岡巒綿亙如垣，上鐫赤壁二字。三國時吳周瑜破曹操，赤壁燒兵，即此。二在黃岡縣城外，亦名赤鼻磯。蘇軾遊此，作前、後〈赤壁賦〉，誤以為曹操兵敗之赤壁。三在武昌縣東南，又名赤磯，或稱赤圻。四在漢陽縣沌口之臨嶂山，有峰曰烏林，俗亦稱為赤壁。《東坡雜記》云：『黃州少西，山麓斗入江中，石色如丹，相傳所謂赤壁者；或曰：非也。曹公敗歸，由華容路，今赤壁少西對岸即華容鎮，庶幾是也。然岳州亦有華容縣，未知孰是。』可知東坡亦未確認黃州赤壁即破曹處，故用『人道是』三字。」

大江：指長江。

浪淘：白居易〈浪淘沙〉：「白浪茫茫與海連，平沙浩浩四無邊。暮去朝來淘不住，遂令東海變桑田。」淘，沖洗。

風流：指才情特出，聲名為群眾所企慕不及的人物，有如風之逸，如水之流，優美而足以動人之姿。

故壘：舊時駐軍防守之營舍。

周郎：周瑜。據《三國志．吳志．周瑜傳》云：周瑜字公瑾，廬江舒人也。長壯有姿貌，孫策與瑜同年，獨相友善。策眾已數萬，親自迎瑜，授建威中郎將，瑜時年二十四，吳中皆呼為周郎。

亂石崩雲：言山石險峻挺拔，如沖雲而上，有使其崩裂之勢。崩雲，一作穿空。

驚濤裂岸：言波濤以驚人之勢擊裂江岸。裂岸，一作拍岸、掠岸。

千堆雪：形容江水與江岸礁石相激而飛濺的白浪花。雪，比喻浪花。

公瑾：周瑜，字公瑾，為三國時孫吳名將。赤壁之戰，與諸葛亮聯手打敗曹操。

小喬：周瑜的妻子。喬是姓，史作橋。當時，喬玄有二女，容貌美麗，人稱大、小喬。大喬嫁孫策，小喬嫁周瑜。《吳志．周瑜傳》：「策欲取荊州，以瑜為中護軍，領江夏太守，從攻皖，拔之，時得橋公兩女，皆國色也。策自納大橋，瑜納小橋。」小喬嫁給周瑜時，周瑜約二十四、五歲，赤壁之戰時周瑜三十四歲，此言初嫁，是為突出其年輕有為，英姿煥發。

雄姿英發：謂姿態雄武，才華橫溢。英發，英氣勃發。形容周瑜的言論精采透闢，卓越不凡。

羽扇綸巾：手揮長毛羽扇，頭戴絲帶製的便巾。這是三國兩晉時名士常用之服，後遂以形容人之輕便灑脫。羽扇，用白鳥羽翮做成的扇子。綸巾，古代一種配有青絲帶的頭巾。

強虜：強大的敵人，指曹軍。一作檣櫓，船（戰艦）的代稱；檣是船上掛帆的桅杆，櫓是划船的槳。

多情句：即應笑我多情之倒裝。華髮，花白的頭髮。俞平伯《唐宋詞選釋》：「這是倒裝句法。『多情應笑我，早生華髮』，即『應笑我多情，早生華髮』也。華髮，斑白的頭髮。誰在笑？是自己笑，卻不曾說呆了，與上文年少周郎雄姿英發等等，雖不一定對比，亦相呼應。劉駕〈山中夜坐〉：『誰遣我多情，壯年無鬢髮。』」劉若愚《北宋六大詞家》：「這首詞顯現了一些句法的靈活性及曖昧性……有些注釋者願意把多情解釋作『多情的人』，作為『應笑』的主詞；這兩行就該解釋作『多情的人會笑我白髮如此早生』。作這樣解釋的注釋者，更進一步的認為這『多情的人』是詩人去世的妻子，或者也有人說是指英雄周瑜。前者的指認太牽強了，因為對詩人的去世妻子的回憶，和這首詞的主旨及風格並沒有特殊的關聯。至於後者，也似非必要，因為年輕、成功的英雄周瑜與中年受挫的詩人之間的對照至為明顯，用不著再讓英雄嘲笑詩人了。」

一尊句：謂舉起一杯酒，傾灑在月光照耀的江水中。尊，酒器。酹，把酒澆在地上表示祭奠。

臨江仙　夜歸臨皋

夜飲東坡醒復醉，歸來彷彿三更。家童鼻息已雷鳴。敲門都不應，倚仗聽江聲。　長恨此身非我有，何時忘卻營營。夜闌風靜縠紋平。小舟從此逝，江海寄餘生。

曠達的胸襟源於先天的性情與後天的鍛鍊。年輕時的東坡雖不免任性自負，但他也是一位自省力極強、悟性很高的人，加上具有溫厚的人格、開朗的個性，使得他隨著年歲的增長、生活的歷練、學識的涵養以及個人的修持，逐漸地就形成了圓融的自我觀照，而得以透視生命的本質，以平和的心境面對人生的困境。寫於元豐六年（一〇八三）的〈臨江仙．夜歸臨皋〉充分呈現了這一種自我觀照的精神。

此詞的上片從表面上看，只是一段平實的記事，敘述東坡夜飲，直到更深人靜才獨歸住家臨皋亭，結果家僮已熟睡，敲了許久的門都沒人來應，只好倚著枴杖站在門外，靜聽不遠處的江水聲。然而，就在這一段簡單的敘述裡，東坡的時間推移、空間幽隔、難得自由之感已流貫其間。「夜飲東坡醒復醉」，好像是寫此聚之暢飲，所以才會「歸來彷彿三更」，可是，這「醒復醉」三字，何嘗不也寫盡了東坡在現實上的挫折？東坡文學中，「醉」正如同「夢」，都代表了生命的虛妄和無常——人之執著追求，癡迷眷戀，就好像是喝醉酒的人，迷迷茫茫的不知所歸。「醒復醉」無疑是東坡在現實上的形跡：屢仆屢起，醒悟之後，卻割捨不去對人世的關懷，於是，又一次跌入了情感與理想的矛盾掙扎之中。三更歸來，敲門不應，象徵現實的挫折，也流露了理想與現實不能協調之後，無依無靠的寂寞。而「倚仗聽江聲」，更寫出了無法歸家安頓後，淒然孤獨的自傷之感。「倚仗」，乃人老的事實，是無法躲避的意識。孔子在川上曾有「逝者如斯夫，不舍晝夜」之嘆（《論語．子罕》），滾滾江水本來就容易令人驚覺時間的消逝，更何況又值夜深人靜，酒醒之後，臨家門而不得入，其感慨焉能不深？下片所寫的正是「倚仗聽江聲」而來的感慨和體悟。

「長恨此身非我有」，意思是身不由己。此句化用了《莊子・知北游》的一則寓言：「舜問乎丞曰：道可得而有乎？曰：汝身非汝有，汝何得有夫道。舜曰：吾身非吾有也，孰有之哉？曰：是天地之委形也。」舜問他的老師丞說：「我的身體不屬於我所有，那究竟是屬於誰所有？」丞回答他說：「是天地暫時寄託在你那兒的。」因此，生命從軀殼來看，是短暫的，是不能自主的。然而，許多人卻拚命從軀殼起念，為口腹之欲，名利之望而奔波勞苦。東坡這時似乎深有感觸，不禁問自己：「何時忘卻營營？」人寓形宇宙，生死無由，對一己有形的軀體尚且無法自主，那麼，營營索求，眷戀執著，所謂意義，所謂抱負者，又何嘗不也是鏡花水月？「長恨此身非我有，何時忘卻營營」，是東坡反身觀照後的感嘆。「夜闌風靜縠紋平」，是眼前實景，但也有心靈平靜的象徵意義，從而興發了「小舟從此逝，江海寄餘生」的體悟。就像孔子「道不行，乘桴浮於海」（《論語・公冶長》）一樣，駕著小船，遠離擾攘的塵世，浮沉江海之間，逍遙地度完下半輩子。結筆兩句，與其說是消極的隱退思想，不如說是儒家「窮則獨善其身，達則兼善天下」的寬和心境，與老莊「放乎中流，聽其所止而休焉」（〈後赤壁賦〉）的自適心境的結合，彷若陶潛詩「縱浪大化中，不喜亦不懼」的境界。東坡曠達的胸襟，正是儒釋道思想圓融的呈現——毋意、毋必、毋固、毋我，以及無待、空諸一切的修為，精神得到真正的自由，自然不再受限於涓涓時間之流，而能縱身於廣闊的江海。一般人臨流而興嘆，東坡此詞卻是臨江而得道——〈臨江仙〉之作，就是敘述一段釋放身軀達到心靈自由的歷程。

羅洛．梅《自由與命運》說：「我們自由是因為面對命運，這樣才能優游於充滿各種可能性的變動之海，探索新生命的形態，形成彼此間的新締結。」東坡貶謫黃州，身體受到限制，不得自由。但經過幾年的生活實踐，認真思辨，才體悟到生命在限制中得到自由的意義。〈書與范子豐〉：「江山風月本無常主，閒者便是主人。」元豐五年之前，東坡實際上是「閒而不適」，無法遊心於物；元豐五年之後，東坡文學才出現真正的閒情。這首〈臨江仙〉，是重要的關鍵。因為它揭示了由「身閒」到「心閒」的祕訣：能「忘」才能「遊」，身心才能得「閒」；能「閒」才能觀照萬物，無入而不自得。

【注解】

臨皋：亭名，在湖北黃岡縣南，長江北岸，東坡貶黃時寓居之處。

東坡：在黃州城東，東坡謫黃州時，躬耕於其地，故以自號。按：白居易為忠州刺史，有〈東坡種花〉、〈步東坡〉等詩。據周必大《二老堂詩話》，蘇軾「謫居黃州，始號東坡，其原必起樂天忠州之作也」。

鼻息雷鳴：言鼾聲如雷，謂已熟睡。
此身非我有：說自己的身體與行為不是由心靈主宰，而是受外物所支配。
營營：本義是往來不息的樣子，這裡指為名利而忙碌奔走，紛擾勞神的形容。
縠紋：水面波紋如縐紗。縠，有縐紋的紗。
小舟二句：意謂駕一葉扁舟，隨波流逝，任意東西，將自己有限的生命融入無限的大自然之中。略有陶潛詩「縱浪大化中，不喜亦不懼」之意。

鷓鴣天

林斷山明竹隱牆。亂蟬衰草小池塘。翻空白鳥時時見，照水紅蕖細細香。　村舍外，古城旁。杖藜徐步轉斜陽。殷勤昨夜三更雨，又得浮生一日涼。

元豐六年（一〇八三）開始，四十八歲的東坡在作品中比較常出現「閒情」生活的書寫。所謂閒情，對東坡來說，是生活實踐的一種方式，在行動中自然顯現，而非概念的認知，也不是靜態的心靈體悟而已。因為是日常生活的體證，切合人情，容易引起共鳴。

東坡詞中以農村自然景色為主的作品，最早出現在徐州——石潭謝雨道上作五首〈浣溪沙〉，多是客觀的敘寫。後來湖州時期，如〈南歌子〉「雨暗初疑夜」、「帶酒衝山雨」兩首，頗能流露個人的情思；不過就其意境言，卻蘊含著與世相忤的孤寂之感。真正能表現閒適之情的鄉野作品，是要到貶謫黃州後期才出現的。

這首鷓鴣天的上片四句，一句一景，寫行止間所見遠近高低的景物，用筆疏淡，頗能寫出隨緣發現的生活意境：走到樹林盡頭，對面山色明朗，而竹叢遮蔽著屋舍瓦牆，應該有人居住，遂往內探訪，卻見小池塘周遭蟬聲嘈雜，野草枯萎。作者用「亂」、「衰」二字來形容，乃平實道出所見所聞的自然景象，沒有悲喜的情緒。此時的心境是平靜的，抬頭看見白鳥不時在空際翻飛，而紅色的荷花映照著水面，飄散著芳香。這對句「翻空白鳥時時見，照水紅蕖細細香」是東坡難得一見的寫景好語，既捕捉到大自然動態的一面，也體會到它細微之處，正流露了作者閒適的心境。因為只有閒適的心，才能欣然與物相接，無意中發現自然和諧、美好、簡樸的一面。當我們心情鬱悶的時候，感官世界往往是不通暢的，甚至會出現視而不見、聽而不聞、食不知味的現象，一切都感到冷淡無趣，所感所知的周遭環境都顯得陰暗冷漠；而心情轉好時，各種視覺聽覺嗅覺會逐漸恢復，聲色氣味的感受會煥發有生氣。詩詞作品中感官意象的有無及其顯現方式，可反映作家情緒的狀態。東坡這四句詞寫感觀外在世界的圖像，是他走過心情起伏波動最大的元豐五年（一〇八二）後，心境最平和安逸的一種表現。

下片三句，一氣貫串，卻又有時間空間的轉折。從村舍外到古城旁，寫杖藜徐步的空間，而「轉斜陽」則點出了杖藜徐步的時間之長，是不知不覺、悠然閒逸地就到了夕陽西下的時分。結筆是此番遊賞的總結。有趣的是，這「一日涼」是來自「昨夜三更雨」。想想昨夜三更之時，不管是被雨聲吵醒而睡不著，還是終夜難眠卻又聽著雨聲滴瀝，心情必定煩悶不已，也擔心天亮後到處泥濘，沒想到醒來時，雨已停了，卻換來一整天的涼快，得到一趟快樂的出遊，對昨夜所惱恨的那場雨反而充滿著感激之情：如果不是老天「殷勤」降雨，體貼人意，下得及時，又怎得此生難得的一天涼意？然則，東坡此時的閒情，又何嘗不是因為現實上的失意而得來的呢？如果不是烏臺詩案，沒有貶謫此處，自己又怎能過得如此閒散，重返自然，發現人情之美？反思及此，東坡顯然已從怨恨的牢籠中解脫，放下是非得失之心，做到了「忘」而能「遊」，身心俱閒的境地。這首詞語淺情遙，發人深省，頗能呈現東坡黃州後期日趨淡遠的心境。

【注解】

蕖：荷花的別稱。

杖藜：拿著手杖。藜，莖堅老者可以為杖。

浮生：舊時認為人生世事虛浮不定，故稱。

滿庭芳

元豐七年四月一日，余將去黃移汝，留別雪堂鄰里二三君子。會李仲覽自江東來別，遂書以遺之。

歸去來兮，吾歸何處，萬里家在岷峨。百年強半，來日苦無多。坐見黃州再閏，兒童盡、楚語吳歌。山中友，雞豚社酒，相勸老東坡。　云何。當此去，人生底事，來往如梭。待閒看秋風，洛水清波。好在堂前細柳，應念我、莫剪柔柯。仍傳語，江南父老，時與曬漁蓑。

不再離鄉背井、仕途奔波，不再被官場紛爭纏身，而能悠閒的定居家鄉，晴耕雨讀，與親人友朋詩酒往來，一直是東坡內心的渴望。但是，就如同長江水流過蜀地，出了三峽，滔滔江水只能一路東去，再也不可能往回逆流；為理想踏出故鄉的士人，其實，一步已成天涯，追尋的旅途延伸至望不見的他方，不願放棄，就只能勇敢前行。

雖然與子由有「夜雨對床」的盟約，和楊元素也有「何日功成名遂了，還鄉，醉笑陪公三萬場」的祈願，但東坡終究身不由己。他功名未就，反遭貶謫，離家愈遠，鄉愁更深，乃有「望斷故園心眼」的悲慨。如何化解鄉愁？如何在理想和對人事物的眷戀之間取得平衡？如何覓得生命的歸宿？這些都是東坡最要思索的人生課題。

東坡謫居黃州四年又兩個月，元豐七年（一〇八四）四月時，終於「奉朝旨量移汝州（河南臨汝）」——改為汝州團練副使、本州安置。汝州比黃州繁榮，又接近政治中心汴京，對貶謫的人來說，這無疑暗示懲罰已逐漸結束；而通常「量移」之後，緊接著就是「任便居住」——自由選擇居住地方——罪官身分至此消失。同時，量移和任便居住也往往是再行起用的前奏，是政治生命重新開始的起點。所以，對用世之心仍在的東坡而言，「去黃移汝」當然是個好消息。可是，在這四年多的歲月裡，黃州的山水田野、鄉民仕紳，早已成為東坡生活中的一部分。他們陪伴他度過生命的困境，而他也相對的付出了真摯的情誼。如今，在功名理想與田園隱逸之間，東坡必須有所選擇，如同當年他割捨鄉情、踏上仕途一般。〈滿庭芳〉一詞寫下了這複雜的情緒，也見證了東坡詞「曠」的意義，以及以人情為依歸的生命意境。

「歸去來兮，吾歸何處，萬里家在岷峨。」生命意義的追尋，是一條漫漫長路，一旦上路，再難回頭。東坡終究不是陶淵明，他的性情決定了他雲水飛鴻般的一生。開首幾句的悲涼悽惻，正是來自東坡自我省察後的無奈。陶潛昔日處於亂世，自認「性剛才拙，與世多忤」，「欲有為而不能」，為了忠於自己，他做出自由意志的選擇，歸隱田園。然而，東坡雖有效法之心，卻無從實現。因為，此時他是待罪之身，是被迫居於鄉野的謫宦之人，罪責未除，行動受限於黃州一處，來去只能聽憑朝廷決定。而他自幼成長的眉山老家，更遠在萬里之外，如何歸去？被拘限的身體，無限遼闊的空間距離，使得時間推移的壓力更大——「百年強半，來日苦無多」，東坡已經四十九歲，人生走過了一大半，算算餘年，繼來的日子其實也不太多了。可是「坐見黃州再閏，兒童盡、楚語吳歌」——他卻只能眼睜睜的看著時間流逝，就這樣廢居黃州度過了兩個閏年。而四年多的生活，家中孩子都已習慣了這裡，說的話唱的曲子全是吳楚方言、黃州口音，對他們而言，這裡是人親土親的成長處，四川眉山反倒成了遙遠、陌生的地方。就連東坡自己，搭建雪堂，躬耕東坡，結交父老，他和家中大小何嘗不也在此安之若素？此刻，「山中友，雞豚社酒，相勸老東坡」——田夫野老，這些樸實的朋友準備了雞豬酒菜，既為我罪則減輕而歡喜，卻也紛紛勸我在黃州東坡終老——

然則，不論東坡心意為何，留不留黃州，此時此刻，又豈是他能做主的呢？

「云何。當此去，人生底事，來往如梭。」在這離別之際，還能說什麼呢？人生為何如此來往匆忙，總是無法停下腳步！詞篇至此，東坡心中充滿了人生無常的感慨。可是，筆鋒一轉，東坡隨而寫出的是「待閒看秋風，洛水清波」——人生何處不可適然？雪堂、赤壁固然令人留戀，但洛水清波不也是傳誦已久、詩人愛歌詠的好地方嗎？如果不離開這裡，又如何去得了那邊？如此一轉念，遂覺海闊天空。生命縱然無常，卻也有希望無限，若能隨緣自適，何來憂懼呢？說不定他年功成名遂了，東坡雪堂又是歸老之處。所以說：「好在堂前細柳，應念我、莫剪柔柯。仍傳語，江南父老，時與曬漁簑。」好在雪堂前留下了我手栽的細柳，願鄰里諸君記著我，不要剪去它柔嫩的枝條；我也不會忘了你們，日後不時還要叮嚀你們：請記得常常晾曬我的漁簑，總有一天，我會歸來此處，再與你們重聚——也許，我們無法掌控生命裡無常的境遇，但我們可以珍惜生命裡許多美好的相遇，那是人與人、人與景物、人與事之間溫暖的情意交流，因為真摯於是化為內在永恆的存念，不因無常離散而消失。

鄭騫先生〈漫談蘇辛異同〉一文評論此詞說：「這樣展開一步，便有『山重水複疑無路，柳暗花明又一村』的感覺。這就是所謂曠。胸襟曠達的人，遇事總是從窄往寬裡想，寫起文學作品來也是如此。這一首〈滿庭芳〉並不是東坡上乘之作，卻足以代表他曠達的胸襟。」東坡此後，重返朝廷，位居翰林，四任知州，再遭貶謫，又經歷一次跌宕起伏的政治波濤，而困頓磨難更甚這一次的貶放黃州。但心境隨著年歲變化，他的人生體悟、生命境界又將有所不同。

【注解】

去黃移汝：離開黃州，量移汝州（河南臨汝）。元豐七年四月，東坡改為汝州團練副使、本州安置。

會李仲覽二句：當時楊繪知興國軍（宋時屬江南西路，治所在今湖北陽新），派當地人李翔（字仲覽）去黃州，邀請東坡赴汝途中往遊其地。會，恰好。江東，指湖北陽新，在黃州東面。遺，讀位，贈與也。

岷峨：指岷江、峨嵋山。東坡家在四川眉山縣，在岷江之濱，靠近峨嵋山。

百年強半：謂人生已經差不多過了一大半。古人習以百歲代表人壽之極致，所以百年用以指人的一生。強，讀第三聲，近似、差不多。韓愈〈除官赴闕至江州至鄂岳李大夫〉：「年皆過半百，來日苦無多。」時韓愈年五十三，故云「過半百」。東坡此時僅四十九歲，故云「百年強半」。苦，極甚之辭。

坐見句：白白地看著在黃州過了兩個閏年。東坡於元豐三年（一〇八〇）二月到黃州，元豐七年四月離開，歷時四年又兩個月，其中經歷了元豐三年閏九月、元豐六年（一〇八三）閏六月的兩次閏年。坐見，坐視，徒然看著。張相《詩詞曲語辭匯釋》：「坐，猶徒也、空也、枉也。坐見，猶云坐視，即徒然視之不為設法，或徒然視之無從設法也。此則為無從設法意。」

楚語吳歌：指黃州當地的方言和歌謠。黃州在戰國時屬楚國，三國時屬吳國。

社酒：社日祭祀時飲用的酒。古代農村習俗，春秋祭祀土地神之日，鄰里間相邀飲宴。

老東坡：在東坡此地終老。

底事：何事。

來往如梭：形容時間移動飛快，來往匆促，像梭子一樣快速的運轉。梭，織布時用來牽引橫線的器具，兩頭尖，中間粗，絲束放於中空部分。

洛水：河南洛河，源出陝西，經洛陽，至鞏縣入黃河。

柔柯：柔嫩的枝條。

四、此心安處是吾鄉——黃州以後

黃州以後，十六年間，可編年的東坡詞約七十多首。東坡離黃返京，任朝中要職，四度出任杭州、潁州、揚州、定州知州，主政地方；五十九歲後，朝局再變，黨爭又起，東坡一路貶放，幾番遷謫，不只去到嶺南、惠州，更渡海到了儋州（海南島）。官宦生涯可謂轉折多變，而詩作重為主力，詞則呈衰微之勢，這與他隨緣自適的心境有關，而其所處環境是否適合填詞也是關鍵。考諸東坡此期的詞作，三分之二以上寫於江淮、常州、杭州一帶。東坡往返於江南繁華地區，常有朋友聚會，送往迎來，接觸歌樂之機會也頻繁，因此填詞數量多集中於此，是可以理解的。而在汴京時，東坡則是有意識地減少歌詞的創作。其後謫居惠州、儋州，生活比黃州時更艱困，且隨著年事日高，佛老的體悟加深，心境趨於寧靜淡遠，婉轉動聽的詞樂已從生活中遠去，選調填詞的念頭已難再起，抒懷言志的主要文體終究以詩為主，詞則偶一為之，因此，質量欠佳，自然就不足為奇了。東坡詩云：「心閒詩自放，筆老語翻疏。」東坡此期的詞，如其詩一般，也有相同的特色——信筆直抒，不求文字之工，任情揮灑，但得自然之妙。詞中所述情意，大多平和閒適，即或抒寫寂寞，也不見沉鬱悲愴的語調；所用文辭，亦多平實清疏，設色素淡；間參哲理，偶有雅健之筆。這時期的詞，最大的特色就是，即事遣興，率爾成章，其佳作以淡遠為主；如或感慨不深，出語直率，則淡乎寡味，有如遊戲之作。

東坡黃州以後的詞，固然不如過去之絢麗多彩，但仍似落日餘暉，自有其掩映動人的風姿。雖則此時的創作主力在詩，然而他依舊留下幾首極出色的詞。這些精品是以前此創作經驗所累積的功力為基礎，再加上深厚的才學、持續涵養的生命意境，所成就的晚年健筆。

像「與余同是識翁人，惟有西湖波底月」、「誰似東坡老，白首忘機」、「人間有味是清歡」、「此心安處是吾鄉」，這些樸實無華的字句，自然流動著東坡的神采氣韻，也展現出一個偉大作家那份自信、和樂、寬厚的學養與胸襟。而其神之清，境之高，意之曠，則為東坡詞推上了一個新的界域，為其晚期風格賦予了更深厚的人文意義。

黃州以後詞代表作：

〈漁家傲·金陵賞心亭送王勝之龍圖〉，〈浣溪沙·元豐七年十二月二十四日從泗州劉倩叔游南山〉，〈滿庭芳·余謫居黃州五年將赴臨汝……〉，〈定風波·王定國歌兒柔奴姓宇文氏……〉，〈如夢令〉（為向東坡傳語、手植堂前細柳）二首，〈臨江仙·送錢穆父〉，〈八聲甘州·送參寥子〉，〈木蘭花令·次歐公西湖韻〉，〈滿江紅·懷子由作〉，〈青玉案·和賀方回韻送伯固還吳中〉，〈西江月·梅〉，〈減字木蘭花·己卯儋耳春詞〉。

浣溪沙　元豐七年十二月二十四日，從泗州劉倩叔游南山。

細雨斜風作小寒。淡煙疏柳媚晴灘。入淮清洛漸漫漫。　雪沫乳花浮午盞，蓼茸蒿筍試春盤。人間有味是清歡。

元豐七年（一〇八四），東坡四十九歲，奉調汝州（河南臨汝）團練副使。四月離開黃州，途中曾到常州宜興買田莊，然後再北上，過揚州時向朝廷上表乞住常州，一面北行，一面待命。十二月行至泗州，劉倩叔誠意邀請東坡遊都梁山，喝茶，聊天。東坡作此詞，記錄了這趟舒暢的遊歷和心境。

上片描寫眼前所見的郊野景致。十二月底，年盡之時，沒幾天就過年了，外面陣陣斜風細雨，天氣微寒，但不至於妨礙出遊。不久，雨停了，天氣轉晴，河灘那邊，淡淡的煙靄籠罩著稀疏的柳條，看起來嫵媚有致。而遠處洛澗流進淮河，河面顯得更廣闊，水流更平緩暢順。這三句寫景，樸素自然，形象鮮明，且有逐漸推展之勢：氣候由雨而晴，畫面由暗淡而明亮，空間也由近而遠，展現遼闊的視野，心境亦隨之開朗。一般來說，詞體絕少純粹寫景的，寫景往往是為鋪墊所欲抒發的情意。東坡這首〈浣溪沙〉一如往例，上片三句都寫景，下片緣景敘事以抒情；景色既逐漸開闊，情意也就跟著自然舒暢。

東坡此詞的重點是要寫人間溫暖的情誼，下片即敘寫在如此美好景色下，一起品佳茗、食野菜的生活趣味。兩人難得相遇，劉倩叔待客之道相當周到，他應是有感於東坡歷盡苦難，匆匆行旅間飲食簡陋，更想到過幾天就過年了，因此便端出上好的花乳茶和新春應時的盤菜來款待東坡。「雪沫乳花浮午盞，蓼茸蒿筍試春盤。」看著午間茶盞裡浮著雪白的泡沫，品嘗著蓼菜的嫩葉和蒿草的嫩莖這些新鮮清淡的野味，除了美好的視覺和味覺外，東坡心靈裡更感受到一種體貼溫馨的情味，那是與朋友閒話家常，精神上得到的愉悅，超越物質帶來的享受。東坡雖然仍是待罪之身，但此時他的心靈世界已不受拘束，反而能遊心於外，在生活中終於真切體會：「人間有味是清歡。」清歡，就是一種清悠閒適的歡愉；東坡認為，那是人間最有情味的感受。

馮贄《雲仙雜記》記載：「陶淵明得太守送酒，多以舂秫水雜投之，曰：少延清歡數日。」指的就是這種清閒的生活樂趣、恬淡的心靈感受。朋友往來，沒有刻意的形式，彼此真誠對待，平淡如水一般的交往中，自有一番甘美的情味，樂趣自在其中。東坡重情，尤其歷經磨難，身遭貶謫，朋友不但不嫌棄，還熱誠款待他，東坡當然銘感於心，更在質樸自然的環境中、和樂平實的生活裡和朋友的體貼用心處，感受到人間情誼的溫馨美好——這是滋潤他生命，讓他更勇敢走下去的，最溫柔的力量。

【注解】

劉倩叔：劉士彥，時為泗州（安徽泗縣）知州。或云劉倩叔乃東坡眉山舊友劉仲達。

南山：在泗州南，以出產一種名叫都梁香的香草聞名，故又名都梁山。

小寒：農曆二十四節氣之一，在冬至後半個月，此處雙關，言細雨斜風帶來微微寒意。

灘：南山附近有十里灘。

入淮句：言淮河匯合洛澗而下，水勢暢達。清洛，即洛澗，源出安徽合肥，北流至懷遠入淮河。入淮之處，稱為洛口。漫漫，水流平緩，亦有水面遼闊之意。漫，讀平聲。

雪沫乳花：形容煎茶時茶湯上浮起的白色泡沫。或云乳花，即花乳，一種上好的茶。

午盞：盛午茶的杯盞。

蓼茸：蓼菜的嫩芽。

蒿筍：蘆蒿的嫩莖。或指萵苣筍。

春盤：舊俗立春用蔬菜、水果、餅餌等裝盤，饋送親友，取迎新之意。

清歡：指心靈上的一種清悠閒適的歡樂。

定風波

王定國歌兒曰柔奴，姓宇文氏，眉目娟麗，善應對，家世住京師。定國南遷歸，余問柔，廣南風土應是不好？柔對曰：此心安處便是吾鄉。因為綴詞云。

常羨人間琢玉郎，天應乞與點酥娘。自作清歌傳皓齒，風起，雪飛炎海變清涼。　萬里歸來年愈少，微笑。笑時猶帶嶺梅香。試問嶺南應不好，卻道，此心安處是吾鄉。

如何能做到風定波止，走出人生的坦途？之前東坡在黃州時，寫出了一段「也無風雨也無晴」的體驗，但人生許多難題卻不易化解，我們看見東坡歷經赤壁文學的情理思辨，到第二年才較釋然，就知道真正能做到寵辱皆忘、自適其適，談何容易。沒想到當東坡重返朝廷，看到昔日好友的歌妓那種甘於接受苦難的從容態度，不由得不折服，並從她身上領悟到原來所謂「定風波」可有另一番真義。

王鞏字定國，從東坡學為文，因收受東坡詩而遭牽連，被貶賓州（廣西賓陽）監鹽酒稅。賓州屬廣南西路，為嶺南地區，僻遠荒涼，生活艱苦。王鞏赴嶺南，歌女柔奴同行。五年後王鞏北歸，在席上喚出柔奴，為東坡勸酒。柔奴本來就是聰慧的女孩，善於應對。東坡問柔奴：「廣南風土應是不好？」柔奴即時回答說：「此心安處便是吾鄉。」東坡聽了，很受感動，特意寫了這首詞稱頌她。

「常羨人間琢玉郎，天應乞與點酥娘。」說王鞏貌美如玉，十分俊秀，令人欽羨不已；因此，就連老天爺也特別憐愛，賜予他一位肌膚潔白、滑潤如酥的佳人與他相伴，說的就是柔奴。下文即點出柔奴歌女的身世，並想像他們以輕鬆態度面對貶謫生涯的表現：「自作清歌傳皓齒，風起，雪飛炎海變清涼。」清亮的歌聲自柔奴潔白的齒間傳出，如翻起風來，能使酷熱難耐的地方（主要係指嶺南）有瑞雪飄飛之感，變得清爽涼快。這些語句亦頗有調侃王鞏的意味，自然也突出了柔奴毅然同行，甘於接受苦難，怡然自樂的精神。

上片著重歡樂場面的刻畫，下片則由表及裡，彰顯柔奴值得讚賞的精神意蘊。東坡頗在意年華的衰老，當他看見王鞏和柔奴「萬里歸來年愈少」，臉上總泛著笑容，似乎都看不出老態，覺得不可思議。但從柔奴現在所展現出來的笑意，卻可感覺那是源於一種熱愛生命的堅定信念。東坡讚美她：「笑時猶帶嶺梅香」。她不但不顯老，依稀還保留著南方梅花那種傲霜、堅貞、高雅的品格——那是對柔奴的高度評價，由衷的肯定她全心陪伴主人的熱切精神和從容態度。東坡故意問她：「嶺南那個地方大概不是很好的吧？」沒想到柔奴竟這麼回答：「此心安處是吾鄉。」她只是單純的想陪著主人南遷，心無掛慮，行事坦然，到哪裡都如在家鄉一般的溫馨，一樣的自在。因此，不管身在何處，只要我們依循心中的喜悅前進（Follow your bliss），以情感作依歸，安於所愛，則何處不感踏實，歡愉而富足？這不正是東坡在人生旅途上一直尋找何處是歸宿的最佳答案嗎？原來要「定風波」，就那麼簡單，無須在情理上苦惱思索，只要依憑一份熱誠、一種信念，忠於自己而無愧於人，然後勇往直前，自然樂在其中，就可走出一條坦然無礙的人生大道。

東坡以一種讚歎欽羨的心情、幽默輕鬆的筆調，描述他所認識的柔奴，讀者確實也能從字句中看見一位貌美、慧黠，並有著堅忍性情，永保樂天精神的女性。「心安」之於她，好像是輕而易舉的事。但我們不要忘記，他們貶謫南荒，生活之艱困不是常人能體會的，而且一去五載，要時刻保持平靜的心境更是不容易。東坡〈王定國詩集敍〉中記錄了他們更悲慘的情況是：「定國以余故得罪，貶海上五年，一子死貶所，一子死於家，定國亦病幾死。」然而，定國和柔奴卻未被打倒，反而微笑以對，用從容的態度證明心安而能定靜有得的生命意義。有人問東坡對遭人構陷會否心生怨懟，東坡回答說：我心中無恨。的確，如帶著仇恨過活，終究會被恨意腐蝕，此生此心難得安穩寧靜。但心中不存恨意，卻又不如喚起心中的愛之能帶來活力與生機。尋得心之所安，方能激發起積極正向的動力。再說，同是天涯淪落人，東坡與定國、柔奴自是惺惺相惜，而東坡對好朋友因己而受罪，更是深有愧疚，如今看見他們平安歸來，他應是欣慨交心，感動不已。此詞調侃流易的筆調下，其實隱藏著許多不足為外人道的苦澀與辛酸。柔奴一句「心安」，正是劃破天際烏雲的一道曙光。愈單純的生命，雲流氣動，不易鬱結，愈能照見旭日，展現出溫馨美好的生命光彩。東坡自認「多情」，也因情多而苦惱，甚感無奈，然而卻也在情中得到生命的滋潤，在人情世界中尋得心靈的安頓。多年以後，東坡從海南歷劫歸來，賦詩云：「雲散月明誰點綴，天容海色本澄清。……九死南荒吾不恨，茲游奇絕冠平生。」（〈六月二十日夜渡海〉）此時的東坡，無怨無悔，直悟本心已不受外物影響，一如海天之清澈澄明——因為心安理得，便能赴險如夷，無拘無束，發現生命的美好。

【注解】

王定國：名鞏，少與東坡交遊。元豐二年（一〇七九）十二月東坡貶黃州，王鞏亦牽連謫監賓州（廣西賓陽）。

琢玉郎：謂王定國姿容佳美如玉琢成的男子。傅幹《注坡詞》：「琢玉郎，言其（指王鞏）美姿容如玉也。」東坡〈與王定國書〉云：「君實（司馬光）嘗云：王定國瘴煙窟裡五年，面如紅玉。」

乞與：給予。《廣雅·釋詁》：「乞，予也。」一本作「天教分付」，分付即交付。

點酥娘：此指柔奴，謂其肌膚白皙，細膩如凝酥。傅幹《注坡詞》：「點酥娘，言其（指柔奴）如凝酥之滑膩也。」

如夢令　寄黃州楊使君二首

為向東坡傳語，人在玉堂深處。別後有誰來，雪壓小橋無路。歸去，歸去，江上一犁春雨。

手種堂前桃李，無限綠陰青子。簾外百舌兒，驚起五更春睡。居士，居士，莫忘小橋流水。

元祐二年（一〇八七），東坡在京任翰林學士、知制誥兼侍讀學士，雖然受到重用，但與司馬光等舊黨人士政見不合，又遭受程頤等排擠，心情頗為鬱悶，一再表示厭倦京官生涯，不時浮起不如歸去的想法。他寫給朋友的詩說：「我亦江海人，市朝非所安。」（〈送曹輔赴閩漕〉）「我恨今猶在泥滓，勸君莫棹酒船回。」（〈送錢穆父出守越州〉）此時寫作這兩首小詞〈如夢令〉，正抒發了他對昔日黃州生活的眷戀之情，表達了歸耕東坡之意。

「為向東坡傳語，人在玉堂深處。」一開篇，他便以殷切的口吻向東坡故地傳話：我現在在翰林院的幽深之處。這表現出一種身不由己的苦惱，雖重返朝廷，身居要職，卻有種難以伸展的窒礙之感，因而在心中呼喚起曾踏實生活過的黃州東坡——貶謫生涯中能自食其力的躬耕過活，心靈反而感到自在。而向著東坡傳話，如晤故人一般的親切。東坡設想：今我不在，會有誰來造訪？自己在翰林院感到幽獨，推想東坡故地在無人相伴下應也一片淒冷荒涼。積雪覆蓋著小橋，也遮沒了小路——這景象，是別後沒有人來，門庭從此冷落的象徵嗎？還是外在天候惡劣，造成路不通，人就無法到來？是否之間，這兩句委婉地傳達了他對黃州東坡的關切，也表露了自己難以自主的無奈。因為思之深，歸心也切，他最後轉告東坡故地說：歸去吧，歸去吧，江上春雨降下，正好犁地耕種——強烈表達了他想回到東坡，再過鄉居生活的願望。期盼走出寒冬，重新迎接春光，翻動心田的覆土，讓生命的苗芽得以滋養生長——東坡擬想歸去春耕的情景，正是苦悶的象徵，並為自己的生命內涵賦予意義。

順著歸去東坡的想像，第二首就寫東坡雪堂等地春末夏初的景物情事，既是回憶舊日的生活，何嘗不也是現實苦悶生活中的憧憬，如在目前的一片令人嚮往的美好景象？暮春時節，自己手種的桃李綠葉成蔭，枝頭掛滿未成熟的果子。簾外百舌兒啼叫，把人從酣睡中驚醒。這四句有聲有色，意象鮮明，自然而生動，也寫出了一種恬靜快適的心情。這些感官意識在回憶中一一被喚起，同時也喚醒了曾經過一番歷練而認識的一個真實自我：「居士，居士，莫忘小橋流水。」那個調養心性，想反璞歸真的自己，又怎能陷落於凡俗，忘了小橋流水，自然恬淡的景致，閒居生活的樂趣？

東坡身在翰林院，心存黃州東坡，詞句中流露了他厭棄仕途的情緒，不久後他即請求外任，遠離朝廷。但東坡卻一直沒有像陶淵明一樣的毅然辭官歸故里，這一方面固然由於他對儒家「以天下為己任」的理想，「知其不可而為之」的精神，始終無法全然否定，信念也未嘗動搖；但另一方面，也因為東坡是責任心重，十分愛家的人，他絕不能罔顧現實處境、經濟狀況，而任性行事。道不同不相為謀，自動退出紛爭的政局，到地方上去做事，何嘗不是實踐理想，保存自我人格的一種方式？東坡確曾萌生辭退的念頭，但他也深知追求夢想、堅持自我的同時，也不能不顧家人，不顧現實。黃州躬耕生活，現在看來，畢竟「如夢」一般，難以實踐，令人頓感無奈。可是，若從正面來看，心中時刻呼喚那夢想世界，指引心靈一個嚮往的歸宿，人生便不至於徬徨無著，而且更可在接受現實時，藉此提醒自己須保持既入其內又能出其外的超脫心境，不至於動搖信念，墮落陷溺，始終能維護靈明的心性。如果夢想不能脫離現實，何不將夢想帶入現實生活中，變成支撐自己的生命力量？在朝或在外任官的蘇軾，和在貶謫時以東坡為號的自己，其實可彼此相容，並存於一個軀體中而互不矛盾衝突的。當在玉堂深處的蘇軾一直呼喊著「居士，居士，莫忘小橋流水」時，那質性自然、不受拘束的自我便在不知不覺中被喚醒。若能聽從心的方向行事，接受眼前的一切，即使在苦難中前進，那朝向理想的奮勇過程，便足以充實人心，自會感到歡愉。而在無比歡愉的感受中，內心坦然自在，彷彿就在「小橋流水」的世界；那不是遠離塵世就能尋得的，它有如陶潛所體會的「結廬在人境，而無車馬喧」的意境。東坡往後依舊在人生的旅途中行行重行行，但他始終都沒忘記，也一直勉力讓自己安住心中這寬闊自在的天地裡。

【注解】

玉堂：指翰林院。

一犁春雨：指正宜犁地春耕的雨。

青子：未成熟的果子，指桃李果實。

百舌兒：鳥名，全身黑色，嘴黃。善鳴，其聲多變化，故名「百舌」。

八聲甘州　寄參寥子

有情風萬里卷潮來，無情送潮歸。問錢塘江上，西興浦口，幾度斜暉。不用思量今古，俯仰昔人非。誰似東坡老，白首忘機。　記取西湖西畔，正春山好處，空翠煙霏。算詩人相得，如我與君稀。約他年、東還海道，願謝公雅志莫相違。西州路，不應回首，為我沾衣。

哲宗元祐四年（一〇八九），東坡重到杭州，擔任知州。次年，在孤山上建智果精舍，請他的好友參寥從於潛天目山來任主持。元祐六年（一〇九一）三月，五十六歲的東坡奉調回汴京為翰林學士承旨，離杭時作〈八聲甘州〉一詞，寄贈參寥子。有一版本題下有注「時在巽亭」，巽亭在杭州東南，能觀錢塘江潮，此詞即以潮水去來起興。

東坡與參寥子相識於徐州任上。元豐元年（一〇七八），秦觀拜訪東坡，同時引薦參寥。東坡讀其詩，甚為愛賞。參寥雖出家為僧，但為人剛直，好惡形於色，常當面責人過，與東坡同是性情中人，遂一見如故，此後交往密切。東坡貶黃州，參寥千里迢迢來相從。東坡赴汝途中，亦同遊廬山。後東坡謫瓊州，參寥欲過海相訪，東坡去信力加勸阻才罷。二人交誼極為深厚，唱和特別多。

這次離開杭州，東坡比較特別的是，以詞寄贈佛門中人參寥，而且用的是聲情既激越又纏綿的高調〈八聲甘州〉。柳永先前曾以此調述羈旅情懷，開篇數句：「對瀟瀟暮雨灑江天，一番洗清秋。漸霜風淒緊，關河冷落，殘照當樓。」即展現出開闊豪宕的氣象，東坡對柳永詞風多有負評，對這幾句詞卻不由得不讚賞：「此語於詩句，不減唐人高處。」當他自己選擇此調寫離情時，亦隨著體式語調，一開篇也表現出一種開闊豪宕的氣象：「有情風萬里卷潮來，無情送潮歸。」不過，不同的是，柳永所表現的是秋士易感的悲傷，辭情激切，東坡則藉此表達出一種面對離愁的超曠態度，表現了一份試圖由情入也由情出的通觀的哲理，別有韶秀之姿。也可以說，東坡在這裡實踐他在〈前赤壁賦〉中所提出的以「自其不變者而觀之」化解「自其變者而觀之」的理念。

萬里長風卷潮而來，帶來壯麗之美，令人讚歎不已，也令人感到天地有情；可是，卻也無情的送潮歸去，令人不捨。其實，潮來潮去是自然不變的現象，與情無關，而人之所以生好惡有無之感，乃緣於主觀的執念。東坡寫出我們一般人的情狀。接著所謂「問錢塘江上，西興浦口，幾度斜暉」，是說如果就大自然不變的本質言，日升日落本也平常；若從變化的人生言，則逝者如斯，時光在日升日落下，不停流逝，自然易生好景不常之嘆。東坡提醒我們，所謂古往今來，不必細心去計算是怎樣的變遷歷程，就在我們一低頭一抬頭之間，面前人事已發生極大的變化了。時間本身是流動的，「古」曾是「今」，「今」即為「古」，瞬息都在變化，如果我們執著於時間的任何一刻，無論長短遠近，都會陷入相對的困局中，舊歡新怨不斷，頓生許多無謂的煩惱。人如能參透這點，不執著，泯除相對心，那就快樂得多了。「誰似東坡老，白首忘機。」東坡過去對時間頗為焦慮，五十六歲的他卻有了不同的體驗——誰像我東坡居士這樣，以年歲經驗換來了生命的智慧，能隨緣自適，泯滅機心，把種種的謀慮都忘去呢？能忘得失，超然物外，自然無懼於時間的變化，不再患得患失，而能行於所當行，止於所當止，行止之間來去自如。這趟離杭返京，對東坡來說，心裡感到怡然自在——這是他要告訴好友參寥的。

東坡更想說的是，即使在短暫的人生中，也有值得珍惜的事物；行跡離合間，自有不變的情分在。「記取西湖西畔，正春山好處，空翠煙霏。算詩人相得，如我與君稀。」每回憶起西湖空明青翠、煙霧迷茫的春山景色，彷彿正身處其間，永遠是那般的美麗。東坡更向參寥真誠的表白：算一算歷史上的詩人能夠成為知己好友、親密無間像你我一樣的，在世上是不多見的了。曾經用心用情的對待人事物，記住人間相遇的美好，此景此情便存於心中，永恆不渝。

東坡一直都很仰慕東晉謝安，但也以其不能早退為戒。謝安年輕時就很有名望，卻隱居在浙江會稽的東山，寄情丘壑，到四十歲時，才出來做官。他最有名的是淝水一戰打敗了前秦苻堅，為東晉立了大功。但自古以來功高見嫉，謝安在朝中屢遭讒毀。而他本無久居朝廷的打算，出鎮新城時已準備好泛海的行裝，打算等政務穩定之後，就要從海道回到東山。不料卻在新城生病了，只得返都治病，路經西州門，不久就死在建康，退隱的願望終究落空。謝安非常賞愛外甥羊曇，故謝安死後，羊曇就不願再經過西州門，怕觸景傷情。有一天，他喝醉了酒，不知不覺來到了西州門，憶起舅父謝安，一時悲從中來，痛哭不已。東坡反用這典故，以喻自己將來必遂退隱之志，故參寥子就不會像羊曇那樣，日後得為我抱憾而悲傷。過去一般的解釋，都以為東坡此番返京，心情極其複雜矛盾，很想遠離政治紛爭，辭官歸隱。因此，這首詞最後寫「功成身退之後，惟以羊曇謝安的生死交誼相期。其內心之孤寂與沉鬱於此可見」。（見鄒同慶、王宗堂《蘇軾詞編年校注》）可是，已「忘機」的東坡，怎會又轉為憂慮不安呢？東坡與參寥既相得，生命交感，則在來去之間，自然無礙，應不會因此次離別而感傷，也不應因日後不能遂願或不能與好友重逢而憂心。謝安之典，重在「雅志不違」，在這裡不能從實處去理解，應從虛處去契會；換言之，東坡言外之意不在求身退之事實，因為此心已安，此志不移，出入哪裡都無罣礙。如是，又怎會發生為我抱憾而悲哭之事？而參寥看破虛空，參透生死，又怎會多情感舊，如羊曇一樣「為我沾衣」？東坡這些話分明是有意調侃參寥而說的。而且，從選擇抒情之詞體贈與得道之僧人，從開篇潮來潮去，有情無情，談到忘機，最後又說到不能忘情，在在都隱含禪家機鋒之意，如果不是至友深交，是不會有這樣莊諧相間的言辭表現的。

【注解】

參寥子：僧道潛，字參寥，本姓何，於潛（浙江臨安）人，精佛典，能文章，尤喜為詩。與東坡相從甚久，東坡任杭州知州，建智果精舍，讓他居住。

西興浦口：渡口名，在杭州錢塘江南岸。《會稽志》：「西陵在蕭山縣，吳越改為西興。」按：杭州與蕭山隔錢塘江相望，西興距杭甚近。傅幹《注坡詞》：「錢塘西興，並吳中之絕景。」浦口，渡口。

俯仰句：一低頭一抬頭間，表示時間短促。王羲之〈蘭亭集序〉：「向之所欣，俯仰之間，已為陳跡。」

忘機：不存機心，淡泊無爭。往往指隱者恬淡自適，忘身物外。機，機心，即謀慮之心，巧詐功利的心計。

空翠句：形容山色蒼翠，極其空明，山嵐煙霧飄揚。

約他年二句：用謝安事，意謂他年歸隱相聚之願當能實現，不使老友感到遺憾。東還海道，《晉書．謝安傳》：「安雖受朝寄，然東山之志，始末不渝，每形於言色。及鎮新城，盡室而行，造泛海之裝；欲經略粗定，自海道還東。雅志未就，遂遇疾篤。」按：東謂浙東，謝安家居會稽，今紹興也。雅志，平素的志趣，此指隱逸的心願。

西州路三句：謂將來自己退隱的志願終能實現，不致引起好友抱憾而涕淚沾濕衣裳。西州，指東晉京都建康的西州城，故址在今南京市西。《晉書．謝安傳》載：晉謝安還都，輿病入西州門。安卒後，其甥羊曇行不由西州路；一日，醉中不覺過州門，悲感不已，痛哭而去。

木蘭花令　次歐公西湖韻

霜餘已失長淮闊，空聽潺潺清潁咽。佳人猶唱醉翁詞，四十三年如電抹。　草頭秋露流珠滑，三五盈盈還二八。與余同是識翁人，惟有西湖波底月。

哲宗元祐六年（一〇九一），東坡五十六歲，自杭州返汴都，不久發生了洛蜀黨爭，遭受賈易誣詆，他雖作了辯解，但仍憤而請調離京，出守潁州知州。東坡在京師前後不到三個月。是年閏八月到達潁州。潁州，對東坡來說，別具意義，因為這是他的恩師歐陽修曾任知州及晚年隱居之處。

歐陽修於仁宗皇祐元年（一〇四九）四十三歲時任潁州知州，寫有〈木蘭花令〉。神宗熙寧四年（一〇七一），六十五歲，又退居於潁州，更作〈采桑子〉十首，謳歌潁州西湖美麗的景色及閒居生活的雅趣，翌年即卒於此。東坡曾在熙寧四年赴杭任通判途中往謁歐陽修，並陪遊西湖。元豐二年（一〇七九），東坡在揚州平山堂賦〈西江月〉詞，抒發對歐陽公的緬懷之情。轉眼十多年過去了，東坡如今再來潁州，重遊西湖，竟然聽見當地歌女仍在歌唱歐陽公四十三年前的舊作〈木蘭花令〉，不禁欣慨交心，次其韻而作此詞，既感時光易逝，世事多變，亦由對歐陽公深切的思念，傳達了人格精神不朽之價值。此詞之作，寓含了東坡的身世之感，而東坡乃藉由次韻歐陽公原作，細細回味恩師一生的行止，反思體悟，更堅定一己的信念——變化的物事中自有不變的精神在。

此詞上下片傳達的內容，都呈現這變與不變的特質。「霜餘已失長淮闊。空聽潺潺清潁咽。」東坡閏八月來到潁州，深秋是枯水季節，加上江淮久旱，遠處淮河的河面失去了寬闊的氣勢，當下只聽見其支流潁水潺潺似咽之聲。東坡昔年在〈祭歐陽文忠公文〉中寫道：「清潁洋洋，東注於淮；我懷先生，豈有涯哉。」表達了深遠的思念之情。如今再見潁淮，能不觸景生情，更增傷感？這詞所寫水淺聲低的景象，何嘗不是東坡此時落寞心境的反映？而且水去聲沉，更有著「逝者如斯夫」，一切都在變化的感嘆。然而在此意興消沉之時，傳來了歌聲：「佳人猶唱醉翁詞」。歐陽修的舊詞仍被當地的歌女傳唱，一方面意識到原來四十三年就這樣倏忽像電光一閃而過，另一方面卻又感到欣慰，歐陽公的文采風流依舊被傳誦著。

下片承接「四十三年如電抹」，更進一步的指出，時光流逝、日夜不停息的事實：「草頭秋露流珠滑，三五盈盈還二八」。草頭上的露水，流動似珠，轉眼即逝；十五圓滿的月亮，到了十六就缺了。世間繁華美好的事物，都難以持久。然而，歐陽公去世已二十年，難道什麼也沒留下嗎？東坡由歌女仍傳唱歐陽修的詞，更深信恩師的流風餘韻永不衰竭：「與余同是識翁人，惟有西湖波底月。」與我一樣熟悉醉翁先生的人，只有那西湖水波中的月亮。東坡以歐陽修為典範，十分欽佩恩師的政事道德文章，以月為喻，意謂歐陽公清亮高雅的志節，昭昭如月，而月亮是恆久不變的，則歐陽公的精神亦將長存於天地間，永垂不朽。東坡說自己與水波中的月亮都可做見證，因為他們都有共通處。所謂「德不孤，必有鄰」，東坡與歐陽公是同道中人，他們高潔的精神，與月同調，因此彼此相識，「永結無情游，相期邈雲漢」（李白〈月下獨酌〉）。約十年後，東坡從海南歸來，途中賦詩〈次韻江晦叔〉云：「浮雲時事改，孤月此心明。」為自己一生的行事，做了很好的總結，正遙應了他在此詞中為恩師歐陽修所賦予的精神。

【注解】

次歐公西湖韻：次韻歐陽修在潁州（安徽阜陽）西湖所作的詞，此處指的是歐陽修任潁州太守時作的〈木蘭花令〉：「西湖南北煙波闊，風裡絲簧聲韻咽。舞餘裙帶綠雙垂，酒入香腮紅一抹。杯深不覺琉璃滑，貪看六么花十八。明朝車馬各西東，惆悵畫橋風與月。」

西湖，指潁州西湖；潁州西二里有湖，長十里，寬二里，林木蓊蘢，是當地名勝。次韻，又稱步韻，是和韻的一種。和韻有同韻與次韻之分。同韻容易一些，只要和詩或和詞的韻同即可，不必考慮韻的前後次序。而次韻不但要求同韻，且韻的前後次序也必須相同。傅幹《注坡詞》引《本事曲集》：「汝陰西湖，勝絕名天下，蓋自歐陽永叔始。往歲子瞻自禁林出守，賞詠尤多。而去歐陽公時已久，故其繼和〈木蘭花〉，有『四十三年如電抹』之句。二詞俱奇峭雅麗，如出一人，此所以中間歌詠寂寥無聞也。」

霜餘句：深秋時分，淮河水量減退，河面縮小，河道顯得狹長。霜餘，霜降後的秋天，指深秋時節。

清潁咽：清淺的潁水，水流不暢，聲似嗚咽。潁水，淮河支流，潁州州城在其下游。

醉翁：歐陽修的別號。歐陽修任滁州知州時始自號醉翁，作〈醉翁亭記〉。

四十三年：東坡於元祐六年閏八月出為潁州知州，距歐陽修於皇祐元年知潁州，虛算四十三年（實四十二年）。

如電抹：形容時間變化速度之快，如閃電一掃而過。

三五、二八：指十五、十六夜的月亮。謝靈運〈怨曉月賦〉：「昨三五兮既滿，今二八兮將缺。」

減字木蘭花　己卯儋耳春詞

春牛春杖，無限春風來海上。便丐春工，染得桃紅似肉紅。　春幡春勝，一陣春風吹酒醒。不似天涯，卷起楊花似雪花。

東坡晚年貶謫海南，荒島餘生，困苦的情況倍甚於黃州，能否生還北返，實難逆料。然而，東坡屢經憂患，已參透世間的榮辱得失。從階下囚到帝王師，由玉堂學士降為海角野老，東坡來去自如，了無罣礙。黃州時期，他還曾憂懼、悵恨，努力地經過一段掙扎、提升的歷程，而後才進入清曠平和的意境；惠州儋州時期，他自始至終都以淡然的心境面對困境，甚至還自得其樂，從中發現生活中的閒情逸趣，這正是東坡詩到晚年能臻化境的主因。而這時期東坡相對的已少填詞，作品大抵維持平淡清疏。這首作於元符二年（一〇九九）正月十二日的詞，寫立春情事，語意清暢，反映了東坡在南荒島嶼上樂觀的生活態度。

全詞春意盎然，以輕快的語調，連用七個「春」字，各用了兩次「紅」、「花」二字，渲染著熱鬧的氣氛和濃烈的情緒，描寫了海南美麗而充滿生機的村野景色和百姓生活。春風宜人，春酒醉人，桃花與楊花紅白相襯，一片亮麗、溫馨的感官世界。春牛春杖，春幡春勝，循例舉辦立春勸耕的活動，農事伊始，充滿著期待的歡樂。全詞上下片都貫串著「風」，呈現了動態的美感和活力。海南多風，風來海上，帶來滋潤生命的濕氣。一陣春風，不但吹舞著高掛的青色幡旗，和婦人頭上應節的小飾物，更吹人酒醒，喚起精神。海南地暖，花開得早，柳也長得快，立春日已見東風捲起片片楊花，如雪花飛舞，而此時北方正是雪花紛飛時，不也像灑下濛濛柳絮一般？這樣的話，南北有何差異？身謫海南一隅的東坡，看花如看雪，感覺此處就好像中原故地，看不出是僻遠的天涯海角啊。

東坡之前通判杭州代人寄遠，寫了一首〈少年遊〉，曾以楊花和雪花相比況：「去年相送，餘杭門外，飛雪似楊花。今年春盡，楊花似雪，猶不見還家。」寫思婦的閨情，以景色似依舊對照人去卻不歸，道出了睹物思人的哀感。唐代張敬忠〈邊詞〉說：「五原春色舊來遲，二月垂楊未掛絲。即今河畔冰開日，正是長安花落時。」中國幅員廣，南北氣候差異大，詩人以長安花事反襯塞外苦寒，亟寫風物之不同，抒發戍邊生活單調，辜負京城美好春光的無奈。這兩首詩詞，因物興感，對眼前的景物，無論是似曾相識，或明顯的意識不同，都在對照自然風光中更感人情世界的差異，引發傷感的情緒。東坡此詞卻在「一陣春風吹酒醒」之際，彷彿在醉夢人生中醒來一般，超脫了世間的差別相，不像初貶黃州時「多難畏人」，有遭世間遺棄的孤絕感，此時因為能從正向的態度去看待眼前的處境，在迎春佳節，與民同歡，怡然行走於風和日麗的田野間，釋放了內在的自我，並與人民、土地親近，身心便都感到自在，再無遠隔之感。

【注解】

己卯：即哲宗元符二年，時東坡六十四歲。

儋耳：即儋州，治所在今海南儋縣西北，轄境相當今海南的西部。

春牛春杖：指「打春牛」活動中的泥牛和木杖。古時習俗，立春日豎起青色的旗幟，在城門外放置泥牛，旁立泥造的耕夫，手拿犁杖，表示勸農之意，象徵春耕的開始。

便丐二句：謂乞得春神之力，使桃花染成像肉色一樣鮮亮的紅色。春工，萬物遇春而發育滋長，這裡把春神人格化，指春神的神力。丐，乞討，乞求。

春幡：春旗。舊時於立春日掛青色幡旗作為春至的象徵。也有剪彩做成小旗，插在頭上或掛在樹上以迎春。

春勝：舊時立春日，婦女所戴的用絹、箔或紙製成花紋圖案的飾物。

楊花：柳絮。

五、似花還似飛花——詠物及其他

詞，要眇宜修，字句隨著音樂節奏而有長短錯綜之變化，故長於言情，而其內容則以兒女物事為主，自然形成一種富於陰性美的纖柔細緻的特質，比詩更能表達委婉曲折的情意。詞的這種特殊美感，既最適於表達作者心靈中一種深隱幽微的品質，同時也易於引起讀者心靈中一種深隱幽微之感發與聯想。在傳統詩歌的各種題材中，詠物與閨情（譬如用香草美人等意象）通常都被視作「比體」，可託喻深蘊的情志，而詞尤以這類題材為大宗，文人創作此體時亦多沿用詩的比興手法以寄託詞情，而批評者有意無意間也會從比興寄託的角度以論詞。如劉克莊〈題劉叔安感秋八詞〉謂叔安樂府：「借花卉以發騷人墨客之豪，託閨怨以寓放臣逐子之感。」這不獨是針對某家而言，更是對一般詞的創作或批評常用的方法與觀念。而詞體中，長調較諸小令，更講求設色與鋪敘，脈絡貫串，故宜於使事用典，寫物以言情。這些詞體特色，配合上詞人所處的時局作考慮，則更容易使人有託喻的聯想。不過，詠物詞篇固然有喻託的可能性，但不能說所有這類作品必然都有寄託美刺之用意在。

一般來說，詠物詞一則既要求體狀物態，刻畫妥貼，講求字面的工麗，一則也要求能感物言志、借物抒懷，寄寓深刻的意旨。李重華《貞一齋詩說》云：「詠物詩有兩法：一是將自身放頓在裡面，一是將自身站立在旁邊。」即是說詠物一體的敘寫，可以明顯是以主觀情意為主導，而藉物體之描摹以呈現主題的一種創作方式；也可以是純粹客觀的描述，著重設色與鋪敘，講究筆法細膩；簡言之，前者入乎其內，為「比」法，後者出乎其外，為「賦」法。當然，也有介乎二者之間的一種寫法：物態人情，若有若無，不容易界分究竟是單純的寫物或是有確切的主觀情懷的。詠物的內容，可區分為喻託、社交或遣翫等不同性質；而同樣是喻託的作品，其表現方式可以是重在直接的感發也可以是偏於思索的安排，兩者的情味自然不同。

張炎《詞源》謂詠物以「所詠瞭然在目，且不留滯於物」為佳。又說：「詞要清空，不要質實；清空則古雅峭拔，質實則凝澀晦昧。」所謂清空是要能攝取事物的神理而遺其外貌，寫情而不膩於情，詠物而不滯於物，呈現一種空靈高遠的神氣，而一切筆法技巧卻又脫落無跡，渾然不可覓；質實則是指寫得典雅奧博，但有時過於膠著於所寫的對象，顯得板滯。詠物基本上先要做到摹寫物態，更要求體物得神、物我交融，因為文學的出發點乃在抒情言志，物象的選擇與書寫，寓含著作者的情意。因此，遺貌取神的特質外，融情入景、物我交感則更是詠物的要旨。

東坡的詠物詞數量不多，但他少數的這類絕妙好詞，莫不真情為文，悉以構篇奇絕，情辭跌宕，意境高遠著稱，在規範中求創新，迴出於唐宋名家之上。尤其〈水龍吟〉詠楊花一首，張炎《詞源》評曰：「後段愈出愈奇，真是壓倒今古。」王國維《人間詞話》給予更高的評價，說：「詠物之詞，自以東坡〈水龍吟〉為最工。」〈賀新郎〉詠石榴一首，胡仔《苕溪漁隱叢話》亦稱讚「東坡此詞，冠絕古今，託意高遠」。東坡以清雅之筆寫物言情，在物我之間，虛實之際，似有若無中，舒徐道來，韶秀有致，令人神觀飛越，回味無窮。

東坡借物言情，物事人情之間，交感互應，表達了怎樣的主體意識，形成了怎樣的抒情美感？下列三首代表作，最能具現東坡關切的生命課題、形塑的的心靈意境和高超的藝術才能。

水龍吟　次韻章質夫楊花詞

似花還似非花，也無人惜從教墜。拋家傍路，思量卻是，無情有思。縈損柔腸，困酣嬌眼，欲開還閉。夢隨風萬里，尋郎去處，又還被，鶯呼起。　不恨此花飛盡，恨西園、落紅難綴。曉來雨過，遺蹤何在，一池萍碎。春色三分，二分塵土，一分流水。細看來不是，楊花點點，是離人淚。

中國詠物詞中，詩人最愛歌詠的是花。「花」之所以成為詠物之大宗，原因是：一、取材容易——花之為物，無論室內、庭中或野外，四季時令，眼前身畔隨時隨地都可見，因此順手拈來，即成摹寫的對象。二、形象具體而鮮明——花的顏色、香氣、姿態，都具有吸引人的魅力，而花之色、花之香、花之形，皆可刺激我們的視覺、嗅覺、味覺和觸覺的感官，觸發的聯想極豐富，形成的意象也多方。三、恰到好處的美感距離——無生之物如風雲月露，固然不能與之相提並論，有生之物如禽鳥蟲魚，似乎也不能與之等視齊觀。因為風雲月露的變幻，雖或與人生命的某一點某一面有相似而足以喚起感應之處，但它們畢竟是無生之物，與人的距離終是疏遠。至於禽鳥蟲魚，與人的距離自然較為親近，但過近的距離又往往使人容易產生一種現實的利害得失之念，因而乃不免損及美感的聯想。花則介乎二者之間，所以能保有一恰到好處的適當距離。它一方面近到足以喚起人親切的共感，一方面又遠到足以使人保留一種美化和幻想的餘裕。四、花予人最深切也最完整的生命感——花從生長到凋落的過程是如此明顯而迅速，人之生死，事之成敗，物之盛衰，都可納入「花」這一短小的縮寫之中。因之它的每一過程，每一遭遇，都極易喚起人類共鳴的感應。

東坡這首詠物詞有兩大挑戰。一是次韻之作，不易發揮。宋神宗元豐三、四年間，東坡謫居黃州，章楶（質夫）「正柳花飛時出巡按」，以原唱贈東坡，東坡依韻和之。次韻，又稱步韻，即依他人詩詞之韻及其先後次序，另寫作詩詞相和。章質夫詠楊花，寫物摹神，相當得體，頗受時人稱頌，東坡要同題填寫，依韻賦作，顯然受到很大的限制。二是題材局限，難出新意。誠如上述，詠花會有較大的寫作空間，但此首所詠的楊花並不是花。楊花，即柳絮。柳絮的形貌不如花之可作多層面之敘寫，且長久以來，往往被視作與離情相關，因此能據以敘述的也不外離愁別緒。

雖則如此，東坡卻在這首詞裡充分展現了天才戰勝技術限制的表現。劉若愚《北宋六大詞家》說：「要說明天才如何戰勝技術的限制，很難以想像到一個更驚人的例子了……在以上所述的限制之下，蘇軾和了一首他人的作品卻毫無牽強的痕跡……而仍然成功的表達了自己的思想和感情一樣。」詠物擬人，寫景述情，東坡在此詞中深化了詞的抒情特性，更在物我交感中寫出時間消逝的憂傷。

本詞扣緊「柳絮——離愁」的關係，上片就柳絮之飄落和柳條、柳葉之糾結翻轉，模擬為一段閨婦和遊子之間似斷未斷之情；下片則就在似有若無之間串合了一種詞人與楊花共同感受的時間傷逝之悲。

一開篇，東坡即點出楊花的宿命：「似花還似非花，也無人惜從教墜。」楊花有花之名而無花之實，因此就沒有人如對花一般的珍惜它，任其兀自飄落。但柳之為樹一直以來都與人情相關，從《詩經》的「昔我往矣，楊柳依依」，到唐宋詩詞的「客舍青青柳色新」、「楊柳岸、曉風殘月」，折柳贈別（「長亭路，年去歲來，應折柔條過千尺」）、睹柳憶人

（「忽見陌頭楊柳色，悔教夫婿覓封侯」），已經成為春日離愁的象徵，尤其暮春三月，柳絮飄綿時，分外惹人傷感：「春風不解禁楊花，濛濛亂撲行人面。」柳絮自身飄飛，和人之離去，似不相干，但命運卻頗相似。任何事物，只要時空一轉變，便無法回到原點。東坡由此發想，柳絮若如遊子一般，柳樹便是它回不了的家。「抛家傍路，思量卻是，無情有思。」但柳絮雖然離了河畔橋邊道途上的柳樹梢，卻往往翻飛飄揚，不時就會緊靠著路邊塵土落下——看似無情，仔細想想，又好像還有情思相繫。「抛家」是「無情」之舉，而「傍路」則是「有思」的表現。東坡這裡反用裴說〈柳〉詩「思量卻是無情處，不解迎人只送人」之意，寫情更深曲，語意宛轉有致。離情是相對的，東坡接著站在閨婦的一方，描繪離別情懷的整體面貌：「縈損柔腸，困酣嬌眼，欲開還閉。夢隨風萬里，尋郎去處，又還被鶯呼起。」詞中以柳條、柳葉比喻女子的愁腸和眼眸。柳枝柔細，依依盪盪，收捲纏綿，極端糾結的樣子，意謂思婦因憂愁而柔腸糾結。古人慣將柳葉稱柳眼，這裡以柳葉飄揚飛舞的嬌態，比喻女子相思愁苦之極，雙眼已然睏倦，卻猶望眼欲穿，苦苦撐著，最後倦慵難耐，想睜眼也睜不開，還是閉上了。所謂日有所思，夜有所夢，女子閉上眼睛後，即沉睡入夢，在夢中尋找萬里之外的情郎，卻又被黃鶯叫聲驚醒。這裡化用金昌緒〈春怨〉「打起黃鶯兒，莫教枝上啼。啼時驚妾夢，不得到遼西」一詩的情境，切合征夫閨婦相思怨別的普遍課題。這情景正由柳枝與柳絮之間相依相違的關係所生——柳枝被風吹拂著，由高處往低處擺盪，彷彿碰觸到路旁的柳絮，但柳枝接著隨風揚起，柳絮也跟著翻動，不知飛到哪裡，如一場夢境飄失……

詞的上片，充分運用擬人的手法，捕捉了楊花的神韻，將物態與人情融合一體，完全扣合「離別」的主題。但詞的寫作，逐步推進，因物及情，不僅僅以描繪外在物色、普遍經驗為美，還須以回歸一己內在情意之真切感受為佳。

承接上文楊花隨風飄遠，東坡說：「不恨此花飛盡，恨西園、落紅難綴。」寫得好像漫不經心的樣子，正是開篇所說的楊花不是花，所以他也不以為意，一心牽掛著園中真正的落花，只恨它難再重上枝頭。此處從反語入，說對楊花不顧惜，只憂恨西園的萬紫千紅無法留住。大凡人之惜春、傷春，多因春花而起。面對美麗的凋零，最易令人驚覺青春歲月、美好光陰的消逝。然而，楊花一朝飛盡，不也如同落花一樣，隨著春天的腳步歸去？東坡說「不恨此花飛盡」，他真的是對楊花無情嗎？如果是，為什麼早上起來，雨過之後，卻追問：柳絮「遺蹤何在」呢？這不也是「無情有思」的表現嗎？故作不在乎，但真要關心時，楊花卻隨水流入池塘，都已化作「一池萍碎」了。正因為本來不恨，使得往後的尋覓、驚悟，反盪出更深的哀感——此時，才恍然意識到楊花落盡，真的代表大好春光已逝：「春色三分，二分塵土，一分流水。」楊柳隨春而來，見證春日的美好，而當柳絮委於塵土時，春天已過了三分之二，剩餘的三分之一，也在暮春時隨著流水而去，整個春天就這樣消逝了。這裡已點出本篇的主題，時間推移的感傷。在雨後，水流中，細看點點落絮，哪裡是楊花，簡直是離人眼中的淚珠。這首詞最後以「淚」字結束全篇，達到了情緒的高潮——以淚的意象，綰合以上無家遊子、閨中少婦以及作者本人的傷逝情懷。然則，楊花最終所象徵的就是一種時空流轉中的離恨。可見東坡此詞重點不在賦物，而在寫情。同樣寫人去、花落、春歸，李商隱〈落花〉詩最後也結束在淚水之中：「芳心向春盡，所得是沾衣。」寫出了人去樓空，人間一切美好都隨之而去的深悲；周邦彥〈玉樓春〉則以雨中落絮比喻一種執著之情：「人如風後入江雲，情似雨餘黏地絮。」東坡此詞人、花合一，物情人意融為一體，纏綿掩抑，寫出了詞體普遍歌詠的時空變幻課題，更渲染出一切都徒然失落之哀感。

鄭騫《詞選》收錄此詞，末段的句法是：「細看來、不是楊花，點點是、離人淚。」並云：「結處十三字應作一五兩四，如質夫原作云：『望章臺路杳。金鞍游蕩。有盈盈淚』是也。東坡此作與之小異；然此十三字一氣直下，句讀少異，原自不妨。後人亦有用東坡句法者。」除了這兩種句法，諸家編錄東坡此詞，也有作「細看來，不是楊花點點，是離人淚」，或「細看來，不是楊花，點點是離人淚」的。一般都以為東坡往往以意為文，是格律所不能約束得住的。誠如鄭先生所說，句讀稍有差異，本也無妨。不過，若能深切體會東坡立意、構思的巧妙之處，就會理解這幾句當作正格為佳：「細看來不是，楊花點點，是離人淚。」

劉熙載《詞概》說：「東坡〈水龍吟〉起句云：『似花還似非花』，此句可作全詞評語，蓋不離不即也。」東坡整首詞在楊花不是花、柳絮與柳枝柳葉、花事與人情、東坡與此物間，採取了一種「似是而非、似非而是」的論述方式，文情跌宕有致，掌握了楊柳與離別交織而成的糾結情思，也貼合由物及人的詞體之抒情特性，全詞迴盪著「似花—非花、無情—有思、欲開—還閉、不恨—恨、不是—是」的語意，纏綿幽怨，十分傳神。結語十三字，依此脈絡，先頓在「不是」，顯示細看下否定其為楊花，然後看到的卻是「楊花點點」，似又加以肯定，最後在認知「是離人淚」的情況下，又推翻了是楊花的事實；這樣的句法安排，比起其他的方式，轉折更為深曲，更能呼應全詞「若即若離」的主調。

【注解】

章質夫：章楶，字質夫，浦城（福建浦城）人，英宗治平四年（一〇六七）進士，徽宗時官至同知樞密院事，資政殿學士，卒諡莊簡。其〈水龍吟〉原作：「燕忙鶯嬾花殘，正隄上柳花飄墜。輕飛亂舞，點畫青林，全無才思。閒趁游絲，靜臨深院，日長門閉。傍珠簾散漫，垂垂欲下，依前被風扶起。　蘭帳玉人睡覺，怪春衣、雪霑瓊綴。繡床漸滿，香毬無數，才圓卻碎。時見蜂兒，仰黏輕粉，魚吞池水。望章臺路杳，金鞍游蕩，有盈盈淚。」

楊花：即柳絮。楊樹的飛絮，性質與柳絮相同，故楊花常與柳絮、柳花混稱。

從教墜：任使飄落。從，任從。教，使。

拋家傍路兩句：楊花離開枝頭，猶依傍在路邊，仔細思量，它看似無情，其實別有情意。思，作名詞用，讀去聲。裴說〈柳〉：「思量卻是無情處，不解迎人只送人。」這裡反用其意。

縈損柔腸：柔嫩的腸子糾纏不已。縈，纏繞。損，煞，極了。縈損，極端糾結的樣子。楊柳的枝條細而柔，故以柔腸喻柳絲。

困酣嬌眼：嬌媚的眼睛睏倦極了。酣，形容事物正盛的樣子。困酣，就是正非常睏倦。嬌眼，柳葉初生如醉眼，古人詩賦中多稱柳葉為柳眼。

落紅難綴：難將落花再連綴在枝頭。綴，收拾、連接。

賀新郎

乳燕飛華屋。悄無人，桐陰轉午，晚涼新浴。手弄生綃白團扇，扇手一時似玉。漸困倚、孤眠清熟。簾外誰來推繡戶，枉教人夢斷瑤臺曲。又卻是，風敲竹。　石榴半吐紅巾蹙。待浮花浪蕊都盡，伴君幽獨。濃豔一枝細看取，芳心千重似束。又恐被、西風驚綠。

若待得君來向此，花前對酒不忍觸。共粉淚，兩簌簌。

過去的詮釋者好作比興附會之說，往往遠離文學的本質，藉找尋歷史事據以證詞情之真假有無，從而論斷其價值，這樣的解讀方法，無助於對文學美的體驗，也得不到真正的文學知識。文學閱讀不應以知其事為滿足，更何況很多都是牽強附會、斷章取義的說法，很多時候這些本事考也不過是些零碎、乏味的外緣資料，若一味穿鑿特定的事件去解釋，實在了無趣味。文學畢竟是一種語言文字的藝術，作者緣情思而發，創造與想像是它的本質，因此，回歸文學美的本位，就應以體會其文辭之美，領悟其意境之美為鵠的。

俞平伯《唐宋詞選釋》說：「關於本詞也有一些故事，有謂為官妓秀蘭而作。有謂為侍妾榴花作。有謂在杭州萬頃寺作，寺有榴花。這些都不過傳說而已。如『寺有榴花』云云，疑即從白居易〈題孤山寺山石榴花〉詩而附會之。」我們閱讀東坡這首〈賀新郎〉首先就要拋開這些妄說，只須緣著文本，體會其情思，自能感知詞中勝意。

此詞因物賦情，不是單純的詠物之作。詞中詠美人，寫榴花，似相離又相合，筆意承傳轉化間，展現出物我交融的意境，卻不離東坡一直關切的時間課題，是東坡詠物詞中別具一格的作品。東坡如何塑造獨特的美人形像，並因人及物，寫出花與人的共同生命特性，是理解這首詞的重點。

前面談〈洞仙歌〉時提過東坡緣心靈的潔癖感創造了「冰肌玉骨」的美人意象。這首〈賀新郎〉所描述的女子也大抵是這樣的心理下創作出來的。上片描寫夏日裡，女子孤寂慵倦的生活情境。「乳燕飛華屋」，小燕子飛旋於華美的居室，既點出時令已到夏日，也交代了女子所居之處——是富貴人家的環境。這句也隱約暗喻了女子如燕之初長成，同居於此，但行止卻有不同，燕子可自由來去，而女子則不得自由。她的世界無人相訪，悄然孤寂，時間亦默默的推移著：「悄無人、桐陰轉午，晚涼新浴。」桐樹的陰影逐漸拉長，顯示已過午後，傍晚時略感微涼，女子剛浴罷出來。她無聊地搖擺著白團扇，那扇子和手在晃動中，一時間渾然如潔白的玉一般。東坡在這裡同樣的塑造了一位清爽乾淨、玉潔冰清的女性形貌。然而，在「團扇」的意象裡，卻又自然令人聯想到古詩詠班婕妤〈怨歌行〉「秋扇見捐」的故事，隱含著女子不能永保青春，終將遭受冷落之意。下片寫「西風」及其後的落淚，正呼應了這一意旨。隨著手與扇的輕輕搖擺，反覆無聊的動作中，女子漸漸累了，斜靠著床頭睡著了，睡得恬靜酣熟。睡夢中置身於瑤臺仙境，欣賞著美妙的仙樂。東坡在此處也不例外的將女子仙幻化，塑造其孤高絕俗的特質。這夢中景象乃心靈投影，仙人世界雖美也畢竟虛幻。此女子仍受著凡體的約束，無法完全脫離現實；她對人世間的情事仍有所眷戀。「簾外誰來推繡戶，枉教人夢斷瑤臺曲。又卻是，風敲竹。」簾外傳來推開門戶的聲響，彷彿有人來訪，她充滿著希望，轉身一看，卻空無人影，原來又是那敲擊竹子的風聲。這一驚醒，讓她驟然離開天上美好的樂音世界，面對一室空寂，能不令人悵然！這裡暗用了李益〈竹窗聞風寄苗發司空曙〉「開門風動竹，疑是故人來」的詩意。寫美人在孤寂中，有些期待，但終究成空，語意抑揚有致。

上片敘寫女子夏日的生活情境，透過她的動作及其夢覺情景的對照，已隱約透露出她欲待無人的空閨寂寞。照理，下文應該著重女子內在情思的刻畫，但東坡卻不直接依循這一脈絡，轉而描寫夏日當令的花：「石榴半吐紅巾蹙。待浮花浪蕊都盡，伴君幽獨。」石榴花半吐，沒有全展，像打褶的紅絲巾。它是等到那些輕浮爭豔的春花都凋謝了，此時才開來陪伴孤單寂寞的女子的。「幽獨」是整篇的關鍵語——女子幽獨，石榴花也幽獨，彼此為伴，同心相憐。開闔之間，非常自然的將人花合一——人即是花，花即是人，都是一樣的「幽獨」。因此，接著對花的描寫，特別強調它「抑鬱」的一面：「濃豔一枝細看取，芳心千重似束。」仔細看看濃豔的花瓣，重重疊疊的，好像有著沉重的心事，鬱結難開。花猶如此，而人的情況也往往如是：雖有美麗的容貌，內在的心靈卻空虛寂寞，不但沒有愛情歸屬，並且在現實世界中還得壓抑自己，無法盡情舒展青春的生命。而更令人憂懼的是，世間事物都在變化中。夏日一過，秋風來時，石榴枝葉恐怕也會受驚而凋落。韶光易逝，青春也難駐。等到美人來到園中，對花飲酒，也必不忍心去觸摸它。美人的眼淚，飄零的落花，此時都一起掉下來了。最後，人、花雙寫，同歸於消逝的宿命。

這首詞章法相當奇特。吳師道《吳禮部詩話》評論此詞說：「後段『石榴半吐紅巾蹙』以下，皆詠榴。〈卜算子〉……『飄渺孤鴻影』以下，皆說鴻，別一格也。」兩詞在章法上，寫人寫物，前後分開，情意卻又彼此呼應，已非單純的詠物，也不是直接的抒情，這樣的體例當然就是一種變格。顏崑陽先生說：「這種章法，應該是由李商隱的詠物詩變過來的。李商隱的〈野菊〉、〈蟬〉、〈落花〉等，這些詠物詩，都是人、物雙寫，兩線並行，卻又彼此交融為一，寫人即是寫物，寫物即是寫人。」李詩與東坡此詞不同的是，詩中的「人」指向作者本身，詞中的「人」卻是東坡所塑造的美人。詞之為體比詩較為幽邈曲折。其實，所謂美人，何嘗不是東坡心靈的投影？無論花或人，若即若離之間，都有著幽獨的生命內蘊，而人之於物，對時間之推移變換，都能同情共感。東坡這首詞確實創造了一種獨特的抒情意境。

【注解】

乳燕：雛燕，小燕子。

桐陰轉午：桐樹的影子逐漸轉移，指向午後。

生綃白團扇：白色生絲製的團扇。生綃，生絲織成的薄絹。團扇，圓形的扇子。

瑤臺曲：指仙樂。瑤臺，仙人居住的地方，傳說在崑崙山。或謂曲，即深曲隱僻之處。

石榴句：形容榴花半開，像是一條緊束起來的有褶紋的紅巾。白居易〈題孤山寺山石榴花示諸僧眾〉：「山榴花似結紅巾，容豔新妍占斷春。」俞平伯《唐宋詞選釋》：「山石榴是杜鵑花，一名映山紅。這裡借指石榴花。」蹙，皺也，屈折卷縮的樣子。

浮花浪蕊：指尋常的花草。浮、浪，都有繁多的意思，往往也喻有漫浪、輕浮之意。

兩簌簌：謂美人的粉淚與石榴的花瓣紛紛飄落。簌簌，狀聲詞，形容細碎不斷的聲音。

西江月

玉骨那愁瘴霧，冰姿自有仙風。海仙時遣探芳叢，倒掛綠毛么鳳。　素面常嫌粉涴，洗妝不褪唇紅。高情已逐曉雲空，不與梨花同夢。

侍妾朝雲隨東坡貶謫嶺南，染病死於惠州，宋人釋惠洪《冷齋夜話》和王楙《野客叢書》皆謂此詞即悼念之作。不知何所據？這說法實在可疑。

東坡此詞像其他詠物之作，亦在「虛」不在「實」。東坡託物喻意，旨在歌詠梅花高雅絕俗的堅毅精神，與實際人事不相干。

南宋傅幹《注坡詞》：「公自跋云：『詩人王昌齡夢中作梅花詩。南海有珍禽，名倒掛子，綠毛，如鸚鵡而小。惠州多梅花，故作此詞。』《詩話》云：『王昌齡梅詩曰：落落寞寞路不分，夢中喚作梨花雲。』方知公引用此詩。」東坡詩自注：「嶺南珍禽有倒掛子，綠毛，紅喙，如鸚鵡而小，自東海來，非塵埃中物也。」如果這跋語屬實，則東坡創作此詞乃即物有感而發，和朝雲之死完全無關。詞中意象的運用，和立意構篇的設想，可以據這些資料推論得知。

全詞是要寫出惠州梅花的特性。花鳥並列本詩畫常見者，東坡由倒掛子之「非塵埃中物」，聯想到此花亦非凡品，乃用擬人手法將花仙幻化，與之連結，旨在凸顯其於惡劣環境中仍保持高遠絕塵的優雅品質。「玉骨那愁瘴霧，冰姿自有仙風。」先點出梅花所在之處不是北方那樣的傲雪凌霜，卻是充滿著瘴氣的嶺南。此地的梅花體貌清奇脫俗，如冰似玉，本有女神般的風致，自然不怕瘴癘之氣的侵襲。所謂「玉骨冰姿」，如同花蕊夫人之「冰肌玉骨」，是東坡心目中高潔女性特具的資質。它有如落入凡間的仙子，難與一般花草為伴，但它也不孤單，因為「海仙時遣探芳叢」——海上的神仙經常會派遣使者來到花叢中探望。這個使者是誰？原來是「倒掛綠毛么鳳」——像小鳳凰有著綠羽毛的倒掛子。奇特的花，奇特的鳥兒，形成一幅絕妙的畫面。而在倒掛子的陪襯之下，無疑更彰顯了梅花之珍貴。

鋪墊好梅花所在的環境，下文接著寫惠州梅花特有的形貌和精神。「素面常嫌粉涴」，形容花瓣之白；謂梅花好像不施粉黛的美人，常嫌脂粉會弄髒她天然的本質，因此只以淨白素潔的面容示人。「洗妝不褪唇紅」，可是這花亦非全白，廣南的梅花，花瓣圍繞著一輪紅暈；如同美人唇上天然鮮紅的色澤，卸妝後也不會褪去。這樣富有地方特色的梅花，當然也有著獨特的精神意蘊：「高情已逐曉雲空，不與梨花同夢」。王昌齡梅詩說：「落落寞寞路不分，夢中喚作梨花雲。」東坡反用其意，謂梅花的高潔情操，已隨著清曉的白雲一同散去，它不屑與梨花同入一夢；指梅花獨開獨謝，不與梨花同時，而且「此花怎與凡花比」呢？謝靈運〈述祖德〉詩也曾有「高情屬天雲」之句。東坡則將高遠的情懷節操，比為夢後化作清曉的白雲，如在虛無縹緲間，可望不可即，更令人容易產生神仙虛幻世界的聯想，與上文「仙風」、「海仙」等處前後呼應，詞意貫串。評者但見「曉雲」，即說是謂朝雲，而所謂「曉雲空」，則指為朝雲已逝，妄顧前後文的脈絡，更不理東坡跋語所云，斷章取義，實不足取。

潘游龍《精選古今詩餘醉》說：「末二語不必有所指，即詠梅絕佳。」其實，整首詞各韻句分別從不同面向，由外而內，寫梅花形神虛實之間的體性特質，韻高筆妙，搖曳生姿，不只最後兩句而已。楊慎《詞品》曰：「古今梅詞，以坡仙『綠毛么鳳』為第一。」東坡詠梅此詞是否冠絕古今，見仁見智。不過，東坡確實以高妙的才思，別出心裁，創造了一番新的意境。之前東坡〈定風波〉詞曾以梅花精神讚美柔奴：「笑時猶帶嶺梅香」。在東坡心目中可能也認為朝雲同樣具有梅花品格，不過就詞論詞，這首〈西江月〉直詠梅花，看不出有悼念之意。因此，不必指實，只要從虛處體會，自能領略詞中人、物交涉形成的精神境界，而其中必有作者當下時空特有的情意在——東坡見而吟詠，賦予嶺南梅花高潔、堅貞、無畏和超塵絕俗的意義，正是他貶謫惠州，不畏艱難、處逆境而不改初衷的心境下創作出來的。由來詩人之借物述懷，將物性與人情融合一體，往往是自我界定生命意義的一種方式。當然，這也代表了一樣具有這種生命情調之人物的共同心聲。

【注解】

瘴霧：濕熱蒸發致人疾病的霧氣。

倒掛句：嶺南的一種珍禽，綠毛紅嘴，形狀如鸚鵡而小，棲時倒懸在枝上。當地人稱之為倒掛子。么鳳，鳳凰類中的最小者，此指倒掛子。

涴：音握，弄髒、污染。

最後，也許應該是最先讀的一首詞

蝶戀花

花褪殘紅青杏小，燕子飛時，綠水人家繞。枝上柳綿吹又少，天涯何處無芳草。

牆裡鞦韆牆外道，牆外行人，牆裡佳人笑。笑漸不聞聲漸悄，多情卻被無情惱。

據傳東坡貶謫惠州（廣東惠陽）時，曾命朝雲唱這首〈蝶戀花〉詞。明代張岱《琅嬛記》卷中引《青泥蓮花記》云：「子瞻在惠州，與朝雲閒坐，時青女初至，落木蕭蕭，淒然有悲秋之意。命朝雲把大白，唱『花褪殘紅』。朝雲歌喉將囀，淚滿衣襟。子瞻詰其故，答曰：『奴所不能歌，是「枝上柳綿吹又少，天涯何處無芳草」是也。』子瞻翻然大笑曰：『是吾正悲秋，而汝又傷春矣。』遂罷。朝雲不久抱疾而亡，子瞻終身不復聽此詞。」朝雲之所以淚滿衣襟，不能唱此曲，可能是因為「枝上柳綿吹又少，天涯何處無芳草」兩句，觸動了她去遠思歸的情懷。人在流離遷徙中，看著草色依舊，悠悠不盡，年年皆如是，怎不令人感傷？東坡此詞本身所抒發的不僅僅是思鄉的心情，其實有更深一層的時空流轉之悲。

「花褪殘紅青杏小，燕子飛時，綠水人家繞。」時令更替的軌跡可以從自然景物的變化中意識到：紅花褪落衰殘，青杏初結小小的果實，已是春末夏初了。東坡寫行旅中的風光，空間景色的鋪設往往能隨時間而變換，呈現向前行進的動態感，帶領讀者身歷其境。此時，燕子飛翔，綠水繞著房舍流動。這是尋常村野都可看見的景象。我們可以想像一個行走天涯的旅人，當他意識到春天已接近尾聲，心情苦悶，突然走進一個孰悉的世界，自然樸實的鄉居生活重現眼前，無端勾起許多美好的回憶，但也會生出更無奈的感嘆：「我不是歸人，是個過客」。元朝馬致遠〈天淨沙〉寫道：「枯藤老樹昏鴉，小橋流水人家。古道西風瘦馬。夕陽西下，斷腸人在天涯。」如果這旅人一直都走在荒涼的道路上，行行重行行，一直都看著一成不變的景物，心情總是低落，對周遭一切恐怕都已麻木。這回為何頓生天涯淪落之感？關鍵就在經過「小橋流水人家」。眼前樸實、自然、和樂的人倫世界，喚起似曾相識的感覺，對比現在飄零在外、身不由己的處境，一直被命運催逼著，更增重會無由之怨嘆。而秋風殘照，歲月飄忽，依舊走在茫茫天涯路上的旅人能不腸斷？東坡所處的時空和馬致遠不同，詞的語調沒有像曲那麼悲切。東坡詞中跟著的情節是：「枝上柳綿吹又少，天涯何處無芳草。」走出了村舍，情隨景轉，眼前盡是些與離別相關的物象：柳絮與芳草。柳絮飄綿，愈吹愈少，春天真的減色退去了，而夏日亦將接續而來，放眼望去，直到天邊遠處那個地方不是青青芳草？草色蔓延到天際，象徵綿綿長恨，與流落天涯的遊子緊密相隨。李煜詞所謂「離恨恰如春草，更行更遠還生」，說得就更直白了。東坡這兩句，字面上沒明說一己的怨情，反而讓人讀來，好像只是客觀敘說世間事物增減有無的情狀——有些東西減少了，別的東西到處是。不過，細加體會，就會發現這看似平實疏淡的語調中，其實掩藏著一種「留也留不住（時間），掙也掙不脫（離恨）」的幽深情意。

人不斷地往前行進，時間就這樣推移，空間就如此延伸，他不是因為看見花落草生的消長變化而感傷，自然景物的替換本身就是常態，看著這景象年復一年皆如是，而相對於此，人的年壽有限，往事已逝，未來又不可測，人生漫漫長路，卻不知所歸，這才是令人傷痛的事實。誠如歐陽修所說「人生自是有情癡，此恨不關風與月」，不管外在如何，癡執於情才是問題的關鍵。東坡此詞的下片，就追溯到這根源處著筆；它最特別而且有創意的地方，是運用「男女—內外」相對的情景，生動而深刻的敘述了在時空流轉中人間苦惱的來由，乃在「多情」：「牆裡鞦韆牆外道，牆外行人，牆裡佳人笑。笑漸不聞聲漸悄，多情卻被無情惱。」

一堵牆隔開兩個世界。牆裡，佳人盪著鞦韆，正享受著、揮霍著她的青春歲月；牆外，行人走在道路上，正由此處到別處去。牆裡的佳人正棲居於此，相對的，牆外行人卻奔走於旅途中，不得安穩。他們本屬於兩個不同的世界，有著不同的身分，不同的年齡，不同的處境與心境，而他們之所以有交集，是因為佳人的笑聲由牆裡傳到牆外，行人在路上聽見了。如果行人一直走去，沒有關注這聲籟，因而引起某種特別的情緒反應，這笑聲便如同風聲、鳥聲，不過是旅途中配襯的物事，或反映寧靜、渲染寂寞的感覺，乃一般詩詞慣常使用的意象。但這行人顯然被佳人的笑聲吸引了，他沒有繼續行程，反而佇立在牆邊好一段時間，直到女孩累了，笑聲逐漸消失，行人才有「多情卻被無情惱」的驚覺。這裡的「多情」，應該不是指因為佳人笑聲令人陶醉，產生愛慕之意，應是聽者聞聲而動情，感到似曾相識，遂不自覺的停下來，於是愈聽愈入神，彷彿翻越記憶的牆籬，沉醉於往日類似的情懷中——昔日自家的歡聲笑語和當下佳人的情景渾然重疊一起。這有點像蒙太奇的畫面，牆內牆外，現實與幻想，同時並現著相似的景象。此詞的語句中留有些空白處，讓讀者去聯想。「牆裡佳人笑」——「笑漸不聞聲漸悄」，兩句寫得頗具戲劇效果。重複「笑」字，構成「頂真」句法，使語脈不斷，呈現了時空轉折間也交接著笑聲的情狀。然後寫聲音消失，頗有層次，模擬相當生動：笑聲愈來愈小，逐漸聽不清楚，終至歸於寂靜……行人只聞其聲不見其人，而牆內佳人因為累了，走下鞦韆架，回到室內，聲音乃跟著她愈走愈遠，漸漸從有到無。行人此時，回憶的片段亦隨著那笑聲慢慢消逝。當回過神來，頓然感嘆，被不相干的人兒撩撥起情緒，煩惱不已，只能怪自己枉自多情啊。佳人「無情」，那是相對於行人主觀有情而言；

她自得其樂，那知隔牆有耳，有人竟然偷聽了還生怨氣呢？

東坡此詞寫出一段頗值得細思的人間行程。我們心中只要有忘不了的情，隨時都可能被外在物事觸發喚起。尤其在時空變化之感特深的時候，人更想逃回情感溫暖的世界，在愛中尋找慰藉。人生漫漫長路中，只要我們缺乏往前邁進的勇氣，稍作停頓，偶一分神，回顧所來徑，對照今昔，便會無端生出許多煩惱，此恨不只與風月無關，和不相干的人事又有什麼關係呢？

「回憶」就是詞情興發的關鍵，而詞情之興發，乃源自人多情之本質。如何化解多情帶來的苦惱？東坡說：「人生如逆旅，我亦是行人。」牆外人也曾是牆內人，在時間推移的過程，牆裡牆外，無人能永遠固守一隅，你我都是時間中的旅人——由出生走向死亡。這一路走來，身歷崎嶇的人生道路，而「身在情長在」，常會因此生出許多悲歡離合、恩怨愛恨的情緒，讓人「起坐不能平」。東坡多情，常因此而受到傷害，弄到身心俱疲，但他沒有迴避，反以真誠的態度面對人生，勇敢承擔感情所帶來的苦果。在他一首一首的詞裡，我們看到他「入乎其內」，備受離愁所苦，有著種種感時懷舊，進退失據、人生如夢之淒然、無奈、悵惘之情，但也見到他積極、認真、熱愛生活的一面，終至憑藉學識、智慧化解了不安的情緒，「出乎其外」，展現出「此心安處是吾鄉」、「也無風雨也無晴」的生命意境。東坡一生為詞，在詞中所經歷的，就是一段嚴峻的體驗、梳理及參悟人間情愛的歷程。

有情天地內，東坡隔著牆，藉少女的笑聲喚起往日的情懷；我們隔著時空，透過東坡的文字，喚起了怎樣的情思？也許，我們也一樣，當讀罷東坡詞，闔上書本，長嘆一聲：多情卻被無情惱！東坡當然無從得知我們的情緒，他也管不著讀者作何反應，我們則用不著怨怪東坡，怪就只怪自己實在太用情了。與其不斷回首，留戀，徒然傷悲，不如轉身歸去，學著東坡，繼續未竟之途……當我們一路行走，時而顧盼，時而回憶，時而仰望夜空，那一輪明月，我們應該更相信：同情共感可以突破人際藩籬。「我亦是行人」，東坡說著。牆外行人，如你我，其實也不孤單。

後記

書稿完成後，不時會想起，這些年來，現實生活中遭遇各種生離死別、成敗得失的事情，交雜著悲喜欣慨的情緒，始終有股定靜的力量支撐著，除了家人給我陽光一般的溫暖，詩詞文學更是堅定信念的泉源。在我生命的土壤裡，東坡詞應是重要的養分。東坡書寫他一生的悲歡離合，出世入世的體驗，字裡行間都是真情意，充滿生命的力量。我讀東坡詞，在同情共感中，那一字一句好像一顆顆撒播心田的種子，不時會感覺它在體內鬱勃盎然，煥發生機。

感謝東坡留下這些詞篇，讓他多情的一生，延續在人世間，依然散發著光彩，讓人仰首夜空，隨時可發現，並且由衷的讚歎，啊，明月來相照，星光默默指引著遠方，總帶給人們希望。

感謝臺大柯慶明老師當初推薦我開設東坡詞的通識課程。十六、七年來，每學年兩三百人的大班，讓我有機會走出文學院，接觸更多不同專業的年輕心靈，與他們一起在東坡的詞情世界中學習成長，令我受益甚多。當聽到學生說：上課是一種享受，我相信他們就在享受文學中，已突破了一般知識授受的方式，正學著呼應內在的感覺了。那是自我意識的呼喚，希望他們好好珍惜。

也感謝柯老師的邀請，王德威教授的支持，讓我參與「人與經典」這套叢書的撰作。而在我一直拖延稿期的漫漫歲月裡，麥田出版社的同仁以無比的耐心等候，林秀梅副總編也始終尊重我的堅持和抉擇，凡此都讓我由衷的感激。

內子玟玲是我學思的友伴，從她撰寫東坡詞的碩士論文開始，我們不時都會談論東坡其人其詞，「奇文共欣賞，疑義相與析」，心靈的收穫甚豐滿。如何掌握東坡「多情」的本質與面貌，並賦予他現代的意義，一直是我們想做的事。這本書傳記的部分，經過多次討論，決定由玟玲撰述，借助她銳敏的觸感和動人的文筆，重新詮釋東坡的一生，應該更能呈現出東坡的生命風采。東坡的生平，和他寫作的詞是一體的。為東坡，為自己，也為喜愛東坡詞的讀者，出版這本書，是我們多年的心願，現在終於完成了，最要感謝的，當然就是一路與我攜手走來的內人了。

這本書定名為《有情風萬里卷潮來——經典・東坡・詞》，是我們再三斟酌而取用的。「有情風」這一詞句，出自東坡的〈八聲甘州〉。原句寫錢塘江潮。天地遼闊，江水滔滔，氣勢磅礴的浪潮翻騰，似是清風多情，為人萬里推擁翻捲而來—東坡詞清麗舒徐、舒朗曠達，內有人間情誼、現實困境、生命省思，無一不是源自東坡的多情。多情令東坡珍惜人世相遇的種種情緣，也使他在挫敗顛簸時不致耽溺於悲憤自憐。而經由自我省思而來的堅定與坦然，更成就了東坡文學海闊天空的境界。因此選擇這句「有情風萬里卷潮來」，一則點明東坡「多情」之本質；再則呈現東坡詞清朗舒闊之境界；三則凸顯東坡以不世出之才情人格寫就的詞篇，在詞壇上有如江風海濤，翻騰出文學與生命的動人篇章！

國家圖書館出版品預行編目資料

有情風萬里卷潮來：經典.東坡.詞 / 劉少雄著. -- 初版. -- 臺北市：麥田出版：家庭傳媒城邦分公司發行, 2019.01
面； 公分. --（人與經典；5）
ISBN 978-986-344-617-0（平裝）

1.(宋)蘇軾 2.宋詞 3.詞論

852.4516 107021807

人與經典 5

有情風萬里卷潮來：經典・東坡・詞

編著者 劉少雄（〈東坡的一生〉林玟玲撰述，劉少雄審訂）
責任編輯 林秀梅

版權 吳玲緯 蔡傳宜
行銷 艾青荷 蘇莞婷
業務 李再星 陳玫潾 陳美燕 馮逸華
副總編輯 林秀梅
編輯總監 劉麗真
總經理 陳逸瑛
發行人 涂玉雲

出版 麥田出版
104台北市民生東路二段141號5樓
電話：(886)2-2500-7696 傳真：(886)2-2500-1967
發行 英屬蓋曼群島商家庭傳媒股份有限公司城邦分公司
104台北市民生東路二段141號11樓
書虫客服服務專線：(886)2-2500-7718、2500-7719
24小時傳真服務：(886)2-2500-1990、2500-1991
服務時間：週一至週五09:30-12:00・13:30-17:00
郵撥帳號：19863813 戶名：書虫股份有限公司
讀者服務信箱E-mail：service@readingclub.com.tw
麥田部落格：http://ryefield.pixnet.net/blog
麥田出版Facebook：https://www.facebook.com/RyeField.Cite/

香港發行所 城邦（香港）出版集團有限公司
香港灣仔駱克道193號東超商業中心1/F
電話：852-2508 6231
傳真：852-2578 9337

馬新發行所 城邦（馬新）出版集團【Cite(M) Sdn. Bhd.】
41-3, Jalan Radin Anum, Bandar Baru Sri Petaling,
57000 Kuala Lumpur, Malaysia.
電話: (603) 9056 3833
傳真: (603) 9057 6622
E-mail：services@cite.my

書封設計 朱疋
電腦排版 宸遠彩藝有限公司
印刷 前進彩藝有限公司

初版一刷 2019年01月03日
初版六刷 2022年12月15日

定價／380元
ISBN：978-986-344-617-0
城邦讀書花園
www.cite.com.tw